DONDE ACABAN LOS MAPAS

爱

DONDE ACABAN LOS MAPAS

UNA SORPRENDENTE HISTORIA A CABALLO ENTRE DOS ÉPOCAS

ANA BELÉN
RODRÍGUEZ PATIÑO

PALABRAS DE AGUA
EDITORIAL

Título: Donde acaban los mapas

Editor: Juan de Dios Garduño
Editor Colección Manhattan: Ana Coto Fernández
Corrección y maquetación: David Prieto Ruiz y Ana Coto Fernández

Primera Edición: Noviembre 2013
Primera Reimpresión: Febrero 2014
Segunda Reimpresión: Abril 2014

palabrasdeaguaeditorial@gmail.com
www.palabrasdeaguaeditorial.com

ISBN: 978-84-941332-7-5
Depósito Legal: CO 1924-2013

Impresión: Reprográficas Malpe

A mis padres, que nunca visitaron París.
A mi hermana Charo, sin cuya ayuda material
y moral no hubiera acabado este libro.
Y a mi buena amiga Teresa Rico,
que siempre quiso que escribiera una novela.

No puedes impedir que las aves de la tristeza vuelen hacia ti,
pero puedes impedir que aniden en tus cabellos.

Proverbio chino

LIBRO PRIMERO

一

O. 685x

1

De su vida hablaba poco. Que trabajó en China como traductor de inglés para un periódico. Que fue también profesor. Que cuando era joven le gustaba montar en bicicleta y sentarse a escribir poemas al atardecer en el puerto de Shanghai. Que aprendió a tocar el *erhu*, una especie de violín de dos únicas cuerdas, siendo un muchacho. Que lo hizo durante años.

Poco más. Nunca entraba en detalles. Apenas quería comentar otra cosa que no fueran sus clases. Nada parecía interesarle.

Yo a veces observaba con cuidado esa mirada indescifrable, seca y a la defensiva, y trataba de desentrañar qué se ocultaba tras ella.

Me acerqué despacio, sin querer ahuyentar el clima de confianza labrado durante semanas.

—Me gustaría hacerle una pregunta, pero no quisiera importunarle.

Asintió con los ojos. Unos ojos oscuros y pequeños como guijarros.

—¿Cómo perdió sus dedos?

No dudó en contestar:

—Trabajando en una sala de máquinas, cuando era joven. Una de ellas me los amputó.

Quedé un tanto decepcionada. Pensé que una desgracia así correspondería a algo más heroico, lejos de aquellas gigantescas naves de producción sistematizada. La pérdida de varios dedos se merecía, sin duda, un trasfondo más épico.

—Debió dolerle mucho.

—No lo sé. Lo he olvidado —me dijo, lacónico.

—El dolor nunca se olvida.

—Yo sí lo hice.

Jamás hubiera imaginado, ni tras un juramento de sangre, que aquel hombrecillo, quebradizo y flaco, débil como una hebra de hilo, encerrara en sí mismo todo un enigma. Ni que el encuentro con un profesor enjuto y el misterio de unas fotos pudieran cambiar mi vida.

¿Por qué ocurrió? ¿Qué hizo que pasara? Confieso que no lo sé.

Bueno, quizá sí.

Quizá fuera porque ya me lo merecía.

2

Un hombre mayor, de casi setenta años y que apenas hablaba francés, descendía ágil de un vagón de tren en el centro de París y se sumergía ensimismado en el humo brumoso de la ciudad. Llegaba de Italia, donde había permanecido un año, pero antes vivió en Holanda, Bélgica y en otros lugares que ya casi había olvidado. Porque deambulaba por Europa como lo hace un perro callejero por las calles de un pueblo que casi no conoce: deprisa y con miedo.

El hombre, de origen chino, huía de algo, o de alguien. Por eso prefería llevar poco encima: una pequeña mochila de cuero y un bolso donde guardaba algo de ropa, unos cuantos libros y una pequeña caja de madera, apaisada y estrecha, con documentos personales.

Había aterrizado en Francia como podía haberlo hecho en cualquier otro rincón del mundo, con la certeza de que tal vez también dejara pronto el país. Pronto y en silencio. Como en los últimos quince años. Rápido y sin mirar atrás.

Antes de que ellos, incansables siempre, consiguieran algún día dar con él.

Media hora antes, un joven oriental miraba al anciano de soslayo. Este apretaba contra su pecho los dos bultos que componían su único equipaje. Se mantenía en silencio, distraído, sin percibir apenas la presencia del muchacho.

Ryu se había sentado enfrente de él.

Acarició la pequeña hendidura cercana al labio, recuerdo de una pelea callejera de adolescente en los suburbios de Génova, como solía hacer cuando se concentraba en una idea o buscaba soluciones a un problema. El cristal de la ventanilla del tren le devolvió el paisaje acelerado y difuso de las proximidades de la ciudad. Estaban llegando a París y debía actuar con rapidez, sin perder un instante. Se incorporó hasta el anciano y le habló en chino:

—Señor, ¿viene a Francia por primera vez? —dijo, pareciendo querer comenzar una conversación de cortesía con un compatriota.

No obtuvo respuesta. Jing Tao apenas lo miró. Ryu volvió a dejar descansar su espalda sobre el cómodo respaldo color corinto. La persona más cercana que pudiera escucharles se encontraba a varias plazas, pero quiso ser prudente.

Se aventuró de nuevo.

—Vivo en Hong Kong, ¿y usted? Viajo a Europa un par de veces al año por negocios.

Pero Jing Tao parecía encontrarse muy lejos en ese momento. Solo una reflexión ocupaba su mente. Calculaba la distancia que le quedaba hasta llegar a la capital y los kilómetros transcurridos hasta entonces, mientras seguía apretando su mochila y su bolso contra sí mismo. Llevaba horas sentado en el mismo sitio, sin más gesto que un mirar nervioso de vez en cuando para descubrir cómo la ventanilla engullía el paisaje. Se tocó las piernas, entumecidas por la inmovilidad.

Pensó en su pequeña aldea, a la que no había regresado desde niño. Susurró unas sílabas en recuerdo de su madre, como hacía siempre que deseaba encontrarse consigo mismo, y creyó sentir por un momento el rígido viento que acompañó su niñez.

Ryu no fue ajeno al desinterés del anciano. Sacó entonces de su bolsillo un periódico doblado mil veces y lo desplegó despacio, al tiempo que hablaba con naturalidad.

—Es buena época para los negocios. Importación-exportación, ya sabe. Europa necesita liquidez y el crecimiento de nuestro país posibilita hacer buenas transacciones.

El tren comenzaba a entrar en las afueras de la urbe. Ryu no pasó por alto el detalle. El tiempo apremiaba.

—Afortunadamente, estos países han descubierto los beneficios de consolidar relaciones económicas con nosotros —sonrió el joven, con un relámpago de picardía en los ojos—. Y de esto, la única beneficiada es China.

Ryu se había vuelto a acercar al anciano mientras bajaba la voz al pronunciar su última frase, en un deseo de involucrar a su interlocutor en algo que parecía querer ser una confidencia.

Al escuchar esto, Jing Tao pareció reaccionar. El tono del joven y su afirmación le habían parecido una insolencia. Fijó sus ojos, pequeños y oscuros, en el rostro de Ryu. Su voz sonó hueca, desprovista de vida. A Ryu se le heló por unos segundos la sangre ante la contestación:

—Querrá decir: «usted».

—¿Cómo? —parpadeó, sorprendido ante la súbita reacción y el color de sus palabras.

—Que el único beneficiado será usted —repitió un hierático Jing Tao, que comenzaba a sentir un agudo desprecio por aquel muchacho molesto.

—No entiendo...

—No mezcle a China con sus ambiciones personales.

Ryu sonrió ampliamente para sus adentros, pero se cuidó mucho de demostrarlo. Estaba satisfecho. Por fin había logrado abrir la imperturbable personalidad de aquel hombre. Y lo había conseguido arañando su orgullo. Se sintió hábil y válido para continuar en todo aquello.

Acarició de forma mecánica la cicatriz, casi sin darse cuenta, pasando una y otra vez su dedo sobre la piel suave de su contorno, mientras observaba, ya sin pudor, cada uno de los movimientos de aquel anciano.

3

Ryu caminaba a grandes zancadas y con aire desenfadado por un andén atestado de viajeros de ida y vuelta.

A nadie le hubiera extrañado su paso en una ciudad hermosa y feliz llena de turistas. Pero el joven chino no había aterrizado desde Italia para ver París. Ni siquiera procedía de Hong Kong o buscaba cerrar rentables acuerdos comerciales, tal como le había revelado a Jing Tao. Era solo el hijo de un modesto tendero chino asentado en un barrio de Génova, que hacía dos años se había embarcado en una misión que ahora lo llevaba a Francia.

Se esforzó por seguir al anciano por toda la estación. No podía fallar ahora.

—¿Estás seguro que es él? —le había preguntado un mes antes una voz al otro lado del teléfono.

—Estoy seguro. He olfateado su pista por toda Génova y sí, es él.

Un chivatazo le puso sobre el caso y muchas horas de vigilancia habían hecho el resto. Ahora lo tenía muy cerca, incluso habían podido hablar unos minutos.

Era él.

Sacó una cámara de fotos de su cazadora y fingió interesarse por las estructuras metálicas de la Estación. Aceleró el paso, porque Jing Tao se escurría entre la multitud como una serpiente.

Lo localizó entre un horizonte difuminado por cabezas y rápidamente manipuló el zoom para sacar una instantánea mientras el anciano se alejaba por los pasillos rumbo a la salida.

Una, dos. Dos fotos y, sin darse apenas cuenta, cientos de personas le nublaron el rastro del hombre. Estiró todo lo que pudo el cuello, agudizó la vista hasta intentar vislumbrar con claridad en la distancia, pero, tras unos segundos, suspiró decepcionado.

Lo había perdido.

Definitivamente, aquel hombrecillo le había dado esquinazo.

Se ajustó la mochila al hombro y tocó con la punta de los dedos la cámara de fotos que de nuevo descansaba en su bolsillo, con el retrato de su compatriota dentro. Por lo menos, tenía aquello. Una prueba.

Salió a la calle, en una mañana que se esforzaba por traspasar los cristales del edificio. Bien, ¿y ahora qué? Había llegado hasta allí en busca de un objetivo y acababa de perderlo. ¿Cuál debía ser su siguiente paso?

Merodeó por los alrededores, pero no encontró rastro alguno de Jing Tao. ¿Cómo podía haber desaparecido tan pronto? Quizá cogió un taxi. O un tren de cercanías hasta otro lugar de Francia. Ryu dudó de ello. Sabía que aquel hombre se ocultaba en ciudades grandes, donde era más fácil pasar inadvertido.

Rumbo a ninguna parte, buscó entre las calles. Lo haría sin descanso lo que restaba de día. Siguió su pista durante horas, pero el anciano parecía haber sido tragado por la ciudad. Era como encontrar una aguja en cien pajares juntos. Comprendió que su misión había terminado y que era hora de informar a sus superiores. Le restaba concluir un trámite.

Encontró un modesto hotel donde hospedarse esa noche hasta la vuelta a su país al día siguiente. Entró en uno, pequeño pero moderno. No lo dudó y reservó una habitación.

—¿A nombre de quién, por favor? —el hombre del mostrador no se sorprendió por su cliente oriental en la cosmopolita París.

—Ryu Shan.

Sacó el importe de la billetera y pagó por adelantado.

—¿Quiere una exterior y con vistas o…?

Ryu le hizo un gesto con la mano al encargado indicándole que le daba igual. Después de todo, no estaba allí por turismo.

Se dirigió a su habitación. Estaba impaciente. Tanto que, nada más entrar y cerrar la puerta, y sin dirigir apenas un vistazo a la estancia, se acercó a la gruesa mesa de madera ubicada en un lado del cuarto y abrió su mochila. Encendió enseguida su ordenador portátil y conectó la cámara fotográfica.

Los segundos corrían despacio en el reloj.

Allí estaba, por fin. Miró nervioso la instantánea en la pantalla. No era muy buena, pero se trataba de lo único que había podido conseguir. Apenas un rastro entre los viandantes, algo desvaído por las condiciones en las que la había tomado. Agrandó la silueta para observarla mejor. De perfil, un hombrecillo de pelo blanco y con dos bultos como equipaje caminaba entre la gente. Vestía un gabán verde y unos pantalones amplios.

Acto seguido, adjuntó la imagen a un correo conocido. Un *email* con destino a Gran Bretaña, dirigido a la misma persona que hacía unos treinta días le había realizado la pregunta clave:

—¿Estás seguro de que es él?

Estaba seguro.

—Sabes que corremos con todos los gastos. No escatimes esfuerzos.

Sus esfuerzos se habían concretado en una búsqueda incesante del anciano desde que supo que se escondía en Génova. Ahora, en París, sería mucho más difícil seguirle el rastro. Pero su misión terminaba allí. Otros la continuarían. Así funcionaba aquella tela de araña.

La foto seguía su curso por la red, enviada junto a un mensaje, intencionadamente escueto por motivos de seguridad, que solo le indicaba a su receptor:

«O. 685x.
13.35 París»

4

Sin darse cuenta de que había sido cuidadosamente observado, el anciano chino se perdió entre la agitación callejera de la ciudad. Sin un itinerario fijo, sin un lugar concreto adonde ir, caminaba intentando descubrir el lugar donde decidiría establecerse.

El compatriota del vagón de tren tan solo le había parecido un joven como tantos otros, embelesado por el dinero fácil que destilaba desde hacía décadas la siempre ambiciosa Hong Kong. Aun así, había tomado todas las precauciones para perderlo de vista lo antes posible. No le había gustado y no se fiaba de él. Había aprendido a no hacerlo de nadie, porque, a pesar de vagar con paso ágil pero tranquilo, sus ojos, como los de un insecto, veían por todas partes a la vez, y su mente estaba siempre alerta ante cualquier movimiento inesperado.

Compró manzanas en un puesto de frutas y fue comiendo una mientras se adentraba en la nueva avenida que se abría a su paso. Se detuvo ante un edificio que le pareció discreto. Antiguo y sobrio. Un cartel algo desgastado en una de sus ventanas anunciaba que se alquilaban habitaciones a precios módicos. Entró por el inmenso portal de hierro.

Pero antes, volvió a girar la cabeza a un lado y a otro para lograr una panorámica de todo lo que ocurría a su alrededor.

El correo llegó a su destino. Su aviso fue advertido de forma inmediata. Chen Qi escuchó la señal de un nuevo mensaje cuando, sentado ante la mesa de su despacho, leía con cuidado los informes del último caso que tenía entre manos.

Sin apartar la vista de los folios, acercó su sillón giratorio hacia el ordenador que se encontraba en una mesa contigua y, distraído aún, abrió la lista. Dio un respingo cuando advirtió que la carpeta era de Ryu Shan, el muchacho genovés que le estaba informando en las últimas semanas. Su envío estaba compuesto por una foto y unas palabras. El abogado sabía bien interpretar aquello.

Descargó la imagen a continuación. Se acercó a la pantalla para verla con mayor detalle, antes de imprimirla. Una vez la tuvo en sus manos en papel, escribió con un grueso rotulador rojo, y en el margen inferior derecho, la cita de Ryu Shan. Estaba feliz y preocupado a la vez. Seguían tras la pista del caso, pero encontrar en París a aquel hombre no se antojaba tarea fácil.

Después, se levantó y cogió de uno de los estantes cercanos el archivador que tenía en mente. Entre varias de diferente color, una carpeta comenzaba a engordar en las últimas semanas. La misma en la que introdujo la foto, y que rezaba en su portada, marcado en una pestaña adhesiva: «Operación 685x».

5

El tiempo siempre pasa deprisa, muy deprisa, cuando las cosas van bien. Eso fue lo que pensé pocas semanas después de recién estrenado mi empleo en *El Bosque Galo.*

Un tiempo compartido en el que el anciano Jing Tao ponía sus pies por primera vez sobre las aceras de París, mientras yo circulaba despreocupada por la Avenida de Nueva York en mi recién estrenada Vespa ET4 azul, tras doce meses viviendo en la ciudad francesa. Mientras él buscaba su nuevo escondite entre las calles y amanecía intentando entender dónde se encontraba ahora, yo seguía con la vista el trazado de líneas entre balcones y azoteas asomándose por los vértices cuadrados de la ciudad. Y disfrutaba por sus ramblas pobladas de árboles y farolas de bronce, o entre las fuentes que rezan su historia de batallas en lugares donde todavía se podía oler a pólvora.

Me sumergía a diario en la ciudad de las mil pisadas, despacio. Como si tuviera miedo a salir del paraíso y adentrarme en las escaleras del diablo.

Noviembre es en París un mes extremadamente frío, y aquel día no lo fue menos. Quizá pensara así por el hecho de que no me funcionara la calefacción desde principios de octubre, o porque me levantara a diario a las siete de la mañana y, a esa hora, en este lugar tiemblan hasta los témpanos de los canalones.

Pero ese día, a mediados de semana, algo importante ocurrió de la forma más casual, en apariencia.

Después de todo, la jornada amanecía como tantas otras, con mis ojos marcados por ojeras y el gesto retorcido por el sueño, entre semáforos y coches que trataban inútilmente de despertarme, los termómetros marcando menos no sé cuántos grados centígrados a pie de acera y ciudadanos disfrazados de ejecutivos, o de hippies del siglo XXI, o de empleados de banca, dueños de joyerías, registradores de la propiedad o encargados de tiendas de ropa, panaderos, policías o bomberos. Barrenderos tempraneros limpiando las calles y parisinos de nuevo cuño atendiendo los puestos de comida en las esquinas. Había estudiantes aseados y con el pelo a la moda, señoras mayores con paraguas aunque no pareciera que fuera a llover en un mes y jóvenes en traje fumando antes de subir al autobús. Los cierres de los comercios comenzaban a levantarse, entre el chirrido de sus persianas de metal y las primeras luces alumbrando el escaparate. Las cafeterías se llenaban de funcionarios aún adormilados y de hombres de negocios pidiendo con prisa sus cafés con tostadas, sus cafés con croissant, sus cafés con cucharilla y azúcar o sus cafés sin nada.

Un lugar como todos. Y yo volvía a mirar y me esforzaba por escuchar hablar a la gente en un idioma que tanto me había costado entender al principio. Leía en francés los carteles pegados con celo en las puertas de algunos locales, y anuncios de bancos ofreciendo paquetes económicos seguramente muy ventajosos. O los últimos descuentos en telefonía móvil que me entretenía en descifrar. Estaba en Francia, como hacía solo unos meses estaba en Inglaterra. El proceso de adaptación a un nuevo país debía hacerse con rapidez, a codazos y a bocanadas de oxígeno, si hacía falta, antes de que la boca del dragón te tragara y te obligara a vivir entre las paredes de sus vísceras.

一

LOS VIEJOS MAPAS

6

Mantuve durante años, y aún los conservo, mis viejos atlas usados.

Decidí con veinticuatro años marcharme de casa, con el objetivo de poner el pie en los países que me habían desvelado mis mapas. Esa era mi intención inicial, hasta que descubrí en algún libro la historia de Chris McCandlees, un joven norteamericano que en 1992 abandonó su acomodada vida, quemó sus pertenencias y donó todo su dinero a una organización benéfica para viajar por el mundo en busca de experiencias. No llegó muy lejos. Murió de hambre en Alaska, en una caravana, enfermo y solo, dos años después de haber partido.

Me hizo poca gracia conocer este caso, así que aparqué por el momento la aventura y opté por convertirme en una estudiante más. Primero en Madrid y Roma, meses después en Inglaterra. Antes había trabajado cuatro años en el negocio familiar y estudiado administrativo en una academia de Cádiz, pequeña y antigua. También algo de idiomas, y tres años de Derecho en la Universidad de Sevilla. Aburrida por no encontrar mi espacio en el mundo, pensé que este era en sí muy extenso y que en algún lugar existiría un hueco para mí, un espacio donde incluirme en sus bolsillos.

Barbate es un pequeño pueblo gaditano cercado todavía por leyendas que recuerdan el desastre de Trafalgar. Un hermoso reducto de pescadores sin su fulgor de antaño. Como un candelabro de bronce dispuesto a lo largo de una larga mesa para la cena: sin velas, pero aún con olor a cera. Barbate es el castillo de mi infancia. El lugar de mis primeros pasos por el mundo. Un mundo que siempre he tratado de descubrir, desde el prisma de mis ojos de niña o tras un billete de avión.

Mi padre dirigía un restaurante familiar cercano al puerto; y mi madre, que cuidaba de mis dos hermanos y de mí, atendía en las horas en las que podía el trabajo en el negocio. Entre mi padre, gaditano, y mi madre, del Puerto de Mazarrón, sumaban unos cinco mil años de herencia cultural. Se conocieron en un viaje que mi padre realizó como representante de comercio a Murcia, allá por los años sesenta, cartera de cuero negro en mano y trayectos de ida y vuelta.

En un principio, mi padre concilió como pudo su puesto con un trabajo de repartidor con el que recorría en coche media provincia en un solo día. Pero un sueldo demasiado sujeto a inestabilidades provocó que buscara acomodo en el pueblo y alquilara el bar que luego reconvertiría en un notable restaurante. Un bar triste y sucio, con olor a posguerra y con baldosines pasados de moda que mi padre reinventó en un restaurante cómodo y acogedor, con luminosas fotos de barcos y motivos marineros enmarcados en sus paredes. A él acudían viejos lobos ermitaños llegados desde la Punta de Tarifa o la Bahía, pescadores de temporada o a tiempo completo, turistas y barbateños a disfrutar de su cocina. En este local me crié y en él aprendí a distinguir un pescado de otro solo mediante su olor, o a diferenciar el sabor del arroz cocinado en paellera o en cazuela de barro.

Así que crecí frente a un mar tranquilo, quieto, pero inabarcable. Mi vida se podría contar a través de las sacudidas de aquellas aguas: el año en el que hubo una gran crecida, cuando la marea se llevó la mitad de la playa o el verano en el que llovió tanto que no resultaba muy agradable bañarse. No había mayor o menor privilegio en esto. Solo una circunstancia: yo vivía allí. Así que no tenía que desplazarme mucho para mojar mis tobillos o contemplar la fuerza del agua en la espalda de los callejones de los rompeolas. Me bastaba con salir de casa para toparme con el sonido de las sirenas de las barcazas y la cara azul del Atlántico. Veía pasar barcas pesqueras de un lado a otro de la orilla como otros niños se distraen siguiendo con la vista el bamboleo regular de los columpios en los parques. Las miraba perderse a lo lejos en un horizonte de líneas curvas y me imaginaba, desde mi mente infantil de seis o siete años, que todas ellas marchaban rumbo a los estrechos de Oriente, a cubrir la ruta de los Emperadores de los Confines del Mundo o la de sus Majestades los Reyes del Hielo y de las Planicies Blancas de la Antártida.

Con los años aprendería que el mundo era ancho, extenso y grande. Que los barcos podían cruzarlo en unas semanas y que nada quedaba por descubrir. Que no existían ya imperios donde colocar por primera vez una bandera de explorador, ni culturas que no figuraran en los libros de texto. Y que hasta se organizaban cruceros para que la gente se sintiera como esos aventureros de los que ya no quedan, porque el planeta ha cambiado definitivamente. Esos trotamundos vestidos de caqui que portaban libretas donde recogían sus dibujos a lápiz, a los que añadían de forma continua pequeñas notas en los espacios en blanco de sus márgenes.

De niña buscaba los mapas, muchos de ellos recortados de periódicos o libros y guardados con mimo en una carpeta de plástico en mi cuarto, para repasar todos y cada uno de los mares que enmarcaban con su velo de cristal el mundo. Y seguía con el dedo los nombres de las ciudades y las rutas imaginarias que inventaba, o que había leído en algún lugar, o que escuchaba de boca de los pescadores que llegaban al restaurante de mi padre. Un mundo que, aunque ya se podía atravesar en horas de avión, seguía estando recorrido de norte a sur y de este a oeste por las láminas de cielo de sus aguas.

Llegué a Inglaterra para estudiar un año y me quedé más de dos. Al final, terminé sabiendo reconocer el acento de medio mundo: el inglés parafraseado por griegos, portugueses, italianos, alemanes, turcos… Leía todo lo que mis manos encontraban: desde prensa amarilla a prospectos de medicinas u octavillas publicitarias. Esfuerzos lingüísticos que fui desenmarañando ante la extrañeza de los clientes de la cafetería donde trabajaba, mientras servía una ensalada con Coca Cola, o unas tortitas con caramelo y nata.

La vida en Manchester no fue como yo esperaba. La noche cayendo a las cinco de la tarde en invierno y el carácter un tanto huraño del inglés nativo me hizo compartir todas mis horas con las decenas de extranjeros que, como yo, deambulaban en una ciudad en la que no todo el mundo encaja. Una mañana, hastiada de tanta petición de mostaza y helado de frambuesa, recogí mis cuatro cosas y puse de nuevo rumbo —soy incapaz de desligarme de mi vocabulario portuario— a Barbate, a la que echaba de menos entre todas aquellas nubes color acero y las sombras de los paraguas negros por las avenidas.

—Me voy a Cádiz.

Lo había dicho de repente, sacudida por un impulso de morriña que había actuado sobre mí como una palanca de metal.

—¿A Cádiz? —me preguntó Peter, un irlandés con el que había trabado una buena amistad en el último año en Inglaterra. Ambos estábamos sentados en un Café italiano, saboreando unos capuchinos espumosos como una gran bola de algodón desbordado. Sí, a Cádiz, pensé. Tampoco era una frase tan difícil de entender. No me daba cuenta de que jamás le había nombrado esta ciudad a mi amigo. Un irlandés, por otro lado, que nunca había salido de las islas.

—Pues sí —contesté yo, un poco impertinente.

—¿Y por qué ahora? ¿Y por qué a Cádiz?

Peter no salía de su asombro. Casi pude adivinar su pensamiento: ¿por qué volver al pequeño Barbate, en el momento en el ya te has hecho un hueco en este lado de Europa? Me miró extrañado, mientras acariciaba la cucharilla de plástico que acompañaba su café. Era un irlandés moreno y guapo, de grandes hombros curtidos en el fragor de partidos universitarios de rugby.

Yo, como si fuera lo más normal y sensato, concluí muy segura:

—Porque allí vive Álvaro.

Y di por zanjado el asunto.

7

Conocí a Jesús Álvaro López Quijada antes de cumplir los veinte años, en un verano cálido pero saturado de lluvias y pequeñas tormentas, tras una fiesta organizada por una amiga común. Nunca antes habíamos coincidido: él vivía en la capital y yo en Barbate. Comenzamos así un amor de verano que se convirtió pronto en uno de otoño, de rellano en rellano, de su casa a la mía, y después en una relación de casi nueve años en la distancia porque yo me fui pronto a Sevilla a cursar Derecho. Un amor como un balazo. En todo este tiempo, solo convivimos catorce meses, cuando volví porque encontré un puesto de administrativa para una empresa de alimentación. Álvaro siempre había trabajado en el departamento de contabilidad de un negocio de electrónica, así que alquilamos un piso cerca de la avenida de Madrid y comenzamos a vivir juntos.

Todo fue bien hasta que expiró mi contrato. Desde ese momento, las dificultades económicas nos impidieron sostener una vida en común, así que decidí dejarlo todo y volver a casa. Descubrimos entonces que nos llevábamos mucho mejor de esa manera, y que nuestra relación se fortalecía con la ausencia.

Álvaro es un gaditano cabal, buena gente, alto y delgado como un alambre y con cierto aire de señorito andaluz de los de antes. Con el pelo más bien claro y la piel pálida como el coral de los arrecifes, que debía proteger del sol para no perderla a tijeretazos. En sus ojos verdosos descubría una elegante y orgullosa palmera, mientras yo me quedaba siendo un geranio vulgar. Él me decía siempre que no, que exageraba, que los geranios también tienen su encanto. Pero no sé si me convencía esta argumentación: quizá me hubiera gustado más que me hubiera hecho sentir como una pequeña rosa.

No había tenido tiempo aún de comunicarle mi decisión. Lo hice cuando recibí un correo suyo:

«Hola, cari. ¿Cuándo vas a venir? Antonio va a dar una fiesta en su casa el próximo puente y cuenta contigo. Me ha dicho que hace mucho tiempo que no te ve. Ya ha nacido su segundo hijo y quiere celebrarlo con los amigos. Ven».

No es que me apeteciera demasiado emplear mi tiempo en una fiesta familiar de uno de los amigos de Álvaro, pero le dije que sí. Que iría con mi mejor sonrisa. Luego, añadí:

«Por cierto, amor, he decidido dejar Manchester. Vuelvo a casa».

Y volví. A ver a los míos. A verle a él. Pocas horas, pocos días. Los suficientes como para coger de nuevo fuerzas y marcharme a mi nuevo destino. Solo esperaba que Francia me recibiera con los brazos abiertos. Pero no fue así. De hecho, lo hizo con un aguacero, lo cual, después de sufrir la lluvia en Inglaterra, comenzaba a fastidiarme de verdad.

Los veranos de mi niñez en Barbate quedaban definitivamente atrás, con los chascarrillos a la puerta de las casas, donde media vecindad se daba cita para charlar de nada y ninguna cosa en las noches de calor de julio y agosto. Días de playa entre amigos o excursiones familiares por los pueblos cercanos. Todo Cádiz me huele y sabe a infancia. Estar en Cádiz es decir mucho. Siempre me pareció una tierra insólita.

Mi abuelo paterno, encorvado por los golpes de la ciática y la vida, con esa sabiduría que solo heredan los ciudadanos cuando albergan tres mil años de historia detrás, solía decir:

—Cádiz, y después morir.

A mí me encantaba esa frase, que escuchaba de sus labios y luego repetía cuando me acercaba al recodo de la bahía desde cualquier lugar. Aunque, conforme fueron pasando los años, y por razones obvias, cada vez me hacía menos gracia oírla en boca de un anciano cuya vida comenzaba su cuenta atrás.

8

La habitación observaba un orden perfecto, casi milimétrico. Todo había sido colocado meticulosamente en su sitio, sin obviar nada. La ropa estaba doblada y limpia en el armario. Unos cuantos libros descansaban apilados sobre la mesa, junto a un cuaderno de notas y un lápiz grueso. La comida, dispuesta por el tamaño de sus tarros, en la pequeña alacena al fondo de la cocina. El lugar le agradaba. El edificio parecía, aunque modesto, muy decoroso. Y la zona, a pesar de estar frecuentada por turistas, no era ni mucho menos ruidosa. Además, prefería un sitio como aquel, con el ir y venir de la gente durante gran parte del día y de la noche. Un sitio vivo pero discreto.

El anciano contó despacio los pocos billetes y monedas que descansaban sobre la mesa. Los miró pensativo. Aquel era todo el dinero que le quedaba. El adelanto de varios meses de alquiler había menguado, y mucho, sus reservas, así que tendría que buscar alguna manera de obtener ingresos. Y pronto. Encendió dos varillas de incienso en el pequeño altar que había creado sobre una repisa en un rincón del cuarto y meditó con los ojos cerrados durante un par de minutos. Después, cogió su gastado gabán verde y, aún sin ponérselo, salió de la habitación con paso ágil, sin tener todavía muy claro hacia dónde.

9

Llegué a París un doce de septiembre por la mañana, con una pequeña maleta —nunca viajo con demasiado equipaje; es algo que he aprendido a lo largo de los años—, mi documentación, un poco de dinero y unas gafas de sol de marca como único capricho. Vestida con pantalones cómodos y zapatillas de sport, una camiseta blanca y un abrigo tres cuartos ajustado. Ni una sola complicación. La segunda lección que aprendí con mis viajes es que la sencillez debe formar parte de la primera página de tu pasaporte, junto a los datos personales y tu foto.

Aterricé a las doce del mediodía en el aeropuerto, entre prisas de turistas y hombres de negocios. Día doce, hora doce. Pensé que la coincidencia no podía traerme más que suerte. Me encontré una ciudad bella y ordenada, que ofrecía un espíritu de bohemia y la visión de su arquitectura de edificios levantados a golpe de cartabón, tiralíneas y el talonario holgado de la burguesía del XIX. Calles atestadas de bullicio de cafés y oficinas, estudiantes y aprendices de artistas, locales de antiguos cabarets reconvertidos en lugares de ocio vecinal, banderas despuntando por encima de los tricornios de piedra de los ventanales, y un Arco del Triunfo que se desplegaba ante mí al fondo, mientras me miraba fijamente con su único y gigantesco ojo.

Bueno, me dije, quizá esto no sea tan duro como imaginaba.

Encontré piso en la Rue du Banquier y trabajo, por este orden. El primero cerca de un par de arterias importantes, el Boulevard de Saint-Marcel y Boulevard de L'Hòspital, no muy lejos del Sena. Lo segundo, en un pequeño restaurante, *Le Parisien en Or —El Parisino de Oro—*, regentado por un polaco de Cracovia, llamado Klaus Polsen, que hablaba un mal francés y sonreía con la boca abierta a cada palabra. *Le Parisien en Or* me ayudó a tomarle pronto el pulso a la ciudad, a conocer el talante francés y poder conversar en su idioma sobre todo tipo de cosas entre cafés y platos preparados.

Mi habitación tenía todo lo que podía necesitar aquí: una cama cómoda, un armario empotrado de dos puertas y un baño cuyo alicatado parecía remontarse sin pudor a la Primera Guerra Mundial. También una ventana que daba a un esquinazo del Boulevard Saint-Germain y desde la que veía caer las hojas y llenarse de amarillo dorado la calle.

Me resultó interesante saber que vivía en el barrio origen de París, Le Marais. Me lo había contado Jean Paul González, con el que comencé a salir a algún café cercano a la caída de la tarde. Ante mi asombro, descubrí que las calles por las que caminaba y contemplaban mi somnolencia por las mañanas, y las que me recogían y acompañaban por la noche al volver al casa, fueron la cuna de la ciudad más hermosa del mundo. Claro que el hecho de vivir en este lugar obedecía exclusivamente al asequible precio de mi apartamento y no al envidiable pasado histórico de la zona. Pero eso, salvo dos o tres personas de confianza, no lo sabía nadie.

Había noches que llegaba a mi habitación a las tantas. Las tantas en París pueden ser las ocho o las nueve, hora en la que en Cádiz mucha gente se levanta de la siesta en verano. Pero el clima impone. Y la costumbre.

El vecino del piso de arriba se llamaba Pierre y era jardinero. También era a quien solía preguntar los cuidados necesarios para una planta de interior que me había regalado mi casera y que no sabía cuidar. Desconozco por qué la gente se empeña en regalar seres vivos sin conocer de primera mano si vas a ser capaz de sacarlos adelante. De momento, resistía en mi casa, aunque no ponía la mano en el fuego por el hecho de que algún día la planta no terminara en los brazos de Pierre.

De Pierre escuchaba sus pasos andando de un lado a otro de la habitación, tanto de día como de noche. Estudiaba oposiciones para un cargo administrativo en el Ayuntamiento y, por lo que se ve, lo hacía caminando. Lo cual no tendría nada de extraordinario de no ser porque los suelos de todos los apartamentos de la casa estaban trenzados con madera antigua y crujían como los de un galeón viejo y oxidado.

—¿Qué tal hoy, Pierre?

—Bien. Un poco cansado, pero bien.

Me lo imaginaba a las dos y las tres de la mañana, memorizando leyes mientras recorría el kilómetro siete desde la ventana al baño.

—¿Le pusiste tierra nueva a la planta? —me preguntó, amable.

La planta.

Ya no me acordaba. Pues no. Se me había olvidado. Debía estar más que mustia.

Luego supe que los potos son incombustibles a los malos cuidados y que sobreviven incluso a personas como yo.

Tuve suerte al encontrar aquella casa. Fina Del Piero era una italiana enorme y de voz sensual, con el cabello castaño recogido en un moño y cierta autoridad cuando hablaba. Había sido maestra de profesión, partera en un pequeño hospital del sur de Nápoles, costurera para firmas de cierto renombre en su país y cocinera en un hotel de Roma. Tras un aspecto de mujer un tanto ruda por su corpulencia, latía un alma sensible que leía poemas de Dante y disfrutaba con el cine de Vittorio De Sica. Su familia había sufrido el fascismo de Mussolini durante la guerra, así que detestaba todo lo que oliera a autoridad.

Por su parte, su marido, no muy alto y redondo, peculiar y creativo, era, por encima de todo, feliz. También era capaz de construir un robot con un bote de conservas y un minúsculo motor, o de montar una lámpara a partir de un tostador y pedazos de juguetes rotos. Nunca he visto a nadie tan imaginativo como Octavio Lombardi. Siempre me sorprendía con una nueva idea: pinchar unos cables para dar mayor luz a la escalera sin que se notara en la factura, o captar la antena parabólica de un edificio próximo con unas pequeñas estructuras metálicas puestas de no sé qué modo. Me decía siempre que no había nada extraordinario en lo que hacía, que todo calabrés nace siendo un inventor en potencia desde la cuna. Y hasta que dudaba que Leonardo da Vinci fuera florentino y no de algún rincón de la vieja Calabria.

—Tergiversaciones de historiadores… —afirmaba rotundo, sin que pareciera por un solo momento bromear.

Cada día de otoño, antes de llegar al local, disfrutaba del cielo azul, sin nubes, con la atmósfera clara. Los coches son entonces menos molestos, las calles se abren a tu paso y el paisaje urbano burbujea sobre el asfalto y se ilumina.

Recorrer la ciudad es vivirla, es hacerla tuya; es impregnar tu piel en su piel. Solo así puedes adentrarte en sus secretos y que ella te desvele los suyos.

Por eso me gustaba París, como en su día me gustó Roma, y Manchester, y Madrid. Por ser vos quien sois, por ser ellas como eran. A veces tan auténticas; a veces, tan distantes e impersonales.

LE PARISIEN EN OR

10

Nos reuníamos en *Le Parisien* para hablar de todo y de nada al mismo tiempo. Allí, además de con Judith, coincidía a menudo con Claire, una amiga suya, rubia y pálida, de boca pequeña y a la que todas llamábamos «Marilyn» y que a mí siempre me pareció que compartía con la actriz, aparte de cierto parecido físico, el perfil de mujer desencantada; y Nancy, una irlandesa empleada en una tienda de ropa, que nos desveló su boda con un policía marsellés que trabajaba en la sección de Aduanas. En ocasiones se sumaba Klaus para invitarnos a una ronda y brindar con nosotras. Después, todas salíamos a recorrer los Campos Elíseos y los anchos bulevares para ver tiendas. Tampoco teníamos mucho más que hacer.

Alguna vez, aunque habían sido las menos, al echar el cierre a *Le Parisien en Or* nos habíamos quedado unos cuantos clientes de confianza, Klaus, mi compañera de trabajo Judith y yo misma hasta un poco más tarde, para tomar una última copa y relajarnos del largo día, en noches de amigos e intrascendencias.

—Klaus, canta algo —decía uno de los amigos del polaco, alzando su jarra.

—No sé cantar, ya lo sabes —contestaba entre unas risas que hacían difícil entenderle.

—Inténtalo.

Y el comentario servía para descargar en carcajadas el cansancio y la tensión de toda una jornada, que terminaba con el vozarrón de Klaus gritando al cielo del local, mientras agitaba su mano como un loco:

—*Chantons ensemble*!

Los peores días en el local eran los jueves y los viernes, cuando la gente se relajaba con vistas al fin de semana y acudía en masa al local. Yo solía librar los domingos, aunque en el restaurante se hizo habitual el cambio de turno o los días de apoyo en algún evento importante. Cuando jugaba el París Saint-Germain, por ejemplo, *El Parisien* parecía la tribuna norte de abono del estadio del Parque de los Príncipes.

—Terminaré pronto, ¿te espero para comer?

Era Judith quien me lo preguntaba. Solíamos desayunar o comer juntas, a veces en el local, a veces fuera, hablando siempre en castellano, por mucho que nos interesara perfeccionar el acento francés. De hecho, tampoco se puede perfeccionar mucho la dicción francesa entre una colombiana y una española.

Judith tenía veintisiete años, los ojos negros y toda una retahíla de parientes que dependían de ella en un barrio pobre de Bogotá. Su madre estaba separada de su padre y creo que nadie sabía dónde estaba él. Se había marchado un día a recoger grano de café y no había vuelto. Yo supuse que eso debía de ser el equivalente a decir en España que se fue a comprar tabaco, pero nunca quise incidir en el tema. La partida de su padre no le hacía a Judith ninguna gracia, y yo advertía que de fondo existía un pasado de afición paterna a la bebida que no sabía dentro de qué márgenes quedaba. Tenía ocho hermanos en Colombia, todos más pequeños que ella, y con su madre vivía una tía —que era la que ayudaba también a la economía familiar—, la abuela, una sobrina y un puñado de animales de granja. Mi amiga había emigrado por la imposibilidad de tener un futuro allí, y ahora se había convertido en el gran baluarte de todo el clan.

Fue mi persona de confianza casi desde el primer momento en el que desembarqué en París. Y la única que llegaría a estar al tanto de todo lo ocurrido con Jing Tao. Era una joven honesta, y con esa simpatía y educación que destilan las mujeres colombianas que se saben responsables de una saga entera. También más seria y madura de lo que le correspondía por edad, así que no le gustaba mucho perder el tiempo en frivolidades.

—Esta ciudad es un gran mercadillo pero, si no tienes dinero, limítate a soñar —me dijo un día.

Y, por el momento, era lo que hacíamos.

11

A principios de diciembre del primer año pude viajar unos días a casa. Tenía pendiente varias jornadas de vacaciones, así que me aventuré a pedirlas juntas para volar hasta Cádiz y ver a Álvaro. Le escribí por la tarde un mensaje: «Llegaré a las once de la noche. Me quedo todo el puente, pero antes he de pasar por casa para ver a mis padres».

Escueta, pero eficaz. Apenas diez minutos en el locutorio, ante la sorpresa del pakistaní que me atendió.

—¿Ya está? —me preguntó, sorprendido.

—Sí, cóbrame toda la hora. Es que tengo que marcharme.

Después de todo, Álvaro y yo habíamos estado más de hora y media enzarzados en el chat la tarde anterior. A mis padres se lo dije por teléfono: «Iré a España para pasar estos días». Ya tendría tiempo de contarles que únicamente iba a permanecer dos.

Al encuentro con mis padres siguieron las preguntas esperadas:

—Estás más flaca, ¿comes bien? —mi madre no hacía más que tantearme los brazos y el costado, como si en realidad tuviera pensado venderme en el mercado de esclavos.

—¿Cuándo vuelves? Estarás en Navidad, ¿verdad? —mi padre era aún más directo.

Pulsé el botón automático para mis respuestas: peso lo mismo de siempre. No sé cuándo volveré. Sí, estaré en Navidad.

—¿Cuándo vuelves, hija?

—¿Otra vez, papá? Piensa que soy como los gitanos. Siempre con el carromato de aquí para allá.

—Pero hasta los gitanos echan algún día raíces —protestó él.

—Papá, que solo tengo veintinueve años…

—Por eso.

Me levanté temprano el día de mi marcha. No había dormido bien en la misma cama que utilizara cuando adolescente, así que mis huesos, que ya no eran tiernos, protestaron en silencio ante la excesiva blandura del colchón. Me despedí de mis padres y me acerqué un momento al puerto, que se desperezaba entre redes de pescadores y barcazas listas para hacerse a la mar. Las aguas presentaban un ligero oleaje de tono un tanto oscuro, casi azul metálico, mientras hombres recios se preparaban para el trabajo y pulían sus cascarones llenos de las algas que las crestas de las marejadas recogían y enmarañaban.

Era diciembre, pero igual podría haber sido febrero o junio. El ritual del mar y sus gentes apenas cambia. Me imaginé que hace dos mil años los pescadores debieron tirar las redes con los mismos marcajes que hoy lo hacen sus descendientes. Y otras gaviotas, pero idénticas a estas, sobrevolarían el esqueleto de la ciudad y sus canales como vienen haciéndolo durante siglos.

Me desvié para pedir un taxi hasta la estación de ferrocarril.

Me recibió la ciudad con un viento de levante que me produjo un dolor de cabeza y un malestar insoportable. Puede ser que aquel maldito aire nos pusiera de mal humor a los dos, pero lo cierto es que mi estancia no fue demasiado agradable.

—¿Por qué? ¿Qué ha pasado? —Judith mantenía fijos los ojos en mí, mientras sorbía un poco de café. Vestía una camiseta granate de manga larga y unos vaqueros cómodos, con unas zapatillas deportivas blancas. Estaba claro que la moda de París aún no nos había atrapado.

Ambas estábamos en su casa de la calle Ámsterdam, muy cerca de donde se situaba *Le Parisien*, delante de una mesa donde mi amiga había dispuesto toda una serie de dulces para celebrar mi vuelta. Se levantó a apagar la televisión y yo esperé a que volviera para proseguir:

—No sabría explicarlo bien. Pasó de todo. O de nada. Salimos, entramos, regañamos, hicimos las paces… —dije, sin saber aún si me apetecía o no entrar en más detalles.

—Lo normal —siguió ella, con la clara intención de tranquilizarme.

Sí, lo normal. Supongo. Aunque lo normal para mí ahora era esto: estar allí, salir a comer con Judith, de compras… El resto había dejado de ser normal. Ya no sabía cuál era de verdad mi vida y qué era simplemente todo aquello que la complementaba. Percibía que las cosas estaban cambiando con rapidez y no siempre me parecía encontrarme preparada.

—No sé, lo noté extraño —dije al fin.

—¿Extraño?

—O la extraña era yo.

—Bueno, quizá sea lógico. Hacía meses que no os veíais.

—Apenas cuatro —gruñí.

—Alicia: hacía meses que no os veíais —apostilló.

Judith intentaba por todos los medios quitarle importancia al asunto, aunque ver la manera en la que mordía su trozo de pastel de manzana me provocaba una sensación de cierto desinterés en sus palabras. Pero no era así. En realidad, Judith se preocupaba de mis problemas y de mí.

—Hemos estado así siempre —confesé—. Y cuando vivimos juntos fue un desastre.

—Pero, ¿él te ha dicho algo que te haya molestado?

Algo que me haya molestado. No sé si me había dicho algo que me hubiera molestado. Quizá me molestó más lo que no me llegó a decir, sus silencios, sus vacíos. Sus miradas perdidas. Y el hecho de que no me llevara con sus amigos. Por primera vez prefirió irse con sus amigos a la playa. Pero no le dije nada. Bastaba con sus palabras. Se marchaba con ellos y entre ellos yo no tenía cabida.

Lo único que me consoló es que esa tarde, esa misma tarde de playa y amigos, cayó sobre la ciudad una tromba de agua milagrosa —en Cádiz la lluvia es un milagro— y todos se empaparon hasta los huesos durante dos horas. Algo es algo.

Mi amigo Jean Paul González, hijo de emigrantes españoles, era fotógrafo de profesión. Tenía un cabello muy rubio con entradas que le hacían parecer mayor, a pesar de no llegar a la treintena, flacucho y de nariz prominente, con unas gafas de hechura moderna que no siempre se ponía. Su oficio era retratar el deambular de las ciudades, y vender después su resultado por las calles del barrio Latino o por el centro. A veces en exposiciones en salas; otras, en simples puestos callejeros. Había viajado a Barcelona, Milán, Liverpool, Berna, Moscú… ganándose de ese modo la vida. Le compré una tarde unas fotografías del barrio de Montmartre. Gente caminando por sus calles. Solo eso, caminando. Así de sencillo. Pero nada menos. Gentes que van y vienen, distraídas, preocupadas o ausentes, estresadas o felices.

—Si observas bien —me había dicho—, puedes ver que los individuos, hombres y mujeres que pasean por Berlín, son en realidad los mismos que lo hacen en Milán o París, Berna o Madrid, Japón o la Polinesia. Que son idénticos sus miedos, sus aspiraciones y sueños. Sus anhelos de felicidad, su búsqueda de un mundo más justo o sus problemas. Sus quejas o esperanzas apenas cambian de unos a otros.

Era cierto. El planeta parece habitado por un solo ciudadano del mundo que habla en varios idiomas. No sé, pero me sentí un poco más reconfortada al darme cuenta de ello. Y mucho menos sola.

Invité a cenar una noche a Judith y a Jean Paul. Yo quería que se conocieran, o mejor, los que querían conocerse eran ellos. Sospechaba que existía cierta corriente de algo que no llegaba a identificar del todo, pero que resumiría en dos palabras: se gustaban. Solo así se explica que Jean Paul llevara semanas persiguiéndome para que facilitara un encuentro entre ambos. Y que Judith me preguntara, un día sí y otro también, en qué zona de París se encontraba en ese momento vendiendo sus fotos. Desde que le hablé al uno del otro, intuí que aquello podía terminar en algo. *Así practico el español*, esgrimía como excusa mi amigo. *Si es por eso, también lo puedes practicar conmigo*. Pero luego me guiñaba un ojo con el que, en realidad, ya me lo estaba explicando todo.

Ya en la cena, Judith preparó algo de comida típica de su tierra y Jean Paul abrió la botella de vino que había traído. Yo saqué un mantel a estrenar, puse un centro de mesa de flores de temporada y cociné algo sencillo. Aunque, no sé por qué, percibí desde el principio que mis comensales iban a estar más pendientes de otras muchas cosas esa noche.

12

Casi bordeando la primavera, hacia el mes de marzo, dejé mi trabajo en el restaurante después de cinco meses. A pesar de que, con la edad, las prioridades cambian y la estabilidad es el eje sobre el que basculan tus horas. No sé por qué lo hice. Solo sé que, ese día, cuando regresé por la tarde a mi piso, no me sentía bien conmigo misma. Me tumbé en la cama sin desvestirme y comencé a llorar en silencio como una tonta.

Recorrí la ciudad durante semanas en busca de un empleo, dejando que los rayos de sol que comenzaban a asomar entre las rendijas de las calles me calentaran el rostro y me dieran fuerza para continuar.

Antes del verano me topé de bruces con *El Bosque Galo*, una pintoresca tienda esotérica en la que comenzaría a trabajar en poco tiempo. Me salió al paso, bajando por la anchísima avenida del Boulevard de Saint-Germain. La primera vez me quedé mirando absorta su escaparate. Nunca había visto tal número de velas, velones, candelabros, cartas de todos los tipos de Tarot, bolas de cristal, libros de autoayuda, ciencias esotéricas y de nueva era, mantras tibetanos, mantras hindúes, pulseras energéticas y anillos de la suerte por centímetro cuadrado. Cuando acerqué mi nariz al cristal, un halo de luz efervescente se desbordó como una gigantesca llama, alcanzándome la cara y proporcionándome la sensación de un agradable calor. Seguí durante un momento observando hipnotizada todos aquellos deslumbrantes objetos, apilados en perfecto caos ordenado sobre tapetes de raso verde o violeta, y en pequeños expositores decorados con dibujos extraños. Me asomé al interior. Y terminé pasando.

—¡Hola! —me espetó una voz.

No recordaba tanto entusiasmo en alguien desde hacía tiempo.

—¡Hola! ¿En qué puedo ayudarte? —repitió.

El espacio era más bien pequeño, con estanterías repletas de lo que había ya visto desde fuera, pero en todas sus gamas y variedades. Así, las velas que adornaban el exterior componían aquí un grupo inmenso que se guardaba en cajas y cajitas de cartón y madera, de todos los tamaños y colores inimaginables. Velas altas, pequeñas, redondeadas, gruesas, decoradas en su base, decoradas en su tronco, lisas, lisas pero con guirnaldas, lisas pero con guirnaldas pequeñas, lisas pero con guirnaldas grandes... Pulseras, libros que sobresalían de los estantes, carteles, dibujos de cartas astrales y fotos de auras sobre cabezas humanas, aguas milagrosas y supuestamente bendecidas, medallas... Tratados actuales escritos por filósofos de la New Age, del Pensamiento Positivo o la Ley de la Atracción. Imágenes de Buda, de Jesús, de Lao-tsé —un filósofo chino considerado el fundador del taoísmo, según me enteraría después—, de dioses hindúes de nombres impronunciables, de Vírgenes, santos, santeros, hadas, duendes y ninfas.

La dueña de todo aquello parecía ser la mujer que esperaba mi respuesta. Cuando salí de mi asombro, me centré sin disimulo en ella.

Iba a juego con la tienda.

Vestía una especie de túnica tejida a partir de mil trozos de telas multicolores, pero que le llegaba solo hasta las rodillas. Debajo sobresalían unos pantalones bombachos que terminaban cuando comenzaban sus botas de tacón. Llevaba tantos collares al cuello que fui incapaz de mirar sin marearme: perlas, pequeñas piezas de madera, bolas de lapislázuli y ágata... Su peinado era un revoltijo de pelo oscuro encrespado hacia el infinito. Un recogido que apenas podía domar aquella mata de cabello. Tendría más de cincuenta años, pero su tez limpia, suave, sin sombra de maquillaje, le confería un aire decididamente juvenil.

—Hola —musité, todavía algo turbada—. Quería ver esos inciensos del escaparate.

Señalé aquel espacio inverosímil como si de verdad fuera posible encontrar algo en él.

—¿Incienso? —me preguntó mientras daba la vuelta y se dirigía a un estante atestado de cofres y cestas—. Espera, te enseñaré varios.

Me temí lo peor. No tenía ni idea de tipos o clases de inciensos, y aquella mujer seguro que me obligaba a elegir. Afortunadamente, fue ella quien me los fue descubriendo, uno a uno:

—Mira, los tenemos para la paz interior, para el amor, la pareja, las relaciones sociales, la felicidad, el dinero y la prosperidad, el poder, la salud, potenciadores de energía, relajantes… ¿Cuál quieres?

Me había ido enseñando la vitola donde se leían las supuestas propiedades casi milagrosas del artículo. Abrumada por la profusa descripción —en realidad, yo solo quería un incienso para que en mi casa dejara de oler a la humedad que subía por las envejecidas tuberías— apenas acerté a decir:

—No sé. Solo quiero incienso. Para que huela bien.

—También hay con olor a vainilla, sándalo, frutas del bosque, lavanda, clorofila, romero, menta...

—Uno que huela bien.

—Bien —dijo, un tanto decepcionada por mi respuesta. A buen seguro esperaba encontrar alguien menos obtuso—. Entonces prueba este. Lo tiene todo en uno.

Me enseñó una cajita alargada donde se leía en su cenefa, con letras naranjas y doradas: «Incienso de Buda».

—Este —añadió—, aparte de ofrecer una agradable sensación aromática, proporcionará a tu casa una limpieza completa de energías negativas.

Era exactamente lo que necesitaba: que saneara el ambiente físico y me echara una mano también en lo espiritual.

—Te ayudará a oxigenar tus chakras y a purificar tu aura.

—¿Y cómo sé si debo purificar mi aura? —Luego aprendería a no hacer determinadas preguntas en tiendas de estas características, como: ¿funciona este jabón que quita el mal de ojo?, o ¿y si el talismán del Dinero Seguro no me atrae riqueza? Estas eran cuestiones que nunca había que abordar. Por el momento, quise saber solo la necesidad de purificar mi aura.

—Mujer, todos debemos hacerlo. Es como poner a punto el coche en un taller. ¿Me comprendes?

—De acuerdo. Me lo llevo.

—Espera, voy a encenderlo para que lo veas.

Cogió una cajita idéntica a la primera, extrajo el incienso y lo encendió con un mechero que apareció, como un buen mago, de repente y de la nada en una de sus manos. Casi de inmediato, una tenue pero penetrante fragancia a frambuesa alcanzó mi cerebro. Ella lo olfateó sin pudor y cerró los ojos como si de pronto experimentara un viaje astral. Por un momento creí que iba a levitar. Por fortuna, siguió con los pies en la tierra, pero yo, temiendo que se fuera a desmayar, asentí rápida, le dije que me encantaba y cerré la compra. La mujer me dio un panfleto publicitario, y de regalo un velón dorado de al menos cinco centímetros de grosor:

—Toma. Enciéndelos juntos y te darán suerte.

Le di las gracias y salí de allí, con un leve rumor en el estómago que me hablaba de buenas sensaciones. Abrí el folleto y comencé a leerlo con cuidado, mientras me perdía por la esquina de la calle próxima. El tríptico era muy descriptivo y estaba lleno de colores vivos y muy atrayentes. Encontré evocadores artículos de todo tipo puestos a la venta, desde los consabidos velones e inciensos hasta cruces de Caravaca y manos de Fátima, colgantes supuestamente milagrosos, llaves de la fortuna que abrían las puertas del dinero, herraduras, llamadores de ángeles, imágenes religiosas o de santería para concretar deseos, amuletos para la casa o para llevar en la muñeca, CDs con mensajes positivos, libros de espiritismo o de autoayuda que buscaban la prosperidad, promesas de convocatorias de próximos cursos y un encabezado que coronaba todo ello. Sonaba bien. Me gustó. Rezaba:

«EL BOSQUE GALO
Tienda Esotérica y de Nueva Era»

一

EL BOSQUE GALO

13

Volví a los tres días por el bulevar. Quería comprarme esta vez una preciosa pulserita de madera en la que me había fijado. O quizá, en mi interior, buscaba algo más.

—Hola, de nuevo —la dueña me reconoció al verme. Vestía de la misma forma estrafalaria que días antes.

Le expliqué mi propósito. Ella se adentró en el escaparate y sacó la pulsera; después hizo lo propio en una parte del muestrario que descansaba a sus espaldas y me enseñó varios pequeños envoltorios.

—Tenemos de todos los tipos —me dijo con su eterna verborrea—. De madera de arce, de madera de boj, de madera de roble, de madera de pino, de madera de haya, de madera del Líbano, ya sabes, el país de esos abetos tan grandes... Ah, y esta está bendecida por el rito celta...

La pulsera en cuestión no me pareció a simple vista que tuviera nada de extraordinario o que recordara a ningún rito céltico, pero era muy bonita; y lo mejor: increíblemente barata.

—Ha sido anudada en los pueblos mágicos del oeste de Irlanda. También tenemos collares de ámbar. Y de ágata. Y de topacio. Una pulserita y un colgante haciendo juego dan muy buena impresión. Palabra de Rose Marie.

No compré nada más que aquella pulsera ritualizada, pero regresé a ver a Rose Marie y su surtido de artículos espirituales en otras dos ocasiones. Solo a mirar. Y a consultar libros sobre el karma, tratados chamánicos, buscar piedras de la suerte, barajas adivinatorias u oraciones al Universo y a Laksmi, diosa hindú de la buena fortuna y la abundancia.

—¿De verdad no te interesa nada? —me interrogó con una mirada pícara la dueña.

Yo me solía escabullir para curiosear por la tienda, aprovechando la cantidad de clientela que llenaba siempre el comercio.

—Bueno, es que no ando muy bien de dinero —me atreví a decir—. De hecho, estoy buscando trabajo. Y me preguntaba si…

Reconozco que me daba vergüenza verme en aquella situación, pero continué:

—… si necesitaría una dependienta para ayudarle.

—¿Te gusta la temática de *El Bosque Galo*? —me preguntó, sin inmutarse—. ¿Tienes experiencia cara al público?

Sonreí. En realidad, no había hecho otra cosa en Inglaterra y en Francia que trabajar de cara al público. También me gustaba todo aquel mundillo, absolutamente fascinante. No sé qué vio en mí aquella excéntrica mujer, pero era viernes y, después de dos o tres preguntas más, el lunes me encontraba tras el mostrador atendiendo a la gente, o junto a la puerta, con un correcto *Bonjour, madame* inicial, explicándole a algún cliente las excelencias de un determinado ungüento que servía para amarrar a una pareja díscola o para atraer a una nueva media naranja mediante complejos conjuros de amor.

—Recuerda que para trabajar aquí solo tienes que creer, escuchar y sonreír —me había dicho Rose Marie.

Y seguí siempre su consejo al pie de la letra.

El mismo día que comenzaba a trabajar en *El Bosque Galo* quedé con Judith, tras esperarla a la salida de *Le Parisien*. Venía cansada, con un largo fin de semana de trabajo a sus espaldas y sin haber visto apenas en dos días a Jean Paul. Estuvimos dando un agradable paseo por el amplio Boulevard Vicent Auriol, muy cercano a mi casa.

—¿Cómo van las cosas por el local? —le pregunté, curiosa en mi vanidad por saber si me echaban de menos.

—Bien, como siempre. Van bien. Mucha gente, ya sabes. Sobre todo el sábado.

—¿Y Klaus?

—Pregunta mucho por ti. Te echa de menos.

Sonreí. Era lo que quería escuchar.

—Tienes que pasarte un día a vernos.

—Lo haré. Han sido pocos meses, pero he disfrutado allí de muy buenos momentos —me encogí de hombros—. Aunque me da cierta tristeza

—Por eso. Por los buenos momentos. No seas tonta.

—Lo soy…

—Pues no. Y ven.

Sonreí de nuevo. Judith notó mi cambio de humor.

—Para que se te pase, esta tarde he quedado con Paul y Michelle para ir al cine.

Yo no sabía quién era Michelle. Esperó un segundo, antes de añadir:

—Iremos primero a recorrer todas las tiendas del centro, ¿te apuntas?

Y me apunté, claro.

Judith y yo solíamos terminar nuestro periplo sentadas en la escalera de la iglesia de La Madeleine, mirando pasar a la gente y comentando los zapatos, o los vestidos, o los zapatos y los vestidos a la vez, de las mujeres de toda edad y condición que pasaban por delante de nosotras camino a los oasis de sus casas. Después, siempre llegábamos a la misma conclusión: París ya no es lo que era. La moda parisina había pasado de la alta costura al bajo coste en muy poco tiempo. Zapatillas deportivas, camisetas de universidades americanas, chanclas de verano en los caballeros junto a bermudas que más parecían bañadores… ¿Dónde había quedado la elegancia francesa?

—¿Sabes, Alicia? Ya nada es como era.

Pero tampoco nos importaba. Gracias a que nada era ya como era, nosotras vestíamos como queríamos y salíamos por el centro de París sin ser tachadas de excéntricas. Incluso podíamos entrar en una de esas elegantes perfumerías de las calles más emblemáticas y abrir los frascos sin que la encargada se atreviera a echarnos de allí.

—No, nada es como era —contesté—. Afortunadamente.

14

Si ante un genio y su lámpara maravillosa me hubieran dado la opción de elegir un deseo en relación al trabajo, no hubiera dicho nada distinto a tener un empleo como el que desarrollaba en *El Bosque Galo*. Limpiaba y ordenaba, hasta que llegara algún cliente, los distintos amuletos de metal, las bolas mágicas encerradas en bolsitas de seda, los llaveros de poder, las lamparitas de la fortuna o los juguetes antiestrés. Toda una lonja de píldoras para la fe y la esperanza; una búsqueda de la espiritualidad que nadie puede decir que le sea ajena, porque forma parte de nosotros mismos.

Dos meses después, aprovechando que el negocio iba adelante, le indiqué a Rose Marie que sería interesante hacer valer todo aquel caudal de clientes para derivarlos hacia cursos y actividades que podríamos poner en marcha. La gente entraba buscando respuestas y nosotras podíamos ofrecerles caminos para hallarlas.

—Me parece bien —contestó rápida—. ¿Tienes alguna idea?

Le sugerí poner anuncios en escuelas especializadas, indagar en Internet y en las secciones de anuncios de algunas revistas profesionales en aquellas disciplinas que pudiera encajar mejor en nuestro rastreo.

Así lo hicimos. Para sorpresa de ambas, los resultados no tardaron en llegar. Citamos a una treintena de personas en la planta baja de la tienda, que todavía no era más que un almacén desordenado lleno de stocks, destinado desde aquel momento a servir de espacio para los diferentes talleres. Hablamos con todas ellas. Habían acudido videntes, sanadores, brujos, cartománticos, profesores de yoga, especialistas en inteligencia emocional, en acupuntura, en *coaching* para el alma, charlatanes de barrio, bailarines... Al día siguiente, y visto el éxito de la convocatoria, la nueva tarjeta de visita de *El Bosque Galo* titulaba así:

«EL BOSQUE GALO
Tienda Étnica y de Nueva Era»

15

Llegó el verano. Disfruté de la familia, de los amigos, de los viajes y de los parones en casa sin nada que hacer. De pequeños viajes a ciudades cercanas para pasar el día y jornadas enteras sin ninguna preocupación. Tenía un mes por delante y muchas ganas de aprovecharlo.

Había volado a Cádiz para ver a Álvaro, y luego él se acercó hasta mi casa. Alquilamos un coche y nos desplazamos por el norte del país durante una semana. Queríamos reverdecer nuestros mejores tiempos, pero nuestros mejores tiempos ya habían pasado para siempre. Fuimos dos extraños, sin mucho de qué hablar, sin mucho que decirse. Sin nada que compartir. Buscábamos la compañía de amigos para no encerrarnos en aquel mutismo que nos engullía. Todo se estaba apagando. Por eso supe que, al despedirse, lo hacía para siempre. Fue un simple «hasta luego», que en realidad quería decir «hasta siempre».

La vuelta a mi trabajo de París fue un alivio. Era de nuevo un desafío, completado mi primer año en Francia. Llegué en el mes de septiembre, de madrugada, cansada y con la moral rota. Deseaba olvidar mi decepción con Álvaro y no quería echar la vista a otro lugar que no fuera al horizonte. Me esperaban mis caseros, y mi pisito pequeño pero encantador, con una ventana al bulevar lleno del rastro invisible de los transeúntes. Mi alicatado antiguo en el baño y los mismos paquetes de comida y tarros de legumbres que había dejado en la alacena un mes antes. Pronto seguiría escuchando las pisadas de Pierre durante la noche, y pasaría mis mejores tardes con Jean Paul y Judith en *Le Parisien*, o en alguna terraza del centro tomando un café.

Me aguardaba también *El Bosque Galo* y Rose Marie, junto a decenas de clientes fijos que se iban convirtiendo poco a poco en conocidos y amigos. Todo un universo, el mío, que volvía a girar de forma estrictamente matemática, con sus planetas y satélites dispuestos en el espacio circular que ocupaban en el cosmos.

Al día siguiente, *El Bosque* abría tras las vacaciones de verano. Llegué temprano. Tenía los primeros pedidos amontonados a los que había que dar salida y algunas gestiones tributarias que completar para el nuevo año. Pero cada jornada era siempre distinta:

—Alicia, ¿qué te parece un curso de Danza del Vientre?

Encontrar una profesora de Danza Árabe no fue difícil en París. Vivían aquí cientos, miles de mujeres sirias y egipcias. Pusimos anuncios, llamamos a escuelas de baile, y pronto nos vimos haciendo unas cuantas pruebas. Nos quedamos al final con una jordana estudiante de Derecho, hija de una conocida bailarina en su país. Nos gustó su manera de bailar y su don de gentes. De inmediato anunciamos el curso.

Nunca pudimos sospechar el éxito de la actividad. Ni la avalancha de clientas amontonadas ante el mostrador, solicitándonos nuevos modelos o encargándonos pedidos.

El cursillo fue tan satisfactorio que lo prorrogamos durante dos meses más. Habíamos alcanzado ya noviembre, la clientela se multiplicaba por días, el negocio marchaba muy bien y estábamos sopesando la inclusión de nuevos cursos. Qué sencillo parecía todo.

El sol había ocultado deprisa sus timidísimos rayos de la mañana y el cielo entero anunciaba una espesa lluvia a esa hora de la tarde, nublada ya y desapacible, a mitad de semana de principios del mes de noviembre.

—Alicia —me dijo Rose Marie, al verme entrar—. Ven, quiero que conozcas a alguien.

Pasé y dejé el bolso —un bolso estilo mochila, grande y cómodo— sobre el mostrador.

Al otro lado de la tienda, como una estatua de cera, un hombrecillo nos esperaba inmóvil. No me causó gran impresión en ese primer momento. Apenas concebí una primera idea de él. Simplemente nos acercamos al trozo de hielo que parecía aquel hombre y Rose nos presentó:

—Mira, Alicia, es el señor Jing Tao.

—Encantada —le saludé, pero casi no pareció entender la conversación. Hizo un leve mohín y siguió mirándonos, absolutamente impasible.

—El señor Jing Tao no habla mucho francés. Lleva muy poco tiempo en París y viene a ofrecernos una propuesta de cursillo. Como sé que dominas el inglés, me gustaría que me tradujeras sus palabras.

Por un momento, el frío que casi traspasaba la ventana me recordó la humedad que conocí en Manchester durante los dos años vividos allí.

—Bueno, dime, ¿qué te parece?

—Estupendo, claro. No hay ningún problema.

—Dará clases de Taijiquan y Qi Gong. ¿Lo he dicho bien? Es un consumado maestro.

Recordaba haber visto en televisión a los ancianos chinos practicar estas artes en los parques de las ciudades. También el hecho de que en España hacía años que asistir a esas clases se había puesto muy de moda, y personas de cierta edad, amas de casa o funcionarios estresados acudían a coordinar sus movimientos como si de un ejercicio gimnástico se tratara.

—Ah, Taijiquan y Qi Gong —repetí, ahora ya no mentalmente—. A nuestro público le encantará.

—Creo que puede funcionar en nuestra escuela.

—Sea usted bienvenido al grupo. Nos pondremos enseguida a disponerlo todo —le dije en inglés y él asintió con otro leve movimiento de barbilla.

Rose Marie dio por zanjada la conversación, elevando su tono de voz, como si el hombre fuera a entenderle más por ello.

—Bien, entonces. Comenzaremos cuanto antes.

Y este fue nuestro primer y brevísimo encuentro.

Me gustaría poder decir que se trató de algo intenso, que entre nosotros se dio una aguda corriente de simpatía mutua, que yo supe ver ya en él lo que iría descubriendo con el tiempo. Pero no. Fue así, corto e insustancial. Jing Tao se había limitado a escuchar y a asentir ante las afirmaciones de Rose Marie. No había mucho más que hablar ese día; nos despedimos con un protocolario apretón de manos y nada más. Pero no dejaba de tratarse de una situación curiosa: una española hablando en inglés en Francia con un chino que daba Taijiquan. ¿Y todavía existe alguien que no crea en la globalización?

Globalización o no, en aquel momento, que banalizo ahora, no fui consciente de que Jing Tao acababa de entrar en mi vida.

Después, él salió de la tienda y se perdió en el mismo silencio en el que había estado envuelto.

二

LIBRO SEGUNDO

二

UN ARTE SECRETO

16

Si nos detuviéramos un instante a pensar, pronto nos daríamos cuenta de que la vida está compuesta por una sucesión de pequeños hechos que jalonan, como grilletes de cadena, todos nuestros pasos. Que a menudo no encontramos nada interesante a lo que aferrarnos, y por ello existir se convierte en una retahíla monótona de días que pasan, de semanas que transcurren, de años que ya no vuelven más a pesar de haber estado mal vividos. Porque no hay una segunda oportunidad y dejamos que las horas deambulen, dueñas de sí mismas.

Por eso, la presencia de Jing Tao se me antojó aire fresco. Como un regalo. ¿Por qué me aferré a Jing Tao como una prometida despechada a su vestido de novia? Porque había en él algo que avivaba mi espíritu, que despertaba todas las vidas pasadas que a buen seguro llegué a ser.

Era un hombre muy delgado, no demasiado alto, con los miembros largos y angulosos, el cabello fino y totalmente cano, con anchas entradas en las sienes que dejaban ver a la perfección la forma y hendidura de su cráneo. Algunas arrugas muy marcadas se dibujan sinuosas en su frente, en sus mejillas y en el surco de los ojos. Esto y sus ojeras presentaban un estandarte de viva tristeza en el rostro, y hablaban de una vida cargada de dureza y años.

Nunca, en todo el tiempo en el que lo conocí, lo vi vestir de una forma que no fuera extremadamente sencilla y austera. Una fina camisa de lino, a veces blanca, a veces negra, que se dejaba acompañar en los días de frío por una gruesa chaqueta verde caqui estilo militar; unos pantalones anchos y unos mocasines que sustituía los días de lluvia y frío por unas botas negras bajas. También un extraño gorro con orejeras. En cuanto a su carácter, siempre demostró ser reflexivo y silencioso; sumamente discreto y esquivo.

Yo nunca antes había tenido la ocasión de hablar con ningún oriental, aunque en Sevilla conocía de vista a un coreano que hacía acupuntura y que le curó para siempre a un vecino una lumbalgia de años. En Manchester los había visto pasar por delante de la cafetería o caminar deprisa por las calles al encuentro de las tareas de compraventa de sus negocios. En París me parecía que pasaban más desapercibidos, mezclados entre la abundante inmigración francófona, mayoritariamente magrebí y subsahariana.

Por otro lado, ¿qué sabía de su país, de China, de aquella inmensidad de tierra asombrosa, a excepción de los relieves de sus montañas y sus contornos, estudiados en la redondez de un globo terráqueo escolar?

—Parece un hombre muy serio —le susurré a mi jefa cuando Jing Tao hubo desaparecido por completo.

Rose Marie me miró un segundo y se encogió de hombros, antes de darse media vuelta y volver al mostrador:

—Mientras dé bien sus clases y la clientela crezca, por mí como si come palos de estaca por las noches.

Tenía razón, a mí no me incumbía el carácter más o menos huraño de aquel hombre. Había sido un comentario insustancial, quizá para romper la pasarela de hielo que él mismo había interpuesto hasta nosotras. Tenía dentro demasiadas preocupaciones como para distraerme con banalidades de ese calibre.

Aquel día, después de recoger un poco y poner a punto los pedidos, me marché pronto a casa. Estaba cansada y me esperaba la cena de primer día de mes con la que mis caseros y yo solíamos celebrar la consecución de un nuevo ciclo y la apertura de otro. Había invitado a Judith y a Jean Paul. Judith me había traído un libro de regalo:

Los Siete Pilares de la Sabiduría, de Lawrence de Arabia. Tras desenvolverlo y darle un abrazo de agradecimiento, le pedí que me lo dedicara.

—Ni que lo hubiera escrito yo —comentó, divertida—. El regalo es también de Paul.

Me volví hacia él. Jean Paul traía prendidos ojos de enamorado en el rostro, que tintineaban cada vez que ella hablaba. Saltaba a la vista que su relación con Judit no podía ir mejor.

Le reñí con humor por esa omisión.

—¿Tú, fotógrafo, regalando libros? ¿Dónde queda aquello de «Vale más una imagen que mil palabras»? Le estás haciendo un flaco favor a la profesión.

—Por una noche seré un fotógrafo renegado. Por cierto, ¿qué tal en la tienda?

Comenzamos la tarea de preparar la mesa, colocar el mantel nuevo y mis mejores cubiertos. Jean Paul ponía con cuidado las servilletas. Hacía semanas que no lo había visto. Parecía que estar en pareja había conseguido domar un poco sus aires de libertad y bohemia.

—Me alegro entonces de que dejaras el restaurante —dijo mi amigo—. Se te ve más feliz ahora.

—Se trata de algo completamente distinto. Esto es… ¿cómo definirlo? Más… exótico.

—¿Exótico? —Jean Paul se apartó su pelo rubio de la frente y lo echó para atrás, dejando de nuevo a la vista sus profundas entradas. Me miró divertido.

—Exótico —concluí, y me marché a la habitación de al lado, un pequeño espacio con una ventana y unas cuantas alacenas que hacía de cocina. Sus escasos metros estaban tan suficientemente bien repartidos que hacían confortable su estancia. Había frascos colocados en su sitio, reductos para cacerolas y platos, caja para cubiertos y sartenes colgadas con cuidado. Puse algunos platos de comida adornados de forma creativa antes de sacarlos a la mesa.

En ese momento sonó el timbre. Eran Octavio y Fina. Él vestía con un polo verde que no disimulaba su bien conseguida barriga —parábola que hablaba de su felicidad, supongo—; ella sonreía, con los ojos levemente pintados en tono azul mar, con su voz fresca y un tocado recogiendo el cabello que le hacía parecer una Nefertiti del sur de Italia. Traía una botella de vino en la mano. Creía recordar que les había vuelto a decir que yo no bebía. Pero había invitados, así que la botella a buen seguro no amanecería viva.

En otro lugar, y sin que yo pudiera siquiera sospecharlo, aunque los detalles los conocería mucho después, las manos tersas y angulosas de Chen Qi recogieron el pasaporte en el mostrador. La señorita se lo devolvió junto la tarjeta de embarque y una sonrisa.

—Puerta D-62, señor.

—Muchas gracias.

Aceleró el paso por los corredores de la Terminal, esquivando a la gente. No quedaba mucho para que saliera su avión y aún debía pasar por el control de pasajeros. Llevaba escaso equipaje: algo de ropa, algunos papeles y una reserva de hotel. Pero lo más importante lo guardaba en su mente. Las últimas noticias que sus enviados habían ido incorporando al caso. El objetivo que perseguía desde hacía años. Todo, absolutamente todo, estaba archivado en su cabeza. Aunque aún estaba lejos de toparse con un gran inconveniente en su trabajo. Todavía no había decidido advertirme para que no me entrometiera en sus asuntos:

—Señorita, no se meta usted en más líos. Hágame caso.

Ahora, a pocos minutos de embarcar, se vio por primera vez cerca de su conclusión, más cerca que nunca; pero aquella misión no podía ser medida por el tiempo. No era justo. El tiempo relativo a algunos asuntos no debería existir.

17

Era la segunda vez que coincidíamos. Ambos nos encontrábamos por la tarde en la planta baja de la tienda, escribiendo algunas notas para redactar lo que sería el cartel que anunciaría el taller: «Curso de iniciación de Taijiquan/Qi Gong».

Jing Tao me siguió pareciendo un hombre reservado, que de pronto estudiaba con cuidado cada uno de mis movimientos o se sumía en la abstracción más absoluta, como si en realidad se encontrara muy lejos de allí.

Arrancó a hablar de repente. Tenía un tono cálido y bello, con cierto toque de seguridad en sus palabras.

—Tiene un apellido extraño. Usted no es de aquí, ¿verdad? —me preguntó.

—No. ¿Lo ha notado por mi acento? —procuré sonreír con fuerza para relajar el ambiente. A decir verdad, el ambiente estaba relajado. Lo que permanecía tenso era el rostro afilado de aquel hombre.

—¿De dónde es?

—Española.

—Ah, España. Bonito país.

—¿Lo conoce? —me pareció haber encontrado un resquicio para iniciar una conversación.

—No.

Y volvió a su posición inicial de estatua, esa que, francamente, empezaba a fastidiarme.

Habían pasado varias horas, en las cuales yo había atendido la tienda y el profesor se quedó en la planta baja realizando sus ejercicios. Aquel día vino un colegio entero solicitándonos unos libros de viajes y estuve muy ocupada durante la jornada. Rose Marie había acudido a escuchar una conferencia sobre médiums y experiencias al otro lado de la vida, asunto que a mí no me apasionaba.

—Estaría bien traer unas charlas sobre el tema —me diría al día siguiente.

—Claro —dije yo. A mí ya nada me sorprendía.

Después de atender al último cliente, bajé a la sala de los talleres. Jing Tao se encontraba practicando gimnasia china. Me acerqué despacio. Sus movimientos, conscientemente pausados, hacían que se le doblara el cuerpo en cortas oscilaciones. La relajación de su cara le hizo parecer más joven por un instante.

—Señor Jing Tao…

No sabía cómo llamarle. Con el tiempo supe que los chinos anteponen el apellido al nombre, pero a mí siempre me pareció un detalle intrascendente y seguí usando lo más sencillo para mí.

Jing Tao continuó su tabla de figuras sin escucharme.

—Señor Jing Tao —repetí.

Silencio.

—No quisiera molestarle, pero es hora de cerrar.

La tarde había caído sobre un París melancólico que se apagaba, mientras otro París, el nocturno, comenzaba a despertar y a salir de sus escondrijos. Los paseos y los cafés tomaban forma, como si de una nueva ciudad se tratara.

Su talle era ahora frágil. Sus manos, ya de por sí largas, parecían dibujar silencios en el aire.

—Señor Jing Tao…

Jing Tao concluyó su último movimiento, inspiró y cerró los ojos.

—Ya está —murmuró en francés.

Se volvió para mirarme. Tenía un brillo intemporal en sus ojos.

—Lo siento, no podía interrumpir la energía en movimiento.

—No se preocupe. ¿Tardará mucho?

—Solo recoger mis cosas.

—De acuerdo, le espero.

—Será un momento. Se lo agradezco.

—¿Quiere tomar luego un café en el bar de enfrente?

—Muchas gracias —hizo una especie de mohín al intentar sonreír—. Prefiero llegar pronto a casa.

Se quedó apilando sus enseres. Yo subí a la tienda para cerrar las persianas y dejar ordenados los papeles sobre el mostrador. Después, saqué de un estante el libro *Historias y Costumbres Celtas* que una clienta había solicitado por teléfono esa misma mañana y lo preparé para entregárselo al día siguiente. Me puse al hombro mi mochila y bajé de nuevo para ver al profesor.

—Señor Jing Tao…

Ya no estaba. La sala permanecía vacía y perfectamente recogida. Subí las escaleras. Ante mi sorpresa, arriba tampoco.

Se había marchado.

18

Jing Tao había madrugado ese tercer día para organizarlo todo conmigo.

—No se puede comenzar por el principio sin hablar antes del principio.

—Si un cliente me pregunta por los beneficios de hacer un curso de Taijiquan/Qi Gong, ¿qué debo decirle?

—Tranquilidad de mente y salud para el cuerpo.

La mañana estaba dejando entrar ya su luz blanca creando algunas sombras al fondo de la tienda. Los estantes cubiertos de abalorios e imágenes religiosas, paganas y egipcias parecían espectros en la penumbra. Estaba deseando dar por concluido aquel trabajo. Sobre todo porque la quietud, la calma y la excesiva parsimonia que destilaba la figura de Jing Tao me enervaba un poco.

Tenía para ese día el encargo de Rose Marie de concluir el cartel y un pequeño tríptico con la mayor información para nuestro público: horarios, precios y contenidos básicos.

De pronto, observé algo de lo que no me había percatado hasta ese momento. A pesar de los días que llevaba tratando a aquel hombre, no había advertido algo que él también mantenía muy oculto: le faltaban dos dedos de su mano izquierda, o para ser más exactos, las dos falanges de sus dedos índice y anular. Él me sorprendió mirando su mano mutilada y la escondió rápidamente. Disimulé mi gesto y volví a la redacción de los carteles, mientras creí adivinar cierto pudor por haber mostrado sus dedos imperfectos. Pero acababa de conocerlo, y en aquel momento no le di mayor importancia al hecho.

19

—Aunque sea una única frase. No es por curiosidad, sino para los alumnos. ¿Dónde estudió este arte marcial?

Me estaba observado tan fijamente que pensé que intentaba derretirme.

—Usted lo ha dicho —afirmó, seco—. Es un arte. Soy practicante de Taijiquan desde niño, y he sido profesor siempre que me lo han permitido.

Suspiré. Me pareció adecuado no entrar en más detalles. Puse, en el apartado correspondiente, «Maestro de Taijiquan y Qi Gong». Con eso bastaba. Él concluyó:

—Como lo fue mi padre. Como lo fue mi abuelo. También especialistas en medicina tradicional de mi país.

—Bien —suspiré, aliviada por tener ya algo a lo que atenerme—. Es suficiente.

El hombre cerró los ojos sin tensión, suaves.

—El primer estilo fue el Chen, dado por el nombre de la familia que lo creó.

—Me gustaría saber algo de eso.

—Hay mucho de leyenda y de relato en cada una de las historias sobre su origen. Se pierden en las lagunas del tiempo.

—Ya. Algo básico —insistí.

—Sabemos que todo el conocimiento de siglos pasados fue estructurado por la familia Chen. Luego fue la familia Yang la que lo dio a conocer por toda China. Sobre el fundador de esa estirpe, Yang Lu Chan, ya en el siglo XIX, existen varias interpretaciones, pero eso no importa.

—¿Por ejemplo? —inquirí.

—Cuentan que Yang Lu buscaba un maestro de Taijiquan para aprender y por eso acudió a la aldea donde vivía el mejor. Pero en la familia Chen nadie quiso enseñarle. Se consideraba secreto y solo transmitido de padres a hijos. Así preservaban su pureza. Se dice que Yang Lu ingresó como criado y que se escondía para ver a su amo entrenar. Otras historias afirman que el propio Chen quedó impresionado al advertir el talento del muchacho y lo aceptó como discípulo. Qué más da. Fue memorizando las Formas, que practicaba después en solitario hasta que pudo hacer una demostración de conocimientos al maestro. Este le permitió continuar su aprendizaje.

—Bonita historia. ¿Y qué pasó después? ¿Siguió en la casa?

—No. Yang Lu Chan se marchó a Pekín a dar clase. Aunque hay quienes creen que se quedó allí mismo. Es igual. Lo importante es que adaptó lo aprendido a técnicas propias. Es el Taijiquan origen del actual. Hoy, el estilo Yang es el más fácil y más extendido por todo el mundo. Por el que empieza el alumno en Occidente. En China, la gente lo practica en parques, plazas, o los niños en las escuelas. Hay gente que lo ejercita desde hace treinta o cuarenta años.

—Y usted, ¿cuánto lleva haciéndolo?

—No recuerdo. No sé cuándo empecé. Ni cómo.

—¿Es preciso mucho tiempo para dominarlo?

—Iniciarse con soltura, cualquiera puede en unos meses. Pero, como decimos en China, dominar sus secretos comporta toda una vida. Como el *chi*. Es la energía que recorre el cuerpo. Y que puede aumentarse con técnicas mentales.

Sabía bien lo que era el *chi* porque había escuchado charlas en *El Bosque Galo* y leído libros alusivos al tema. Aprendí que se almacena en el cuerpo humano en la zona conocida por los chinos como *Tan Tien*, un punto energético que lo sitúan un par de centímetros por debajo ombligo, aproximadamente. A partir de ese centro de gravedad, se traslada a través de los canales energéticos por todo el cuerpo.

—¿Necesita algo especial para las clases?

—Solo indicar que el alumno venga con ropa cómoda y mente abierta.

—Lo añadiré. ¿Algo más? —di por concluida la conversación.

—Solo empezar.

En las siguientes veinticuatro horas no supe nada de Jing Tao hasta que fui a cerrar por la noche. Llevaba horas ensayando sus movimientos en la sala de abajo, tan silencioso que no me había percatado de ello. Rose Marie no vino ese día, aquejada de una molesta gripe. Cuando bajé, lo vi moverse ágil y acompasado como una mariposa, desplegando unos movimientos bellos que él marcaba perfectamente como si de una danza ritual se tratara. Combinaba los gestos suaves con otros enérgicos, dotando al conjunto de una plasticidad envolvente. Esta vez estuve unos minutos observando, sin querer llamar en ningún momento su atención. Cuando supuse que había terminado, descendí el resto de peldaños y me encaminé hacia él.

—Señor Jing Tao, no sabía que estaba aquí. ¿Por qué no me lo ha dicho al llegar?

Él se secó la frente y las manos con una pequeña toalla blanca que sobresalía de una bolsa-mochila:

—No quería molestarla.

—No es una molestia, pero necesito saber quién está en la tienda y hasta cuándo —a pesar de lo dicho, intenté ser amable—. Casi me voy dejándolo encerrado aquí, de nuevo.

—Ah, no se preocupe por eso… Hubiera esperado hasta mañana.

Lo dijo con toda parsimonia, y lo dijo en serio. Tras esto, subió las escaleras con la misma agilidad que le había visto al ejercitar su clase, dejándome a mí aún sorprendida por este último comentario.

20

La clase comenzaba ese martes de 18 a 19 horas, es decir, a última hora de la tarde para *El Bosque Galo*. El primer día aguardaba el maestro en un extremo de la sala, esperando a sus alumnos vestido con una camisola negra ceñida con un fajín blanco que resaltaba la extrema delgadez de su cuerpo; pantalones del mismo color y zapatillas chinas negras. Yo encendí el equipo de música comprado para la ocasión, desde el cual comenzó a sonar poco a poco una suave y tristona melodía oriental.

Se dispusieron todos frente a él, menos yo, que lo hice a su lado. Éramos entonces siete alumnos. Habíamos establecido un máximo de quince para cualquier práctica que precisara de un espacio cómodo para el movimiento de cada individuo. Nos encontrábamos expectantes. También un poco intimidados ante la seriedad del profesor, que no parecía tener intención de estrechar la distancia con el alumnado. El reloj acababa de dar las seis:

—Buenas tardes. Me llamo Jing Tao y esta es su primera clase de Taijiquan.

No sabíamos si teníamos que ir presentándonos uno a uno, o era simplemente el saludo protocolario de introducción a la clase. No hubo tiempo para sopesar la situación, porque no dio lugar a ello:

—Si ustedes aún no lo saben, vamos a realizar la parte más ligera de un arte marcial milenario, integrado por movimientos plácidos, continuos y circulares. Se trata de encadenar uno tras otro hasta dibujar «Formas».

Pronunciaba algunas frases en francés, pero la mayoría lo hacía en inglés, así que me veía obligada a resumir sus conceptos en una dialéctica sencilla y fácil de entender para el grupo. Una vez comprendí que no iba a hablar más, recuperé mi puesto frente a él.

Comenzó a girar las manos y los brazos muy despacio. Algunos alumnos empezaron a imitarle. Él les recriminó enseguida:

—No, ahora no. Ahora solo mirar.

Siguió unos segundos más trazando aquellas circunferencias con ambos brazos. Y empezó a desplazarse.

—Atiendan: cuando una mano baja, la otra sube, y el peso del cuerpo pasa continuamente de un pie a otro. Es importante comprender que ningún movimiento queda completo y acabado por sí mismo, sino que es siempre el inicio del próximo.

Paró en seco. Nos miró a todos de un plumazo.

—Recuerden: todos finalizan el anterior y dan paso al siguiente.

Se puso de nuevo frente a nosotros.

—Ahora, vamos a calentar las articulaciones. Importante si no queremos lesiones. Yo hago y ustedes me siguen. Después, ya comprenderán.

Intentábamos evitar tropezar o pisarnos; aunque a veces mirábamos al vecino para consolarnos con la idea de que siempre había gente que lo hacía aún peor.

Al llegar a casa aquella noche, agotada mental y muscularmente, cené poco, me tumbé en el sofá y, cuando ya me encontré algo más relajada, encendí una vela que guardaba en un cajón. La puse sobre la mesa, metida en una taza para que se sostuviera.

Nada podía eclipsar ese momento mágico. Ni siquiera el hecho de darme cuenta de estar consumiendo la única vela que tenía para los apagones eléctricos; muy frecuentes en aquel caserón, por otra parte. *Solo espero que esta noche no se vaya la luz.*

Y me fui a dormir pronto, para no enterarme si pasaba.

21

Acudía gente de toda condición a la tienda: amas de casa, jóvenes hippies en busca de nuevas vías alternativas para sus vidas, empleados estresados, un tanto perdidos entre toda aquella poesía *new age,* universitarias, gentes de la tercera edad que rebosaban salud... Un día entró Claudio, un muchachito del barrio, con su carita triste de empollón incomprendido en su entorno, de esos que parecen saberlo todo sobre todo, pero que nunca se han atrevido a hacer nada sobre nada. Quería aprender Qi Gong y Taijiquan. Nos preguntó muy apurado si debía poseer unas condiciones físicas determinadas, una edad límite, una edad mínima, qué calzado era el más adecuado, qué libros comenzar a leer —cuando le dijimos que nada de eso era necesario, nos miró como si no le hubiéramos entendido—, o qué músculos entrenar... Toda una serie de inquietudes que me marearon un poco, así que le sugerí hablar directamente con el profesor, con la seguridad de que el diálogo entre ambos se antojaría imposible.

En el grupo estaba Carla, una mujer rozando los cuarenta, aburrida de su matrimonio y de su vida de ama de casa con dos hijos. Había descubierto en los últimos años el budismo, el yoga, el *reiki*, la curación por las gemas y los cristales, la sanación metafísica, la visualización creativa, las terapias alternativas y no sé cuantas cosas más. Ahora quería probar con el Taijiquan.

Carla tenía dos hijos adolescentes que venían a buscar a su madre en las tardes en las que ella tenía clase. A veces llegaban pronto y se entretenían mirando las bolas de cristal, los llaveros de signos del zodíaco, los amuletos u otros artículos de los expositores. Luego, cuando su madre salía de su clase, cansada pero contenta, se limitaban a arroparla con un chándal, y a decirle:

—Vamos, mamá.

Simplemente. Que en el fondo venía a significar: «Vamos, mamá, que es tarde. Pero queremos que sepas que nos encanta que ocupes tu tiempo en actividades que te hacen feliz».

Todos los martes y jueves, una veintena de hombres y mujeres variopintos intentábamos dejar atrás nuestra mentalidad occidental para abrirnos paso a una disciplina con preceptos de base distintos. No éramos ni los primeros ni mucho menos los únicos que habíamos ofertado ejercicios de la tradición china en París, pero sí en aquella zona del barrio, más preocupado durante años por la implantación de nuevos comercios o la recuperación de espacios vecinales.

Por eso no me sorprendió la visita una mañana de un hombre chino interesándose por las clases y por el profesor. Lo vimos entrar, con paso un tanto inseguro. Lo atendió Rose Marie. Solo meses más tarde volvería a recordar aquel encuentro y sacaría algunas conclusiones.

Pero el hombre ya había extraído las suyas, tras dirigirse directamente al mostrador.

Rose Marie se acercó hasta él.

—Dígame. ¿En qué puedo ayudarle?

—El curso de Taijiquan. Ese que anuncian en el escaparate —se giró apenas para señalarlo.

—Sí, ¿desea apuntarse?

—No, no —sonrió su interlocutor—. El profesor, ¿quién es?

—¿Se refiere a Jing Tao?

Jing Tao. Memorizó su nombre con rapidez. Podía ser él.

—Sí. Quiero decir —intentó no levantar sospechas, aunque dudó que aquella mujer pudiera pensar algo extraño— si conoce bien la disciplina. Pertenezco a una asociación y quizá podríamos pedirle que viniera a dar un par de charlas a nuestros socios, que son casi todos franceses interesados por nuestra cultura.

—Ah, qué interesante…

—Por eso me gustaría saber si el profesor, por ejemplo, lleva mucho tiempo aquí…

—No, apenas un par de meses. Habla poco, aunque me parece que ha llegado del extranjero.

—Entiendo —sus ojos comenzaron a brillar.

—Pero le puedo dar las máximas referencias, sí. Y seguro que le gustará la idea.

—No le diga nada aún —atajó el oriental—. Antes debo consultarlo. Ya me entiende. No estaría bien que se lo propusiéramos y luego, por razones de programación…

—Claro, claro, me hago cargo. No hablaré del tema, tenga cuidado.

—Se lo agradezco.

El hombre salió de la tienda con el convencimiento de que podía tratarse de su objetivo. En la maraña desplegada, la comunidad china había encontrado cuatro nombres a quienes nadie ponía procedencia ni ámbito familiar. Todas las parentelas chinas en París se conocían entre sí por círculos concéntricos de relación o parentesco. Cuando un individuo surgía en una ciudad sin que nadie lo conociera, la comunidad daba su señal de alarma. Esta vez, la organización fue avisada porque buscaba a un hombre mayor, esquivo, que se relacionaba poco y llegaba de fuera del país. Aquel profesor de Taijiquan daba el perfil.

Aún le quedaba comprobar algunas cosas, pero, cuando finalmente tuvo la certeza, supo que encontrar dónde vivía aquel hombre no le llevaría demasiado tiempo.

二

EL HOMBRE IMPREDECIBLE

22

El parisino es afortunado y lo proclama. Se siente bendecido por haber nacido en la metrópoli de todas las metrópolis. En el ombligo de la tierra, que se une, gracias a un gigantesco cordón umbilical, al resto del mundo. El rostro, el gesto, la voz o el caminar de un parisino están afirmando las veinticuatro horas del día de dónde es y de dónde somos los demás. Aquellos que han tenido la mala suerte de nacer en otro sitio, piensa. No todos pueden ser los elegidos, continúa. Quizá tenga razón. Quizá en otra vida, concluye. Y asientes: sí, quizá en otra.

—¿Le gusta París? —le había preguntado a Jing Tao.

—No, no me gustan las ciudades grandes. Me parecen vacías.

—Las ciudades europeas son bonitas y están llenas de historia.

—Me gusta el campo.

—Las zonas rurales también son…

—En mi país —me interrumpió—, en las zonas montañosas hay árboles de diez y quince metros de altura. Aquí, solo edificios altos de metal que hacen daño a los ojos. Europa es verde. Francia también, pero no como China. Por eso me aburre un poco este paisaje.

Y sentenció:

—Es seco.

Mantener una conversación fluida con Jing Tao se antojaba una tarea sumamente difícil. No por su carencia de facilidad para la comunicación, porque estaba segura de que sí la tenía, sino por sus silencios. Por sus vacíos de viejo hurón siempre en la madriguera.

Con el paso de las semanas, reconozco que mi impaciencia inicial había mutado hasta un nivel de simpatía hacia el maestro. Rose Marie me confesó que no sabía exactamente los méritos de Jing Tao respecto a la enseñanza de las artes marciales y la gimnasia china. Que se había dejado impresionar por su seguridad al afirmar que dominaba las disciplinas, y que eso le bastó.

—No me pareció necesario preguntarle más. Alicia, hija, ¿por qué iba a dudar? ¿Tú has visto cómo se mueve?

—La diferencia entre el deporte aficionado que se practica en China y el que se practica aquí —me comentó un día, tras la clase—, es que el de mi país es tomado con suavidad, buscando evitar la agresividad en nuestro cuerpo. Mientras en occidente todo es velocidad y hacer cada vez más ejercicio en menos tiempo. Ese deporte no es sano. Sano es si se toma con suavidad. Si no, de anciano tendrás articulaciones rotas y los músculos demasiado cansados.

Le recordé las imágenes de niños muy pequeños, apenas de cuatro años, practicando sin piedad ejercicios de gimnasia artística ante unos crueles entrenadores, con el único objetivo de convertirlos en futuros deportistas de élite.

—Eso es diferente —me contestó muy serio—. Esos niños están llamados a ser héroes. Y su sufrimiento es siempre glorioso.

Una tarde de nubes gris eléctrico, poco antes de despedirnos tras tomar él su vaso de agua y yo mi bocadillo en la cafetería, le mencioné mi estrecha y odiosa relación con el frío.

—El frío que siente no es más que una falta de armonía interior. Es un… ¿cómo se dice? Un desajuste del cuerpo. Indica muchas cosas: inestabilidad, preocupación…

—No me gusta el frío. No me hace sentir bien.

—Y, sin embargo, el frío es bueno.

—¿Bueno? A mí me hiela la sangre y no me deja pensar.

—Porque debe aún aprender a dominarlo.

—¿Y cómo se hace eso?

—Respire.

—¿Qué?

—Respire. Pero no como hace todos los días, sino conscientemente. Respire atrayendo la energía y distribuyéndola despacio por todo tu cuerpo. Respire despacio.

—No sé cómo hacer eso. Solo sé respirar como lo he hecho siempre. Inspirar por la nariz, espir…

—Olvídese de lo aprendido —me interrumpió—. Sea niña otra vez y comience por el principio.

—Y el principio es… —comencé para que me ayudara.

—Respire.

23

—Es necesario controlar la mente y dominar tu cuerpo. Si un músculo te duele mientras lo ejercitas, significa que no has conseguido ninguna de las dos cosas…

Reconozco que a mí me dolía todo el cuerpo después de cada clase.

A las seis en punto de la tarde, y vestidos con la ropa más cómoda posible, escuchábamos con atención en el momento del calentamiento. Era el instante del día en el que más veía hablar a Jing Tao. Nos introducía pequeñas pinceladas que nos ayudaban a comprender mejor lo que hacíamos. Repetía algún movimiento para explicarnos su beneficio en nuestras articulaciones, o comentaba la importancia de la realización de cualquier tipo de ejercicio, tanto físico como mental. Una gimnasia mental que a mí me parecía que él ejecutaba a menudo.

Las inscripciones de los nuevos talleres se me habían ido acumulando de tal manera que me habían llegado a sobrepasar. Sentí cierto ahogo al ver sobre la mesa decenas y decenas de nombres, fechas, horarios con esos nombres y datos, gentes que se apuntaban en un turno, o en varios, para luego elegir entre ellos, que luego cambiaban y se inscribían en otros diferentes, que se arrepentían y no venían al final a ninguno, o a ambos. O a todos.

También tenía pendiente realizar los balances del último mes y terminar de cuadrar las cuentas. Las expectativas no podían ser más halagüeñas, ya que ofrecían beneficios por cuarto mes consecutivo.

El negocio prosperaba y yo me sentía feliz porque empezaba a encontrar mi sitio en el mundo, con un trabajo creativo y agradable que me permitía el contacto diario con gente distinta. La presencia del señor Jing Tao se empeñaba además en proporcionarme episodios entrañables. El profesor, con sus pensamientos de carácter *chen*, era un baúl de sorpresas.

Aceptó por fin un día tomar algo conmigo en una cafetería cercana tras la salida de clase.

A partir del segundo mes, se hizo habitual entre nosotros que nos esperáramos al cierre de *El Bosque Galo*. Mientras yo recogía y disponía los asuntos más importantes para el próximo día, Jing Tao guardaba su toalla y sus zapatillas de lona en la mochila que lo acompañaba siempre. Luego me esperaba en la puerta. Tras cerrar el candado de la cortina de finos herrajes que salvaguardaba la tienda, ambos cruzábamos la calle hasta la cafetería de ambiente tranquilo que teníamos enfrente.

En la primera de aquellas tardes, entre ecos de tazas de café y olor a comida caliente, me dijo:

—Ustedes los europeos comen muy mal. También los restaurantes chinos de occidente preparan una comida con sabor raro. No es la que comemos en nuestro país. Aquí sabe a... a nada.

Cuando el camarero dispuso el tentempié —con pan francés sobre plato con brocado y servilleta perfectamente plegada, todo muy parisino—, el anciano no pudo reprimir un mohín de desaprobación.

—Supongo que le será difícil adaptarse a los sabores de aquí. Tan distintos —tercié mientras daba un inmenso mordisco a mi bocadillo, fuera de todo decoro—. A mí la comida china me gusta.

El color del final de la tarde, sombreado en una noche prematura, entraba por las rendijas de la puerta y el amplio ventanal que cubría casi por entero toda una pared. La decoración del local era elegante y cuidada, con detalles de buen gusto que invitaban a permanecer en el lugar. Tras el mostrador, repisas llenas de botellas de vino de todas clases y licores compartían espacio con pequeños carteles metálicos de publicidad de refrescos americanos. Una inmensa cafetera abastecía las necesidades de toda la clientela a cualquier hora del día.

—Ustedes no han probado comida china de verdad. Ponen demasiada sal. Todo muy salado —contestó, mientras sorbía un pequeño trago de agua—. Y muy graso…

Callé. Estaba plenamente convencido de lo que decía, y apenas me escuchaba.

—Todo a su gusto, pero maltratan su estómago. Y con esa acción mala de beber agua fría...

—¿Beber agua fría es malo? —conseguí introducir una pregunta.

Jing Tao solo había pedido un vaso de agua, como hacía siempre como única consumición tras una intensa clase de ejercicio físico.

—¿De verdad no quiere algo más? —le indiqué, señalando el vaso.

—No, muchas gracias —me contestó amable.

—Me decía —le recordé—, que beber agua fría no es buena para la salud.

—Claro. En verano, incluso. Es muy mala. Tras practicar ejercicio lo que necesitamos no es agua fría, sino templada para acondicionar el cuerpo y hacer circular bien la sangre. En invierno, beber agua caliente es saludable.

—A veces tomo té.

—El té es bueno. —Se le abrieron de pronto los ojos y sentenció, como si hubiera dicho una gran verdad—. Pero solo el té de China. Aquí sabe a pesticidas. Las hierbas están manchadas de pesticidas. Todo el campo está infestado de pesticidas.

—¿No le gusta la cocina mediterránea?

—Las frutas y las verduras aquí no son sanas. No salen de la tierra, sino de congeladores e invernaderos.

—Pero el jamón, el aceite...

—No me agrada el sabor del jamón. Y el aceite… es graso.

—¿Y qué me dice de esa extraña costumbre de comer todo tipo de insectos?

—¿Qué extraña costumbre?

—Insectos, bichos y todas esas cosas.

—No es una extraña costumbre. Saltamontes frito está rico.

Tenía a menudo la impresión de estar viendo una de esas películas protagonizadas por orientales hieráticos que se pasan el tiempo sentenciando con máximas a diestro y siniestro. Podría decir el título de unas cuantas. Miré alrededor. ¿Era yo la insospechada actriz de aquel filme o acaso una cámara oculta se escondía entre los arbustos más cercanos? No, Jing Tao era real, como real eran sus inusitadas clases y reales sus pensamientos.

—¿Se encuentra bien? ¿Quiere que le acompañe a su casa? —le pregunté para ser cortés, habida cuenta de que estaba hablando con un anciano de casi setenta años que acababa de realizar un esfuerzo considerable.

—Ah, no se preocupe. A mí el ejercicio me vigoriza.

Y cogió su mochila, que no colgó al hombro sino que sostuvo en la mano izquierda, esa a la que le faltaban dos falanges y aún no me había atrevido a preguntar por qué; y tras despedirse hasta el día siguiente, salió del local con su caminar ágil y dinámico, pero con cierto halo de hombre insertado en otro tiempo.

Yo volví a casa en moto. Me sentí feliz, capaz de contar el número de árboles que hacían guardia a lo largo de los Elíseos, los coches que pasaban diariamente por el Puente de Alejandro III o las baldosas que tapizan las aceras de mi calle. A veces, cuando volvía por la noche a casa, me parecía que esta ciudad maravillosa ya no era capaz de sorprenderme más. Pero me equivocaba. París me seguía sorprendiendo cada día.

De su vida hablaba poco. No le gustaba preguntar ni que le preguntaran. Y apenas dejaba entrever que escribía poemas cuando clareaba el día. Eso lo sabría tan solo muchos meses después.

En el camino de esa tarde hasta la cafetería, me confesó:

—Hubo una época en la que no tenía dinero. No sé cuánto duró. Semanas, meses, tal vez años. Pero no importaba, ¿sabe por qué? Un amigo me servía té caliente para desayunar y yo cuidaba las flores del jardín. Al mediodía, en un edificio público me daban comida caliente y agua, y yo retiraba cartones de cajas de documentos, bombillas gastadas y bolsas de papeles. Les arreglaba ese armario desvencijado que todos tenemos o barnizaba una puerta. Por la noche, en una escuela me ofrecían cenar, y yo enseñaba a cambio Taijiquan. Había días que curaba los dolores de espalda o de estómago de algún vecino o conocido, y no cobraba por ello. ¿Para qué, si ya había comido? No todo es dinero. Yo compartía lo que sabía con la gente, y la gente me recompensaba con generosidad.

—¿Y cómo hacía para comprar ropa, o medicamentos, o pagar una casa?

—Eso son preocupaciones occidentales.

—¿Nunca ha tenido una casa?

—He tenido una docena, y ninguna fija. Cuando me encontraba más de un año en una, me iba. También he dormido al raso.

—¿Ha dormido muchas veces a la intemperie?

—Solo con buen tiempo, claro.

—Admiro su manera de pensar, pero yo no podría.

—Se trata solo de desprenderse de todo. Las necesidades que nos imponen las cosas materiales nos esclavizan. Nos queman energía. Sin embargo, no te garantizan la felicidad. Si nada tienes, no tienes miedo a perder nada.

Me quedé pensando por un momento. Sin darnos cuenta, nos encontrábamos ya ante la barra de la cafetería, y Ernest, el camarero de origen boloñés, de facciones agradables, voz suave y ademán exquisito, nos servía lo de siempre.

—Es una filosofía que puede funcionar bien en determinados lugares, pero no en todos —repliqué.

—¿Por qué?

—En París, por ejemplo. Aquí, si nada tienes, como usted dice, te conviertes en un indigente, en un mendigo.

—Esa es una mentalidad de posesión. Observe a un hindú: no tiene nada, pero se considera rico porque se encuentra en un nivel espiritual muy elevado.

—Se trata de conciencias distintas, supongo.

—¿Cuántos años tiene?

—Veintinueve

—Humm... Es usted una niña. Y le queda todo por vivir. Además, parece más joven.

—Muchas gracias —susurré.

—Sobre todo por la vida que se lleva aquí. Todo son prisas, aceleración. En China la prisa no existe. Buscamos la armonía con el tiempo.

—Quizá eso no sea tan fácil en Europa.

—Nada es fácil en ningún sitio, Alicia.

—Creo que nuestras culturas nos marcan pautas diferentes.

—Las culturas las hacen los hombres.

—Es cierto. Las hacen, pero… ¿es posible que los hombres también las cambien?

—Cada cultura debe saber por dónde navega. Solo indico que no todo el que no tiene nada, es pobre. ¿O es que no conoce a gente con mucho dinero e inmensamente desdichada?

En realidad, tampoco conocía a mucha gente en estas circunstancias. O mejor dicho, no conocía a ningún rico, pero comprendía perfectamente lo que Jing Tao quería hacerme entender. Todo se trataba de un cambio de perspectiva. Supongo.

24

Propusimos Rose Marie y yo realizar la clase de Qi Gong del último día de mes en un parque, al aire libre. Un sábado por la mañana para que todos pudiéramos disfrutar de la luz y los rayos del sol mientras hacíamos ejercicio. Lo haríamos en los Jardines de Luxemburgo, muy cerca del Boulevard de Saint-Germain.

—La actividad del señor Jing Tao está teniendo gran éxito —me comentó mi jefa—. Aparte de salir un sábado al mes, he pensado que vamos a ofertar un taller de aproximación a la medicina tradicional china. Algo sencillo, pero atractivo para la gente. ¿Qué te parece?

—Muy bien. Como siempre. ¿Lo llevará también Jing Tao?

—¿Quién si no?

Efectivamente, quién si no. El viejo maestro comenzaba a encontrarse más cómodo impartiendo el taller.

—Vamos a hacer toda la tabla completa —dijo, y se dio la vuelta para que todos le siguiéramos. Se refería a la Forma de Pekín de Taijiquan de veinticuatro figuras, recopilada en 1956 a partir del estilo Yang, y que fue propagada por escuelas y hospitales como un ejercicio gimnástico más por el Comité de Deporte Nacional de la República Nacional de China. A aprenderla dedicamos meses.

—No se preocupen —nos dijo—. Hagan. El cuerpo tiene memoria.

Ya nos habíamos dado cuenta de eso con el paso del tiempo. El cuerpo guarda en la pequeña computadora de sus músculos un disco duro que se activa en cuanto nos ponemos en funcionamiento. Después, es más fácil corregir errores y pulir defectos. Curiosos mecanismos de aprendizaje del ser humano.

Los alumnos siguieron la clase con entusiasmo. Yo noté ese día a Jing Tao algo más cansado de lo habitual, así que me ofrecí acompañarlo a su casa.

—No se moleste, Alicia.

Pero no era ninguna molestia. Dejé mi moto aparcada y fuimos hablando de temas insustanciales que luego advertiría que no lo habían sido tanto.

—Recuerdo un acuario gigante en un restaurante chino, con una cascada sobre rocas artificiales, pero tan real como las del mismísimo Niágara, y un chorro de agua que saltaba a borbotones.

No pareció impresionarle mucho.

—Es todo muy artificial. No me gusta.

—Después de todo, su única finalidad es la de adornar los rincones más tristes del local. Nadie quiere hacer senderismo sobre ella.

—Cuidar un jardín es como levantar un edificio: se necesita cuidado y trabajo.

—Como este —señalé levemente el arbolado que nos rodeaba.

—Si pusieran un camino adornado, el paseo sería más bello. Con madera, por ejemplo. Con unas pocas maderas y unas tejas, los chinos construimos un hogar.

Mi visita al Barrio Chino de París se había producido al poco de llegar a la ciudad. Está situado en el mismo distrito en el que yo vivía. Un pequeño Pekín artificial de comercios, restaurantes y tiendas con decoración de dragones de plástico y linternas de papel colgando por las calles, casas de imitación, y el exotismo de los ideogramas conviviendo con una arquitectura francesa que se había terminando por imponer a la importada por los inmigrantes.

—Vayamos a tomar un poco el sol. Nos vendrá bien. Las calles están llenas de vida en París —le dije al terminar de recoger el pequeño equipo que había llevado para poner un poco de música en la clase, aunque fuera en el parque.

Él suspiró y pronunció con toda la ternura que ofrece oír hablar así a un anciano:

—Tengo sesenta y ocho años. Ya he visto demasiada vida.

—¿Cuánto tiempo lleva en Francia?

—Apenas cinco meses, creo.

—¿Dónde estuvo antes?

—Por ahí.

No parecía querer facilitarme las cosas. Quizá le molestaban mis preguntas. Aun así, no desistí. De todas formas, no tenía otra cosa mejor de qué hablar:

—¿En China?

—No, en China no. Llevo años fuera de mi país.

—¿Mucho?

—No sé, no me acuerdo.

—¿Y no ha pensado en volver?

—¿Para qué?

—No lo sé. Es su país.

—Ya no tengo nada allí.

—Pero es su tierra.

—Mi tierra viaja conmigo en los bolsillos.

Se agachó y cogió un puñado de tierra del parque. Se la metió en uno de los bolsillos de su chaqueta:

—¿Lo ve?

Me quedé boquiabierta.

Él, sin esperarme, me dejó allí, prosiguiendo su camino.

Yo miré el hueco que había dejado en el suelo con su puño al arañar la arena y, tras intentar cambiar como pude mi cara de boba, lo seguí después en silencio.

La calle empezaba a recogerse de individuos y luces. En una zona poco turística, los ciudadanos que deambulaban por ella iban a sus destinos con determinación, sin detenerse demasiado, sin apenas distraerse. Solo la cafetería de enfrente y algún comercio cercano parecían albergar un poco de movimiento a esas horas.

Jing Tao tenía la piel blanca como la de un pergamino y la mirada hermética. A veces, el arqueo inconsciente de sus cejas le confería un aspecto más humano.

—¿Desde cuándo vive en París? —me preguntó Jing Tao mientras salíamos de *El Bosque Galo*, tras la clase. En realidad me estaba devolviendo la pregunta que le había realizado yo unos dos días antes.

Cerré los pasadores de la tienda y recogí mi mochila del suelo.

—Se va a cumplir casi un año y medio. El tiempo pasa deprisa.

—¿Y no tiene pensado volver a su país?

—Claro, pero no por el momento.

—Le gusta viajar —dio por seguro—. Todos los sitios son buenos.

—Aún intento encontrar el mío. Quizá sea un espíritu errante —bromeé.

—Tenga cuidado. Los espíritus errantes no encuentran nunca el sosiego.

Ni que decir tiene que esas palabras no me tranquilizaron lo más mínimo.

Había tomado la costumbre de levantarme temprano los domingos para caminar, bordeando el río, hasta la iglesia de Notre Dame. Cuando llegaba, me sentaba en uno de los bancos de madera de enfrente y comenzaba a repasar los pliegues de sus torres y las escalas de los cuerpos superiores de la Catedral gótica. Como si esperara ver aparecer por ellos al bueno de Quasimodo escondiéndose asustado entre el bronce de las campanas.

Estas pequeñas costumbres que fui adquiriendo con el tiempo, junto al creciente interés por la vida de Jing Tao, conformaban mi día a día en esta ciudad.

—Me gustaría hacerle una pregunta, pero no quisiera importunarle.

Asintió con los ojos. Unos ojos oscuros y pequeños como guijarros.

—¿Cómo perdió sus dedos?

No dudó en contestar:

—Trabajando en una sala de máquinas, cuando era joven. Una de ellas me los amputó.

Quedé un tanto decepcionada. Pensé que una desgracia así correspondería a algo más heroico. La pérdida de varios dedos se merecía, sin duda, un trasfondo más épico.

—Debió dolerle mucho.

—No lo sé. Lo he olvidado —me dijo, lacónico.

—El dolor nunca se olvida.

—Yo sí lo hice.

二

SU NOMBRE ERA DU LING

25

La casa de Jing Tao era similar a la mía en tamaño. Estaba situada en una de las calles del viejo París, en el barrio Latino, cerca de Mouffetard, en un edificio de cuatro pisos con pequeñas ventanas y decoración exterior austera, tan diferente a los edificios de los barrios burgueses y elegantes de la mayor parte de la ciudad. Su apartamento, en una tercera planta sin ascensor, tenía una única habitación, con un mueble cama que se recogía tras el sueño y parecía entonces una cómoda antigua, otro de mayor altura, un pequeño recoveco para la cocina y un baño minúsculo, donde a duras penas entraba una persona. Era una habitación adusta y sobria, sin apenas objetos, poca ropa y menos aún enseres personales de quien la habitaba. Sin embargo, Jing Tao se movía en ella con soltura y parecía encontrarse muy cómodo en la modesta estancia.

—Pase, se lo ruego. Póngase cómoda.

Jing Tao me había invitado a probar su té hecho de forma exclusiva con hierbas chinas.

Me senté en la única butaca que había, dejé mi abrigo en el respaldo y seguí con la mirada al anciano, que se había perdido silenciosamente en el espacio que hacía de cocina. Esperé unos minutos a tenerlo de nuevo frente a mí. Mientras, repasé el lugar una y otra vez, tratando de encontrar algún objeto que diera vida o desorden al lugar.

Jing Tao apareció con un plato sobre el que humeaban dos tazas de té. Pareció adivinar mi pensamiento:

—No tengo nada material allá donde vivo. Todo lo valioso pertenece al cuerpo de los recuerdos y está en mi mente. Por lo demás, me crié de forma muy austera.

Se sentó frente a mí y comenzó a dar vueltas con la cucharilla al líquido caliente.

—Aun así, es una casa muy acogedora —mentí: era fría y poco atractiva.

—Nunca sé el tiempo que voy a permanecer en un sitio, así que no suelo entretenerme en adornos.

—¿No echa de menos China?

Hizo una pequeña pausa, antes de continuar.

—Soy chino. He nacido en China, como mis padres y los padres de mis padres. Allí crecí, estudié y luché. Dígame, ¿es posible entonces sentirse ajeno a todo ello?

Me miró con sus ojos brillantes, esos que yo había bautizado como puntas de lanza. Sentí un escalofrío.

—¿Y cuáles son sus mejores recuerdos? Esos que dice guardar en su mente.

Esta vez hizo una pausa larga. Por un momento pensé que no iba a contestar. Incluso que había llegado a olvidar la pregunta. Pero sí, lo hizo. Y con tanto énfasis en su voz que me trasportó de pronto cincuenta años atrás. Pero no hubo nada misterioso en su respuesta. Solo cierta tristeza.

—¿Mis mejores recuerdos? El bambú desplegado al sol. El sonido de la hierba bajo la lluvia. La casa de mis padres. El pescado aún vivo en los puestos del puerto de Shanghai. Los comerciantes voceando su mercancía. Interpretar el cielo…

Se levantó de repente y se dirigió a la minúscula e integrada cocina. Creí que me iba a traer algún viejo álbum de fotografías, antiguas y manoseadas cartas o un trozo de tela especialmente significativo para él. Algún recuerdo cuya historia me fuera a continuación a desentrañar. Yo siempre tan imaginativa. Pero, para mi decepción, solo buscaba un poco de azúcar para su té. Volvió a sentarse y se disculpó.

—Amargo. A veces es necesario endulzar.

Había algo en él que me desconcertaba. El tiempo. Quizá era eso. Era el concepto de tiempo el que me seguía atrayendo y desquiciando a la vez. El modo en el que él valoraba las cosas, insertadas o desconectadas en el tiempo.

Aproveché la oportunidad para virar la conversación. Los conceptos abstractos del pensamiento oriental no me interesaban mucho.

—¿Su familia vivía en el campo?

—Yo nací en el campo.

—¿Y cómo era entonces la vida en su país?

Soltó una carcajada al oírme. Debió parecerle una pregunta demasiado ingenua o demasiado amplia para abarcarla en unas pocas frases. Comprobé que había acertado con ambas sensaciones.

—¿Cómo era la vida en China? Respóndame antes a una pregunta: ¿cómo era antes la vida en Europa?

Comprendí la comparación. Hubiera sido imposible resumir tantos modos, idiomas, culturas o historias en una sola respuesta. Aun así, no me di por vencida.

—De acuerdo, hábleme entonces de usted, del lugar donde nació.

Jing Tao se sentó en el suelo, con las piernas cruzadas y la espalda muy recta. Pareció buscar en su memoria. No le estaba siendo fácil, a tenor de sus gestos y de los minutos empleados. Por fin, dijo:

—¿De verdad que le importa la paupérrima existencia de este pobre viejo?

Vi la luz para introducir un poco de cordialidad a la conversación y contesté con el gesto más amigable que los músculos de mi cara fueron capaces de dibujar:

—¿«Este pobre viejo» es el que nos dobla en capacidad de ejercicio y fondo físico a todos los alumnos de la clase, la mayoría con veinte o treinta años menos?

Le hizo gracia la broma. Sonrió a su vez y aprecié la dulzura de su rostro cuando se mostraba relajado y feliz. Parecía ser entonces un anciano venerable, sin la dureza de esas arrugas de expresión en su frente y la sombra de las ojeras bajo sus ojos.

—Este viejo ha vivido ya mucho —sentenció.

Y no volvió a hablar de sí mismo en toda la tarde.

Regresé al día siguiente a la casa de Jing Tao. Abrió la puerta y me mostró su recién estrenada sonrisa. Se estaba preparando unas hierbas con soja en una pequeña cazuela, con esa tranquilidad de la que solo son capaces los orientales.

Se sentó frente a mí. Me ofreció un cuenco que olía de forma sabrosa. Él comenzó a beber del suyo.

—Caliente. Le sentará bien.

—Está muy bueno —comenté, al probarlo. Tenía un sabor suave y era verdad que la llegada del líquido al estómago tenía un efecto sedante.

—En mi país, en esta época del año el trigo debe estar maduro ya. Unos copos de avena en esta sopa aseguran una buena digestión durante semanas.

—Ayer... —comencé, sin estar muy segura de si iba a continuar.

—¿Sí? —me dijo, atento a su cuenco.

—Ayer me estuvo hablando de sus recuerdos sobre China.

—Ah, eso.

Su tono de despreocupación me indicó que apenas había tenido importancia para él, y que no parecía querer continuar con el tema.

—Cuénteme más cosas —insistí.

—¿Sobre qué?

—No sé. Sobre su infancia, por ejemplo —le ayudé—. ¿Cómo la recuerda?

—Fría.

Me quedé en silencio, ante su gesto serio. Pero de pronto una mueca cruzó su cara.

—Hacía mucho frío —me enseñó los dientes al reír. Unos dientes pequeños y poco sanos. Daban la impresión de haber comido cualquier cosa durante años.

Me relajé. El líquido en mi estómago me ayudó a ello.

—¿Y qué más?

—Pues… —hizo un esfuerzo— recuerdo las espigas de trigo, volteándose a un lado y a otro por la acción del viento del norte. Recuerdo la casa de mis padres. La vieja escuela. Du Ling…

—¿Du Ling?

—Mi mujer.

Quedé profundamente sorprendida. Nunca me había hablado de ninguna mujer.

—No sabía que estuviera casado.

—¿Y por qué no habría de estarlo? —respondió, con toda tranquilidad.

—Porque no me había hablado de ella hasta ahora.

—Hay muchas otras cosas importantes de las que no he hablado.

Era verdad, aunque tampoco sabía con qué derecho le preguntaba sobre aspectos personales de su vida.

—¿Cuántos años estuvieron casados?

—Bueno, en realidad nunca lo estuvimos.

—¿No estuvieron juntos?

—Sí, sí. No es necesario estar casados para sentir a una mujer como tu esposa y ella a un hombre como su marido ¿No le parece?

Miró hacia arriba, con sus ojos puestos en otro tiempo, en otra época, hacia un techo donde una sola bombilla parecía crear con nuestros movimientos sombras chinescas por toda la habitación. Sí, no podía haberlo definido mejor. Tanto aquel hombre como su vida en sí parecían sumergidas en un arroyo formado por silencios y vacíos del pasado. Por misteriosas sombras chinescas.

26

—Du Ling era una niña preciosa, que muy pronto se convirtió en una joven preciosa…

—Dígame cosas sobre ella.

Pero Jing Tao se apagó de pronto, como si le costara volver la mirada atrás.

—Hoy no. Discúlpeme, estoy cansado.

Y calló para el resto del día.

Sería una tarde de la misma semana, una tarde agradable y con los azulejos de París mutando en el horizonte cuando, en la incómoda penumbra de su habitación, Jing Tao habló por segunda vez de la que fuera su mujer.

Hasta tres veces lo haría en los días siguientes, ante una taza de té, en la salita que formaba en realidad toda su vivienda. Parecía que el grueso armario de su corazón, aquel donde guardaba sus recuerdos bajo candado, se abría definitivamente. A partir de entonces le fue mucho más fácil hablar de todo lo que para él era importante. Y para mí, también mucho más sencillo preguntarle.

Apenas veía su rostro. La luz se escapaba famélica por las persianas y nos encontrábamos casi a oscuras, pero ello favorecía el ambiente de confidencias en el que parecía haber perdido el miedo a recordar. Divisé aun así la fuerza de unos ojos brillantes, vivos, con un fulgor tal que parecían estar esculpidos en marfil.

Sorbía té cuando le ofrecí unas galletas.

—Tome. Le he traído esto.

Se las tendí envueltas, sin abrir. Él las recogió como un tesoro.

—Galletas. Gracias.

Aguardé unos instantes. Cogió una y comenzó a comer, sin levantar la mirada.

—¿Cómo era? —le pregunté.

—¿Quién?

—Ella.

—¿De verdad quiere saberlo? —dijo, aún sin mirarme.

—Sí.

Respiró profundamente, creí que para reorganizar sus pensamientos. No, lo hacía para buscar la profundidad de la palabra exacta. Cada segundo me pareció de hielo.

La noche alumbraba gracias a una temprana luna evolucionada en un cuarto más, como habría de seguir haciéndolo durante las treinta jornadas siguientes. Una luna furtiva que se abriría de par en par mostrando sus secretos.

De pronto, Jing Tao ladeó su cara hacia la ventana del fondo y comenzó a hablar:

—Como los rayos en el cielo en un día de tormenta. Fuerte y a la vez frágil. Hermosa en la noche, pero capaz de partir un árbol con su látigo de luz. Fue siempre dueña y señora del tiempo. De mi tiempo.

Al oírle en su descripción, no fui capaz de añadir nada más. No hacía falta.

27

Repasé una y otra vez las palabras pronunciadas la tarde anterior por el maestro. Ambos desayunábamos en nuestra cafetería preferida. Era sábado y nos esperaba la clase al aire libre. Intentamos ponernos en camino lo antes posible.

—¿En qué medida le interesa China? —me preguntó tranquilo, mientras yo intentaba acompasar mi zancada, algo más rápida y nerviosa, a su paso lento.

—Quizá en que aborda temas con parámetros distintos a la medicina clásica.

—Ciencia y tradición china no son incompatibles. Es más, sería necesario que caminaran de la mano.

—Estoy segura —miré espantada el reloj—. Debemos darnos prisa.

—Prisa, prisa...

—En su mundo quizá no exista el llegar tarde. Pero espero que luego pueda explicárselo a los alumnos.

—Lo entenderán —sonrió.

—En cuanto a la medicina... —dije, mientras guardaba de nuevo el reloj en el bolsillo de mi chándal.

—¿Quiere profundizar en medicina china?

—Me encantaría.

Él sonrió por primera vez con fuerza, como si aquellas palabras mías le hubieran hecho verdaderamente feliz. Comenzaba a circular una misma corriente entre los dos. Había cambiado en las últimas semanas; se mostraba más abierto y conversador. El trato casi diario con los alumnos del curso parecía haberle obligado a salir de su mutismo y entablar cierto diálogo con todos, incluidas Rose Marie y yo.

El taller de medicina china nunca se llevó a cabo. Los acontecimientos nos sobrepasaron. Sería cosa del destino.

Aquel sábado no habría albergado nada extraordinario, además de una clase de Qi Gong al sol con quince personas moviéndose a la velocidad de un caracol, si Jing Tao no hubiera abierto el arca de los secretos donde escondía sus sueños. O sus pesadillas.

En el camino de vuelta, y sin que yo le hubiera pronunciado una sola palabra, se paró un momento y me confesó:

—Ella tendría prácticamente mi edad cuando la vi por primera vez. Yo acababa de cumplir los dieciséis.

Me mantuve en silencio. Parecía claro que aquella historia luchaba por liberarse en su interior. Yo apenas podía imaginarme a un Jing Tao adolescente. Ni mucho menos a un Jing Tao enamorado.

—Eran unos niños… —sin darme cuenta, había pronunciado la frase en voz alta.

—Éramos ingenuos y nada nos preocupaba. El mundo se componía tan solo de nosotros dos.

—¿Cómo se conocieron? —me atreví a preguntar en aquel clima de confidencia.

—Hace tanto tiempo…

Su voz se apagó levemente para comenzar con un nuevo brío:

—Nunca sabré cuándo se fijó en mí. La vi salir de la escuela de Changsha y fue como un fogonazo de luz. Jamás he sentido nada igual.

Paró en seco. Se le habían humedecido los ojos en unos segundos.

—Seguro que tenía que ser muy bella…

Hizo un gesto indescifrable con la cabeza, pero sus palabras lo expresaron todo:

—Mucho más que eso. Era deslumbrante.

三

LIBRO TERCERO

三

CARTOGRAFÍAS DE CHINA

28

—Cuénteme...

Entornó los ojos y respiró despacio, haciendo que el aire le traspasara lentamente hasta sus pulmones.

No recuerdo bien sus gestos, pero sí que cerró su puño izquierdo con fuerza; supongo que para no dejar ver sus dedos sin falanges.

—Nací en 1942, en plena Guerra Mundial y en la antesala del momento en el que por fin venceríamos a los japoneses. Pronto terminaría y continuaríamos nuestra propia guerra civil. Una época extraña para nacer, pero también una época llena de esperanza.

—Años muy intensos… —completé, aunque no sabía nada de la historia de China. Tampoco quería que Jing Tao se desviara en su narración. Fue él mismo quien volvió a retomar el hilo.

—Crecí cerca de los campos de arroz de la región de Hunan, en el corazón olvidado de China, en una aldea miserable, entre campesinos pobres doblados ante el surco del arrozal. Ellos eran mi estirpe y mi sangre, y formaban entonces la columna vertebral del país.

»El paisaje era húmedo, poblado por extensos bosques afilados, árboles gigantes que zumbaban con sus copas sonidos que recuerdo extraños. Rumores de hojas que marcaron la melodía de mi niñez. A bastantes kilómetros se levantaban unas imponentes montañas que parecían tener sus pies dentro de la tierra, con densa vegetación y altísimas plantas. No teníamos puertos marítimos cerca, aunque sí algunos ríos en la región de caudal navegable, como el Xiang. Demasiado lejos, eso sí, de nuestra aldea de interior, que apenas se podía comunicar con el mundo más allá de los poblados próximos.

»El mío era tan mísero que ha terminado sucumbiendo al paso del tiempo y al progreso. Y todos sus habitantes, los pocos que fueron quedando, se trasladaron a lo largo de los años a vivir al contiguo o a las ciudades. Los más jóvenes y audaces partieron a Beijin o a Shanghai. Mi aldea ha perdido incluso su antiguo nombre, que solo los más viejos recuerdan. Se encontraba cerca del valle de Shaoshan, en una zona donde se abría un pequeñísimo manantial medio escondido por la arboleda, con un poco de agua limpia que nos permitía lavarnos y mantener nuestra higiene al día.

»Vivíamos en casas de barro y madera, que reforzábamos con algunos ladrillos y bambú. El bambú es muy fuerte y en nuestra provincia abundaba. Teníamos lo que todos los campesinos pobres de nuestro país: un lecho con una manta de lana, unos cuencos para comer y un espacio en la casa para los animales.

»Mi padre, que recorría la provincia vendiendo arroz, a veces traía una escuálida gallina que nos servía para comer una semana. Yo tenía dos hermanos más pequeños, y todos chicos. A mis padres eso les pareció siempre una bendición. Mi madre, alta y fuerte, pero ajada y seca por el trabajo y el tiempo, creía que el espíritu de su padre le había bendecido y eso le permitía concebir solo hijos varones, tan necesarios para las labores del campo.

»Los juegos que teníamos de niños no distaban mucho de los de cualquier otro lugar del mundo. Nuestro primer eje de diversión era ese manantial frío y cristalino que bajaba de las cumbres. Aguas cuya abundancia dependía siempre de la estación del año y que en verano apenas daba para cubrir nuestros cuerpos. Allí pasábamos todo el tiempo del que un niño campesino puede disponer, es decir, casi nada. Tampoco había escuela, así que todos nos dedicábamos a trabajar ayudando a nuestros padres, bien en el campo cultivando trigo, arroz o té, bien en las granjas, o haciendo cestos de caña de bambú, muy apreciados para el trabajo en las haciendas más grandes.

»Mi padre, un hombre severo y recto, apenas sabía leer y hacer las cuentas básicas, pero se las arreglaba para vender arroz, que llevaba a los señores de las propiedades cercanas.

»Yo crecía como un niño igual a mis hermanos y a los demás. Flaco y enjuto, disfrutaba tirando pequeños cantos a las nubes, soñando con romper con ello las paredes de los cielos.

»Los apelativos entre los críos eran comunes en las regiones rurales de mi país. A mí comenzaron a llamarme Corzo Blanco, por tener un color de tez pálido que solo el paso de la edad fue capaz de borrarme, cuando dejé atrás la pubertad y me convertí en un esbozo de hombre.

»La determinación y la voluntad me fueron enseñadas desde la cuna. La arrogancia y la vanidad las aprendí yo solo. Tenía vigor, o *shen*, que me permitía, a pesar de mi cuerpo delgado, trasladar yo solo cien canastos de arroz en una mañana hasta el carro de mi padre. Nunca me cansaba. En realidad, creo que nunca en mi vida hasta ahora me había encontrado cansado. Será porque siempre he cuidado los ritos que hacen que mis antepasados sean dichosos en su morada, y son ellos los que me protegen. El abuelo de mi abuelo cruzó el Yangtzé calzado con alpargatas de esparto y doscientas monedas de cobre guardadas en una bolsa de tela en el pecho. Atravesó una noche el valle y se dijo que se quedaría en la primera aldea donde arribara al asomar la mañana. Así llegó a mi poblado y así convirtió sus días a partir de entonces en la bajada diaria al bancal, bajo un sol rabioso. No había más.

Si la vida no fue fácil para los abuelos de mis abuelos, tampoco lo fue para estos ni para mis padres. Todos vinieron a un mundo desordenado y sin más reglas que las de los poderosos, las de la guerra y el hambre. La Segunda Guerra Chino-Japonesa se desencadenó entre los años 1937-1945, en el marco de la Guerra

Mundial. En 1894 y1895 había tenido lugar la Primera, con los nipones como vencedores. Nosotros éramos solo un pueblo de campesinos castigados, domados por la incultura. No existía una administración exenta de corrupción, sino una convivencia entre amos y esclavos mantenida desde hacía siglos. Nos sentíamos amparados solo por las imágenes de luz de nuestros ancestros. Qué ingenuos. Necesitábamos mucho más que esa ilusión para sobrevivir a todo aquello.

Japón siempre mantuvo en sus invasiones una crueldad extrema. Porque la guerra es siempre la guerra, y yo he visto muchas. Entre campesinos, entre hermanos, entre miembros de un mismo partido o una misma aldea. Contra el extranjero. Contra nosotros mismos. Un derramamiento de sangre tan atroz como a menudo inevitable.

Mis padres nacieron con una fuente de creencias anudadas a la garganta. Como habían nacido sus hermanos y sus padres, y los hermanos y los padres de sus padres, en una China que llevaba a la espalda, como una carga más, su historia de dinastías y héroes del Imperio. Pero yo tuve más suerte. A pesar de crecer escuchando los relatos de terracota de los mártires, pude traspasar ese umbral, como lo harían millones de chinos, y convertirme con el tiempo en algo más: en un patriota al servicio de los planes quinquenales y la campaña de las Cien Flores, tras el triunfo de una Revolución que devolvería China a su lugar en el mapa del mundo.

Pero habría de pasar mucho tiempo antes de ello.

Por entonces, yo era solo un niño de ocho años de Hunan al que sus padres ya habían resuelto llevar a la escuela.

29

Jing Tao siguió confiándome sus recuerdos, que yo intentaba escuchar con la mayor atención, aunque sin imaginar en aquel instante su trascendencia:

—La región de Hunan llegó a tener treinta millones de habitantes a principios del siglo XX, sobre todo gracias a su capital, Changsha, hasta la que llegaban comerciantes de otros muchos lugares.

»Miro atrás y me parece todavía oler la hierba, mientras los patios de madera comenzaban a despertarse, las chozas se abrían como flores y nuestras madres nos preparaban tortas de cebada recién horneadas para llevarnos al campo. Eran años en los que el desconocimiento de lo que ocurría tras las fronteras naturales de nuestra región nos vacunaba de muchos de los males que acontecían en todo el país.

»A finales del siglo XIX, la dinastía manchú, que regía el país desde dos siglos antes, quiso introducir una serie de medidas para hacer de China una nación más actualizada y moderna. Creó algunas infraestructuras y mostró más interés en el sistema educativo de su población.

»Pero de poco sirvió. El esfuerzo fue insuficiente. De la época de la que hablo, en los primeros años del siguiente siglo, la mitad del país se componía de millones de campesinos que habitaban en las zonas rurales del interior. Gentes de una pobreza extrema, conviviendo con la miseria como quien convive con el aire que respira. ¿A quién le interesaban sus paupérrimas existencias? Eran solo un número escrito en ninguna parte. Eran menos que nada. La mayoría no estaban censados en estadillo oficial alguno. Los generales los gravaban con tasas abusivas; a veces, con el trabajo de todo un año.

»La competencia de producción de té en la India, o la de la industria de la seda con Italia y Japón, hizo que la exportación alcanzara mínimos y llevara al sector, hasta entonces elemento importante de prosperidad para el campesinado, a la total bancarrota. Y llegó el hambre.

»A esta situación habría que sumarle las catástrofes naturales, las inundaciones que los diques no podían contener y que terminaban provocando epidemias. ¿Sabía que nunca en la historia se ha dado tal cantidad de muertos como en ese tiempo en China? Las dos Guerras Mundiales dejaron tras de sí un rastro de invasiones, conflictos y millones de chinos muertos o sin hogar en ciudades devastadas donde fluía aún el recuerdo de los ejércitos…

Jing Tao paró en seco. Me miró. A mí se me había quedado cara de asombro, con los ojos abiertos como grandes cráteres en el suelo lunar y la boca entreabierta. No solo por lo dicho, sino también por la manera de desarrollar su discurso, mucho más cuidado y elaborado de lo que me tenía acostumbrada. No debí darle muy buena impresión, porque me preguntó:

—¿La estoy entristeciendo demasiado?

Reaccioné tan pronto como pude. Creo que di un respingo.

—¡No, no! Claro que no.

—¿De verdad que no la estoy aburriendo?

—De ninguna manera.

—Habría tanto que contar…

Me entusiasmó la idea de que lo hiciera. Era por fin como desentrañar el mapa que tenía en el bolsillo desde hacía meses y del que no conseguía encontrar las claves. Le animé a continuar. Y tanto hablar de hambre había abierto mi apetito.

—¿Quiere que le suba arroz? —le dije—. Arroz chino, por supuesto. He descubierto hace pocos días un restaurante cerca.

Me miró, dudando.

—Será otra cosa, pero no arroz chino —hizo una pausa—. Ahora no, se lo agradezco.

—Le traeré mañana un poco para que lo pruebe.

—Como quiera, pero…

—¿Sí?

—No olvide, por favor, traerme también unas galletas.

Al día siguiente, un domingo hermoso y de cierta brisa con olor a tostadas y desayunos calientes salidos de las cafeterías, me calcé unas zapatillas y me dispuse a recorrer a pie medio París, deambulando con piernas ligeras y ojos muy abiertos. Caminé por ramblas aún despobladas, entré en iglesias a punto de iniciar sus celebraciones litúrgicas, me entretuve estudiando escaparates, comercios y carismáticas tiendas, casi cinematográficas y con un evidente aire al celuloide de los años sesenta. Compré fruta en un mercadillo festivo que comenzaba a abrir sus exuberantes puestos, y terminé comiéndomela sentada en un jardín cuadrado y espeso en el centro de una de las decenas de plazas tranquilas que se pueden disfrutar en la parte vieja.

Consulté mi reloj: las doce y media. Había pactado con Jing Tao llegar a su casa a la una del mediodía.

—Llevamos siglos siendo emigrantes y aún no nos hemos adaptado a muchos hábitos. Comer siguiendo el horario europeo es uno de ellos —me dijo.

Había abierto el ventanal y el sonido de la calle inundó de vida la estancia. Jing Tao parecía haber dormido mal: tenía un aspecto cetrino y cansado.

—¿Se encuentra bien?

—Perfectamente —me respondió—. Tan bien o tan mal como ayer.

—Si le cansa hablar, lo podemos dejar para otro día.

—Oh, no se preocupe, Alicia. Solo he estado meditando.

Empezamos a comer el arroz que le había prometido la tarde anterior y que Jing Tao había dispuesto en unos cuencos sacados para la ocasión. En platos contiguos había también abundante carne de cerdo, tallarines con gambas y setas. Jing Tao había preparado por su parte una gran empanada de verduras. Todo en una mesa minúscula y baja. Tan baja que ambos nos sentábamos en cojines en el suelo. Él comía con unos largos palillos de madera.

Almorzamos en silencio y de forma rápida. En ese tiempo, Jing Tao apenas levantó la cabeza del cuenco. Supuse que era una tradición oriental hacerlo así, tan distinta a nuestra costumbre mediterránea, donde la conversación viene servida en plato y la sobremesa se alarga durante todo el tiempo que los comensales lo consideren placentero. Recordé las eternas tertulias con mis caseros italianos, o las conversaciones en el almuerzo con Judith, Jean Paul y el resto de amigos.

Terminamos y Jing Tao no me permitió ayudarle a recoger los enseres. Supuse que eso, más que un rasgo oriental, se trataba quizá solo de un acto de cortesía.

三

CHANGSHA

30

El tiempo, en la época de la que estoy hablando, se computaba por efectos naturales, estaciones del año, periplos estacionales o leyes inmemoriales que se adoptaban al nacer y marcaban el curso de la vida. Aún no se medía en el campo por el transcurso de las horas. Era impensable dividir en veinticuatro horas un día, y cada hora en minutos, y en segundos un minuto. La vida no transcurría de aquel modo. Nadie la percibía así. Se dividía en jornadas escalonadas que se inician al alba y concluían cuando el sol se ponía lejano tras las montañas. Se preparaba la mies, se sembraba por la mañana o se recogía el grano; por la tarde se guardaba en vasijas, se encendían los tornos para crear cuencos de barro o se cubrían con nuevos techos las casas. Nada más cabía en un día. Todo era sencillo porque nada más cabía. Una casa para cobijarse y una familia que alimentar. Esa era la China campesina de nuestros mayores; la que habíamos heredado.

Mi padre necesitaba ayuda para llevar al día los libros de cuentas y los pedidos de los sacos de arroz que conseguía vender a las aldeas de alrededor. Pronto vio que el comercio con las granjas más prósperas de la región podía sacarnos de la miseria, así que consideró un objetivo prioritario ahorrar para seguir incrementando nuestras tierras con la compra de las vecinas. Uno de mis hermanos, Zizhu, nació con la salud débil y el cuerpo quebradizo, escaso de fuerzas en brazos y piernas. Mi madre le dedicó siempre una especial atención, pero sus cuidados a veces precisaban de la necesidad de hacernos con emplastos y jugos de plantas que cambiábamos por vasijas, lana o leche a la curandera de la aldea. El menor de los tres, Wang, era aún demasiado niño para hacerse cargo de las labores de nuestras tierras, pero era fuerte y bizarro, y mi padre pensó en él para heredar un día el trabajo más duro de la hacienda. Mientras, mi padre decidió que yo estudiara y aprendiera a escribir con soltura, dadas mis inclinaciones intelectuales. Llevaría la modesta administración de los sacos y podría acompañarle en todas las nuevas transacciones que efectuara.

Para mí fue una gran liberación. No solo porque me retiraba de las durísimas labores en el arrozal, sino porque me permitiría aprender y enfrentarme a preguntas que se escapaban de los picos de aquellas cuatro montañas y que mis padres no eran capaces de resolver.

—Padre, ¿por qué el cielo está poblado de estrellas por la noche?

—Es el misterio del Tao, hijo.

—¿Y por qué los valles son valles y quién los creó?

—Todo tiene su sentido. Los textos antiguos nos hablan de ello.

—¿Dónde se esconde el sol cuando se pone tras el horizonte?

—Qué más da, si tienes la seguridad de que al día siguiente volverá a salir.

—¿Cómo se forma el agua, y los lagos, y los ríos? ¿Y cómo nace la seda, y las mariposas del feo esqueleto de los gusanos?

Decenas de interrogantes que bailaban en mi mente y para los que aún no había encontrado explicación.

Mi padre me miraba entre aturdido e irritado, pensando si todas mis dudas no eran sino pájaros en la cabeza que me impedirían avanzar en lo verdaderamente importante para él: las cuentas, los escritos, los documentos. Saber llevar un estadillo con los pedidos, anotar los nombres y la hacienda de cada solicitante, sumar los beneficios por año y ver dónde mejorarlos. Pero se calmaba cuando me descubría empleando la mayor parte de mi tiempo en aprender, no solo a leer y a escribir, sino aritmética, matemáticas y el dominio del ábaco. Lo que no sabía era que también me dedicaba a leer textos antiguos, poesía, fábulas e historia de nuestro país que un antiguo maestro me venía facilitando. Era solo el comienzo de lo que iba a ser en el futuro mi carrera de estudiante.

Mi madre, Xiu-xiu, colocaba dos olorosas tortas en una pequeña cesta y yo las devoraba en el transcurso de los cinco kilómetros que distaban hasta la escuela, en la aldea de al lado, a través del camino fronterizo con las granjas.

—¡Tao! —gritaba desde la puerta, al verme partir—. Te has vuelto a olvidar el ábaco…

—Madre, lo llevo todo… —respondía yo con una sonrisa, iniciando la carrera que me iba a llevar, sin parar ni un instante, a las puertas de la escuela.

Mi madre protegía a sus hijos como una loba protege a sus cachorros. Moriría muchos años después sin saber si había sido o no feliz, sino solo con la constancia de que había existido; pero para mí siempre fue aquella mujer jovial y atenta que se preocupaba cada mañana porque llevara completo el hatillo a la escuela.

Otro día me metía en la cesta parte de la comida que le correspondía a ella, y que yo descubría después.

—Madre, no haga eso. Yo puedo aguantar bien sin comer.

—Tienes que estar bien alimentado para estudiar. Tu padre espera mucho de ti.

No solo mi padre, también ella había depositado muchas esperanzas en mi proceso de aprendizaje. Xiu-xiu nunca supo leer más que en la mirada de mi rostro y en los ojos de mis hermanos. Ella afirmaba que no le hacía falta más.

La escuela fue para mí un descubrimiento fabuloso. Era pequeña y algo oscura, con las paredes recubiertas mil veces con barro, pero olía bien: olía al aire que bajaba de las montañas y limpiaba su interior, a tablillas de arcilla donde aprendíamos los primeros signos, a niños aseados y despiertos, a piel joven y mirada atenta. Tenía seis bancos de madera largos, extendidos a lo ancho de la estancia, de lado a lado, sobre los que apoyábamos nuestro pequeño tablón. Nosotros nos sentábamos en el suelo, un suelo de tierra por el que no era extraño ver correr culebras, arañas o escarabajos. Nuestro profesor era un hombre mayor y con poca paciencia, que se enfadaba a menudo y gritaba cuando no nos salían bien las cosas. Luego se calmaba, resoplaba para sí, nos miraba un momento en silencio y decía:

—Venga, niños, volvamos a empezar.

Y entonces intentaba sonreír, y de hecho lo hacía, hasta que se volvía a enfadar. En ocasiones yo lo observaba atentamente y descubría una leve mueca de satisfacción y orgullo cuando uno de nosotros le refería lo que disfrutábamos allí, y lo mucho que en el fondo le queríamos. Entonces él escondía su semblante de anciano malhumorado y se le aguaban los ojos, y nos decía que también nos estimaba mucho, y que deberíamos estudiar deprisa para ayudar a nuestros padres, y al pueblo entero, al gobierno y a toda China, a prosperar y salir adelante produciendo riqueza. Porque sabiendo leer y escribir haríamos al país más fuerte, y podríamos protegernos mejor de nuestros enemigos, que yo en aquel momento pensaba que eran únicamente los japoneses.

Por la noche, cuando llegaba a casa tras los cinco kilómetros de vuelta, agotado y lleno de polvo, mis padres me esperaban expectantes para conocer todo lo que había aprendido en la escuela. Mi madre se sentaba en el suelo, encendía una minúscula lámpara de aceite que iluminaba toda la estancia y que dejaba entrever bajo las sombras los cuerpecitos de mis hermanos dormidos, y me tendía un cuenco lleno de maíz y arroz caliente, leche y miel. Abría los ojos para escucharlo todo, mientras yo, frente a ella, lo desgranaba despacio, dejando que ambos lo saborearan. Mi padre, que aprovechaba para cincelar alguna vasija o pieza de madera, escondía su satisfacción como podía. Yo les relataba mis avances, las lecciones del día y la manera en la que comenzaba a controlar las operaciones con el ábaco, los signos o a manejar la tinta sobre la finura del papel. También que recibíamos clase de literatura, de geografía y de historia. Y que empezaba a saber que existían muchas más aldeas cerca de la nuestra. Y lejos, aún más. Que China era un país muy extenso y que estaba formado por pequeños pueblos y grandes ciudades. Que existían otras lenguas y otras etnias, pero que conformábamos una gran nación que se sentía orgullosa de serlo.

Que en esas ciudades había comerciantes que no vendían cien sacos de arroz al año, sino al día, y pescadores que traía al puerto su codiciada mercancía de peces vivos y peces muertos, moluscos y cangrejos. Que la gente se sentaba en los soportales de sus casas a beber té mientras hablaban de cosas intrascendentes o cosas importantes. Que las mujeres adineradas se pintaban la cara con polvos de arroz, hasta dejársela más blanca que la luna que nos alumbraba en la oscuridad del valle. Que muchas se vendaban los pies y se vestían con pesados trajes de seda y lazos, hasta parecer muñecas de porcelana, delicadas y frágiles. Que no todas las casas eran de madera, sino que existían algunas de varias alturas hechas con ladrillo, adobe, metal y piedra; policromadas con vivos colores, tejados enormes y estatuas en sus frontales con cabezas de dragón.

Todo esto les contaba cada noche al volver, ante una tenue lámpara de luz, arropado con una manta. Mis padres sonreían y yo veía cómo se les iluminaban los ojos. Después, me mandaban a dormir junto a mis hermanos y dejaban el cuarto a oscuras; seguramente también para que no pudiera verlos llorar, aunque fuera de felicidad.

31

Mi hermano Wang se convirtió con el tiempo en un excelente trabajador en el bancal. También Zizhu, que mejoraba cada día en su salud gracias a la combinación de hierbas que le dábamos a lo largo de la semana.

Mi padre me llevaba a menudo con él para que le ayudara con los documentos y precios de la venta de arroz. Uno de esos días me dijo, mientras volvíamos montados en nuestro carro de bueyes:

—Jing Tao, quiero pedirte un favor.

—Sí, padre.

—Has crecido y eres listo.

Mi padre no acostumbraba a regalar cumplidos, así que me mantuve expectante, presumiendo que algo importante me quería decir.

—Debes seguir estudiando.

—Pero padre, ya lo hago. Estudio todo lo que puedo.

—A eso me refería. Estás aprendiendo mucho.

Lo dijo un tanto para sí, como si temiera que las piedras del camino pudieran oírlo. Yo en ese momento no supe si aquello que me confesaba era bueno o malo. Él me tranquilizó:

—No te asustes, es bueno que lo hagas. Pronto esto se te quedará pequeño. Wang me podrá ayudar. Se parece a ti.

—Pero…

—Jing Tao, escucha. Tu padre ya ha visto mucho de este mundo, más de lo que imaginas. Tú eres inteligente y la aldea se te ha quedado pequeña. Ya ves que la plantación prospera, cada vez me piden más arroz y he pensado comprar un poco más de tierra.

—Padre, eso es una gran noticia.

—Sí, creo que ha llegado el momento. Me han ofrecido un *mu* a buen precio. —Un *mu* equivalía a 631 metros cuadrados.

Se quedó pensativo. Mi padre no era hombre de muchas palabras.

—Tú eres el primogénito de la familia —continuó— y algún día te harás cargo de las responsabilidades de la casa. Por eso quiero que estudies en un sitio más grande y durante el tiempo que precises. Quiero que vayas a la escuela de Changsha el curso próximo.

Changsha. No dije nada y continuamos en silencio hasta llegar, pero supe que aquella conversación había marcado el comienzo de mi futuro.

Años después, y con el dinero conseguido con mi primer trabajo, le pude comprar a mi padre un carro mayor y dos nuevos y jóvenes bueyes. Les fui mandando unas remesas de dinero que, unidas a los ahorros que conseguía juntar en la hacienda, permitieron a mi familia prosperar y salir de aquella pobreza de campesinos olvidados. Mi hermano Wang también fue a la escuela y fue el encargado, con el tiempo, junto al quebradizo Zizhu, de dirigir las cuentas familiares y de sustituir a mi padre cuando este ya no pudo trabajar más. Cuando los visitaba, me enorgullecía del esfuerzo con el que todos habíamos conseguido construir una nueva vida, más cómoda que la de la mayoría de la gente que nos rodeaba, hasta el punto de que nos inscribieron en el censo de la región como familia rica. No era cierto: éramos solo campesinos trabajadores y con talento para ver un poco más allá que el resto.

En pocos años pasaron acontecimientos importantes en China. La dinastía imperial se resquebrajó en pedazos, sumida en su propia corrupción y vencida por la acción de algunos nobles provinciales y campesinos hambrientos organizados en bandas de asalto en las montañas. Japón nos había arañado Taiwán y algunas zonas de Manchuria; Alemania, Francia y Gran Bretaña también habían usurpado regiones de nuestro país, ante un gobierno agonizante y una sociedad moribunda que no alcanzaba más que a poder extender la mano para recoger un cuenco de comida al día.

La dinastía Qing, procedente de Manchuria, dirigía China desde el siglo XVII. Lo haría hasta 1911, año en el que un movimiento político inició en mi país una nueva etapa. De nada les había servido a los últimos emperadores la serie de reformas encaminadas a acallar las críticas y a flexibilizar el sistema feudal que el país arrastraba. Un año después del triunfo de la revuelta, en 1912, quedaba instaurada la República en China, un período de luchas internas y problemas sociales. Pero mi adolescencia estaría marcada por la etapa posterior, por una larga guerra civil entre el Kuomintang, el partido político dominante en la República, al mando de Chiang Kai-shek, y el Partido Comunista.

La Segunda Guerra Mundial había estallado en 1939, pero para ese tiempo China ya llevaba dos años luchando contra Japón. Los nacionalistas del general Chiang Kai Shek y los comunistas pactaron una tregua, aunque el conflicto se reanudó entre 1946 y 1949. China regresaba así a su propia guerra. Estados Unidos había prestado armamento a todo el país en su lucha contra Japón, y ello recrudeció los combates posteriores.

Yo llegué a Changsha unos meses después en el viejo carro de bueyes de mi padre, en el que viajamos cuatro días con sus cuatro noches. La ciudad se presentó ante mí amable, bulliciosa y despreocupada, llena de gente por las calles, mujeres a las puertas de sus casas, niños correteando entre los puestos de los comerciantes y ancianos agolpados en las ventanas para observar cualquier cosa.

Mis ojos recogían todo lo que se abría ante ellos. Malabaristas, violinistas callejeros, jóvenes preparando sus clases sentados en los muros cercanos al puerto, viejos fumando opio, muchachas comprando telas de seda... Y los sonidos, tan distintos al silencio de las montañas que cubría mi aldea. Sonidos tumultuosos, de una algarabía envolvente.

Mi padre, antes de despedirse, me dijo:

—Tao, un hombre no es lo que es, sino lo que puede llegar a hacer. Es tu momento.

Me miró despacio, quedo, con intención en los ojos. Entonces yo era casi un hombre a punto de cumplir los quince años, aunque apenas hubiera visto nada más allá del papel de los libros antiguos de la escuela. Para mi tranquilidad, fui apartado de algunas de las responsabilidades que aguardaban a los jóvenes campesinos de esa edad, como la de contraer matrimonio y tratar de emparentar con una familia próspera. En las zonas rurales era común el casamiento pactado entre familias. Mis padres celebraron su boda a los trece años; menos de la edad que yo tenía cuando abandoné la aldea. Y los padres de mis padres lo hicieron entre los doce y los quince. Yo iba a ir a la escuela y pronto me propuse otras obligaciones, otras miras, otras metas.

Puedo recordar las palabras de un compañero, hacia 1963, en las que también hacía hincapié en evitar las ocasiones perdidas:

—Es hora de crear un nuevo mundo donde ver crecer a nuestros hijos.

Pero no era el momento de pensar en todo aquello, sino tiempo de absorber las nuevas experiencias que el colegio me ofrecía. Una casa espaciosa y de paredes blancas y frescas, con una cubierta de tejas y unas ventanas grandes que se cerraban con tablones de madera. Nuestro joven profesor, que pronto me hizo olvidar al de mi poblado, vestía una especie de larga camisa o túnica abotonada, pantalones anchos y una trenza ordenándole el pelo. Éramos casi treinta jóvenes, y enfrente había dos clases más, lo que sumaba casi un centenar de adolescentes aprendiendo a recitar de memoria los textos clásicos de la tradición china, historia, matemáticas, ciencias naturales, versos y música. Allí viviría acogido por la familia de mi tío paterno, que residía en una casa grande y bien dispuesta, situada en el centro de la ciudad, como correspondía a su oficio gubernamental de administrador, de cuidada decoración y dos plantas unidas por una estrecha escalera de madera. Yo estaba feliz porque por fin me encontraba en un espacio luminoso, que me alejaba de la pobreza de mi origen, y donde podía disfrutar de intervalos de ocio como no había conocido hasta entonces.

Pero estábamos todavía en 1957. Acababa de cumplir quince años, había crecido tres palmos en unas semanas y apenas me importaba nada que se saliera de los muros de la ciudad de Changsha, del confort de la casa de mi tío, de la escuela y de una mirada infinita y desconcertante que pronto descubriría.

Me di cuenta de que el tiempo había corrido demasiado deprisa y que yo había dejado de ser un niño. Mis años en el campo, estudiando sin respiro en la escuela y trabajando para mi padre, me habían ocultado un mundo de juegos que nunca ya recuperaría.

Pero el baile de la vida me reservaba una feliz sorpresa. Una sorpresa más o menos de mi edad y que estudiaba en el aula de enfrente.

Se llamaba Du Ling.

三

DE HISTORIAS, MAPAS Y LIBROS

32

Viajé un fin de semana a Cádiz para ver a Álvaro. Le pedí permiso a Rose Marie por si el lunes no estaba a primera hora en la tienda. Ella comprendió que algo importante me esperaba en España y no puso ninguna objeción. Álvaro y yo nos encontrábamos desde hacía meses en una situación incómoda que, por lo visto, él quería solventar lo antes posible. Yo hubiera dejado las cosas tranquilas por un tiempo para que la distancia limara diferencias y provocara las ganas de volver a vernos. Pero él no pensaba de aquel modo. Tenía prisa, y pronto supe que sus prisas tenían un nombre: Laura.

Me llevé el equipaje imprescindible. Más que ropa, muchos sentimientos encontrados en la cabeza. Y digo bien, en la cabeza, porque la situación con la que me iba a enfrentar requería de raciocinio y de mente fría. Álvaro había sido siempre así: calculador y un poco estratega. No digo que eso sea malo. Solo que era así.

—Álvaro y yo hemos roto.

Al volver, lo primero que hice fue llamar a Judith y quedar con ella esa misma tarde para contárselo. Nos reunimos unas horas después en la Fuente de los Inocentes, un lugar concurrido que se convierte en un punto de reunión de la juventud parisina. Allí sentadas, sin tomar más que un refresco y viendo cruzar las palomas delante de nosotras, desgranamos nuestras confidencias.

—¿Qué? —parecía muy sorprendida. Lanzó un silbido—. Esto sí que no me lo esperaba.

Las malas noticias nunca se esperan, aunque las veas venir, así que no le mentía a Judith. Tampoco sentía ahora una liberación especial, como Álvaro me había dicho: «Es mejor para los dos, ya lo verás. Podrás ser libre para lo que quieras». Pero yo lo que quería de verdad era estar con él.

—¿Está confirmado?

—Me lo dijo el sábado —asentí, molesta. No me apetecía entrar en detalles, pero sentía que debía hablar del tema.

—Y tú, ¿cómo estás?

—Como una mierda —confesé. Creo que no habría podido encontrar una definición mejor. Y más dicho en español, ya que en francés no tiene tanta fuerza—. Pero sobreviviré.

—Lo siento mucho, Alicia.

Suspiré de forma sonora, antes de apuntillar:

—No te preocupes, supongo que tenía que pasar.

Sí, tenía que pasar. O no. Álvaro era todo lo que una mujer seguramente podría desear: apuesto, formal y con un buen cargo en una empresa. Sin esperármelo, fue él quien decidió poner fin a nuestra relación. No veía futuro, me comentó sin más.

Me citó en un restaurante y allí, entre platos elaborados de cocina creativa y guisos tradicionales, me dijo que deberíamos seguir rumbos distintos:

—¿Por qué? —casi imploré yo, que no me lo acababa de creer.

—Es mejor así.

Lo miré a los ojos y supe que no me iba a explicar nada más. En aquel momento, el mundo se abrió ante mis pies de repente. Es curioso comprobar que nunca estás preparada para las malas noticias, incluso cuando estas son esperadas. Jamás pensé que mi crisis con Álvaro fuera a terminar en una ruptura definitiva.

—No te preocupes, podemos seguir siendo amigos.

Al día siguiente paseé mi tristeza por la caleta, caminando sola hasta rayar el mediodía. Escuché el sonido de la ciudad. Nunca reparamos en ello, pero cada ciudad habla y tiene su propio lenguaje, lleno de voces, de rumores cercanos, de pausas, de pasos.

Recalé en una de las terrazas de bares que adornan la plaza de la Catedral, llena de foráneos matando el tiempo y haciendo fotos. Contemplé despacio desde mi asiento, y a través del cristal de mi vaso, la fachada del edificio que se levantaba soberbio ante mí, con una torre aneja cuyo mirador descubre el paisaje de casitas blancas y tejados que es Cádiz a vista de pájaro. Yo era una mota de polvo entre todo aquel maremágnum desordenado. Ahora me encontraba a escasas horas de mi partida de nuevo. Cogí un papel y comencé a escribirle una carta a Álvaro. Pero lo dejé al tercer párrafo. No era el momento. Mi propósito sería dejarle pensar, darle tranquilidad, que reflexionara. Fuimos felices y solo conmigo había emprendido planes de futuro. ¿Podría, en tan solo unos meses, encontrar a alguien tan importante como yo lo había sido en su vida?

Me levanté de un respingo media hora después y me alejé de aquella impactante cúpula catedralicia, cubierta de azulejo dorado entrecortado por el cielo, que había estado escuchando en silencio todos mis secretos.

Antes de desaparecer de allí, sin saber hasta cuándo, recorrí algunos lugares tan queridos para mí. Rincones de mi infancia y la calle donde se levantaba la hoy desaparecida casa de mis abuelos. Suspiré y cogí un taxi rumbo al aeropuerto de Jerez. Atrás estaba dejando todo un estilo de vida, con sus fiestas juveniles y días de playa. Estaba abandonando las frivolidades de una edad que ya no me pertenecía. Comenzaba un nuevo ciclo y me aguardaba otra ciudad, otro mundo. El avión no me esperaría si me retrasaba, así que apreté los dientes y corrí por los pasillos del aeropuerto.

Bon die, París.

33

No la vi hasta dos o tres meses después de mi llegada.

Fue un día al salir de la escuela: allí estaba ella, con dos trenzas sujetas a la cabeza a modo de diadema, su vestido corto de estampados y un olor a flores frescas que podía percibir a treinta pasos de distancia. Guardaba sus cosas en una bolsa de tela gruesa con correas de cuero, que apoyaba al hombro y sujetaba en un mohín delicado con su mano derecha. En la otra, a veces llevaba un jubón con manzanas rojas, o trocitos de caña para mascar, o bambú recién cortado. Tenía las piernas largas y delgadas, acabadas en unos tobillos de niña, frágiles y estrechos. Tenía un rostro amable y hermoso, coronado con dos grandes ojos del color de los robles del bosque. Tenía unos labios frondosos como el interior de las montañas que yo tan bien conocía.

El primer día que me topé con ella me limité a seguirla con la mirada, desde la calle hasta la escuela, desde la esquina por la que aparecía hasta su clase. De inmediato, repasé allí mismo mi forma de vestir: al pelo cortado a navaja una semana antes le acompañaba un cuerpo delgado vestido con pantalones anchos, camisa de tela cerrada hasta casi el cuello, con aquellos botones grandes que mi madre cosía en las ropas, zapatillas de esparto y costal con las tablas de estudio. Había dejado de utilizar el sombrero de caña campesino desde que llegué a Changsha, porque me concedía cierto aire rural que ya quería evitar. Me estaba convirtiendo en un chico de ciudad, con distintos modales y un modo de hablar más cuidado, que leía poesía y salía a menudo a ver a los comerciantes exponer su género ante el público, o a escuchar a los músicos callejeros que llenaban de melodías las plazas cercanas al puerto.

Ante el espejo del cuarto principal de casa me agradaba observar que había crecido mucho en los últimos meses, y que no era ya el niño que había llegado un día al lugar. Ahora los años han encogido mis huesos, pero entonces tenía una altura correcta, una delgadez que me hacía aún más esbelto y unas facciones agradables.

Aquella chica era la primera prueba seria a la que me enfrentaba.

Mi timidez me impidió acercarme a ella y no me atreví a hacerlo durante un tiempo, que a mí me parecieron años.

En ese lapso, ¿habría advertido mi presencia? ¿Se fijó en aquel chico delgaducho llegado de fuera, que esperaba verla cada mañana aparecer por la calle, entre el gentío y el ruido de los charlatanes que parecían no percibir los andares de quien ya había sido nombrada única dueña de mi corazón?

34

La tarde no dio para más. Había sido intensa, llena de secretos y evocaciones nostálgicas que trasladaron a Jing Tao a un universo propio, y del que era evidente que le costaba hablar. Un espacio inaccesible a casi todos, en donde yo era tan privilegiada como intrusa.

Le prometí volver al día siguiente, a la salida de la tienda.

—Si a usted no le importa, claro.

—Con mucho gusto. Lo que no estoy tan seguro es que quiera seguir escuchando esta historia.

—Puede creerme si le digo que sí —afirmé, y esto era cierto.

Cerré *El Bosque Galo* y llegué en mi Vespa a su casa. Subí las escaleras hasta el tercer piso con una evidente falta de aliento y un creciente interés por seguir avanzando en la historia de Du Ling.

La puerta, para mi sorpresa, no estaba cerrada. Se encontraba levemente abierta, pero aun así pulsé primero el timbre, y luego di unos golpecitos con los nudillos.

—¿Puedo pasar?

Nadie me contestó. Repetí la pregunta. Al no hallar respuesta, empujé la puerta y entré en la casa.

Vi de inmediato a Jing Tao. Estaba sentado en el único sillón de la estancia —yo solía escucharle sobre uno de los cojines del suelo—, de espaldas a la puerta y mirando por el vano de la ventana. Lo adiviné aún más demacrado que de costumbre, si bien la penumbra apenas me dejaba descubrir una tenue sombra.

Había cerrado las ventanas casi por completo y solo la perezosa luz de las farolas se adentraba por las rendijas en forma de pequeños halos blancos. Al fondo, una tímida bombilla en la cocina, como una gran perla luminosa, era el único faro que impedía una habitación completamente a oscuras.

—Hola —saludé con timidez.

Se movió igual que lo hacen las estatuas de los cementerios. Es decir, nada. Ni un gesto, ni una palabra.

—Ejem...—carraspeé, sin saber muy bien qué hacer—. ¿Se encuentra bien? He pasado porque he visto la puerta abierta y...

Miré alrededor. Todo ordenado y recogido.

—¿Se encuentra bien? —repetí.

La tarde anterior nos habíamos despedido con la intención de volver a vernos al día siguiente, pero dudaba ahora si insistir o marcharme. Quizá no era el momento de hablar.

Con calma, deteniéndose casi en todas las sílabas, Jing Tao pronunció por fin unas palabras.

—¿De verdad quiere que continúe contándole la historia?

Su voz no era amarga, algo que me tranquilizó. Esperé unos segundos y cambié mi tono, que pasó de la preocupación inicial a otro más íntimo.

—Por supuesto.

Y remarqué:

—Si usted quiere, claro.

Se encogió de hombros y dijo, ahora sí con aquel aire de tristeza que a veces venía a visitarle, e incluso se instalaba con él en su casa:

—Creo que se lo debo a ella.

—¿A Du Ling?

Sí, era obvio que era a Du Ling. Hice la pregunta para ganar tiempo, para que Jing Tao se sintiera cómodo y continuara ese clima de cordialidad que presidía nuestras conversaciones. Aun así, y al verlo con una mirada algo más ausente que otras veces, quise ofrecerle una merecida tregua. ¿Por qué me empeñaba en seguir escuchando la historia de aquel hombre cuando era obvio que a él le agradaba y entristecía a partes iguales? Lo único cierto es que la estatua seguía sin resucitar.

—Podemos hablar en otro momento, si le parece. Por si usted quisiera descansar ahora.

No supe si le parecía o no, porque no me contestó. Apenas pestañeó. Creí en ese momento que lo más adecuado era entonces marcharme, así que me di media vuelta y me fui. Cerré la puerta con el mismo cuidado que la había abierto y bajé las escaleras hasta la planta principal.

Instantes antes me había despedido de él en silencio. Lo había hecho apretando levemente su mano izquierda y acercándome para susurrarle al oído:

—Tome. Es para usted. Se lo he traído para usted.

Y me marché despacio. Eso sí, dejándole encima de la mesa una caja entera de galletas.

35

El martes, al llegar las seis en punto de la tarde, las escaleras que llevaban a la planta baja de la tienda comenzaron a vivir su bullicio habitual. Tras poner un poco de orden, les expliqué que ese día no habría clase de Taijiquan. La primera en saberlo, tan solo unas horas antes, había sido la propietaria de la tienda.

—¿No va a venir hoy Jing Tao? —me inquirió Rose Marie, tras unas gafas de vista cansada que dejaba colgadas de su cuello gracias a un delgado cordón— ¿Se encuentra bien? —se apartó las lentes de la cara de un gesto.

—Un poco cansado. Nada importante, según me ha dicho.

El maestro Jing Tao se había excusado por la mañana alegando su imposibilidad de acudir al *Bosque Galo* por encontrarse enfermo.

—Da tú la clase, si lo crees conveniente —Rose Marie zanjaba así el tema, volviéndose a colocar sobre el puente de la nariz sus pequeñas gafas para seguir leyendo un listado de pedidos.

Mi conversación con el maestro había tenido lugar esa misma mañana, sobre las doce del mediodía.

—Lo siento, Alicia —se disculpó tras explicarme los motivos.

—No se preocupe. Y cuídese.

Pero sí estaba preocupada y quise abordar el tema.

—Señor Jing Tao, no me gustaría que los recuerdos que usted se está esforzando en contarme afectaran a su salud.

Con voz más animosa de lo que hubiera esperado, el tono del viejo maestro parecía vital y en calma. Me tranquilizó, sobre todo cuando le escuché:

—Oh, tranquila. No tiene nada que ver. Además, aunque no lo crea, esto me está haciendo mucho bien. En mi país decimos, y seguramente también en el suyo, que recordar es vivir dos veces. Es lo que yo estoy haciendo.

Sus palabras sonaban claras al otro lado del hilo telefónico. Un enorme peso se me quitaba de encima. Por un momento había pensado en olvidar la curiosidad que me producía el pasado de aquel hombre.

—Venga mañana al mediodía, Alicia. Saldremos a tomar el sol al parque, si le apetece.

Respiré aliviada. El mutismo del día anterior se había transformado y se encontraba animado a seguir hablando.

—Allí estaré.

El silencio que vino a continuación me indicaba que no había dado la conversación por finalizada. Aguardé unos segundos, escuchando su respiración a través del otro lado del hilo telefónico. Jing Tao tomó de nuevo la palabra.

—Una última cosa —dijo.

—¿Sí?

—Por favor, a partir de ahora llámeme *Fu Choy*, ¿le importa?

—¿*Fu Choy*?

—Si no tiene usted ningún problema en ello.

—Claro que no. Como guste —estaba sorprendida.

—Se lo agradezco. —Noté un hilillo de satisfacción—. Significa Puño Cerrado en chino.

LA HIJA DEL RECAUDADOR

36

¿*Fu Choy*? Se me hacía difícil recordarlo. Puño Cerrado. Llamé a Judith por la noche desde una cabina para quedar y correr por Las Tullerías el fin de semana, y aproveché la oportunidad para contárselo. A ella no le extrañó nada.

—Los chinos tienen muchos nombres. Será uno de juventud.

—¿Puño Cerrado te parece un seudónimo de juventud?

—Los chinos son muy raros.

Sí, sería eso. Rarezas incomprensibles para nosotros. O quizá seamos los occidentales los que nos desenvolvemos de una forma extraña. Después de todo, la globalización no ha obrado tantos milagros.

En la globalización, en Du Ling y en la China de hacía décadas iba pensando al día siguiente, cercano ya el mediodía, cuando me dirigía de nuevo a casa de Jing Tao. En una de las recoletas calles adyacentes di con una tiendecita añeja, con sabor, de esas que a veces te salen al paso cuando caminas por las calles más antiguas de París. Una librería con fachada casi de madera, una cifra en su frontal, 1919, y una anciana tras su mostrador, vestida con bata gris para guarecerse del pegajoso polvo de los libros. En el escaparate reposaba inerte una *Historia de la China de Mao* que no dudé en comprar por seis euros. Resultó un delgado volumen del año noventa y dos, fácil de leer, escrito por un británico, y que me esclarecería algunos puntos de las conversaciones con Jing Tao.

Recogí al anciano en su casa y ambos salimos a la calle. Hacía un día soleado y precioso del mes de abril. Compramos algo para comer en un puesto callejero.

—Este jardín sí me gusta. Está cuidado —dijo mi amigo, observando el parque que se abría ante nuestros ojos.

Por un momento había olvidado la querencia del maestro hacia los bosques y jardines. Paseamos charlando amigablemente, o guardando silencio, pero acompañados por el rumor de las pisadas de los corredores haciendo *footing*, las madres viendo jugar a sus hijos, los estudiantes preparando su próxima clase, los turistas estudiando sus planos de la ciudad o tomando con parsimonia el sol. Nadie podía saber que aquel hombrecillo iba a trasladarme con sus palabras nada menos que al otro lugar del globo de hace cincuenta años.

Se llamaba Du Ling y era una alumna más de la escuela de Changsha. Yo llevaba semanas estudiando sus pasos, el lugar donde vivía, la hora a la que se marchaba. Las amigas con las que salía, los chicos con los que hablaba. Podría hacer un dibujo exacto de su manera de recogerse el pelo siguiendo la costumbre de su clase, y la forma en la que se ajustaba a su cuerpo la ropa de lino. Era fuerte y frágil a la vez. De aspecto risueño y sano.

No la había visto antes. La proporción de alumnas en la escuela respecto a los varones aún no se había igualado, tal como la Revolución pretendía. El acceso de la mujer a la educación ha sido siempre un caballo de batalla dentro de nuestra historia. En siglos pasados, la importancia de la mujer china en la sociedad era sobresaliente, hasta el punto de que los hijos adoptaban el apellido de la madre. Era un matriarcado que quedó relegado posteriormente: en la época de la dinastía Zhou, las labores de las mujeres se centrarían de nuevo en el ámbito doméstico.

Fue una mañana temprano, al tropezar por las prisas para entrar al aula. Le hice sitio para que pasara antes que yo, la miré y le di paso. Ella agradeció el gesto con una sonrisa que no he olvidado jamás.

A partir de ahí, quedé enredado en algún lugar de una extraña felicidad. No fui capaz de concentrarme en mis estudios durante aquella jornada. Ni en la siguiente. Notaba que algo diferente me había cruzado el pecho. Una emoción que me estremecía como fuego por dentro.

Aguardé ansioso cada salida de la escuela durante días. La escudriñé entre las cabezas de decenas de alumnos. No la encontré. Eran demasiados, y demasiados al mismo tiempo. Lo intenté varias semanas, a la entrada, esperando pasar el último; a la salida, buscando con ansiedad como quien necesita alimento para seguir viviendo. Pero no la vi.

—¿Había dejado la escuela? —pregunté impaciente, mientras bordeábamos un gran seto con dibujos trenzados en su hierba.

—No lo sabía aún. La Revolución a menudo nos pedía sacrificios, también a los más jóvenes.

—¿Y fue así con ella? —lo miré, pero el resplandor de los rayos del sol me impedía distinguir sus ojos.

—No.

—Entonces, ¿qué pasaba?

—Solo que era difícil encontrar una brizna de hierba en un prado. Aunque esa brizna fuera la más hermosa de todas.

Dimos unos pasos en silencio, un silencio cerrado como una burbuja que nos hubiera aislado del mundo; a pesar de que el mundo seguía girando a nuestro alrededor en forma de niños jugando, adolescentes riendo sus bromas en grupo o parejas de novios acurrucándose al sol.

—La encontré un tiempo después, no sabría decir cuándo.

Respiró hondo. Yo pensé que iba a detener allí mismo su relato. Me equivoqué.

Estaba sentada en uno de los bancos de madera. Uno de los bancos exteriores que se situaban a lo largo de la entrada a la escuela. Yo acababa de cumplir quince años; ella contaba dieciséis y ninguna de las estrellas que contemplaba por las noches me hacía soñar tanto como volver a verla cada mañana.

Durante muchos días la observé allí, mientras preparaba diariamente sus clases antes de entrar a la escuela. Sentada, leyendo o escribiendo sobre el papel de seda. Encerrada en una esfera azul de otro tiempo, inaccesible.

Después, escondido en la esquina de una callejuela próxima, mis ojos la seguían con la fidelidad de un perro, hasta que ella comenzaba a guardar las cosas en el costal de tela y se levantaba. Vaporosa como una nube. ¿Qué podía hacer yo, agazapado y asustado?

Nada fui capaz durante un tiempo. No podía imaginarme siquiera que me descubriera. Me llenaba de pavor. Y mi retraimiento aumentaba en la misma medida en la que veía cómo ella mutaba en un bello cisne. El más bello que anidaba en mi corazón. ¿Cómo iba a fijarse entonces en un chico de aldea?

Creo que podría haber pasado así toda la vida. Toda una existencia perdida en el vacío de mis propios miedos, de no ser porque por fin la suerte vino a sonreírme. La suerte en forma de celos y furia. Ocurrió algo. Algo intrascendente para cualquiera, pero sumamente importante para mí; capaz de encender ese punto de arranque que me hacía falta para iniciarlo todo.

Una mañana, Bo Wang se acercó a hablar con ella.

Me desesperé. De estar más cerca hubiera sido capaz de salir y arrancarle los ojos. Bo Wang era un joven de mi clase, fuerte y de espaldas anchas, aunque con los dientes mellados, lo que confería un aspecto feo y sucio a su sonrisa. Había venido en este curso de una ciudad próxima. Era simpático y no dudaba en hablar con todas las chicas.

Por eso aquel encuentro me alertó. Bo Wang estaba muy capacitado para arrebatar el corazón de Du Ling y de cualquier muchacha que hubiera entrado en su pensamiento. Era preciso que yo actuara pronto. No podía perder más tiempo.

Du Ling lo vio venir con una sonrisa entre sus labios, aunque respondió a sus atenciones de una forma modosa, como era habitual en las jóvenes chinas cuando un varón se dirigía a ellas. Los vi hablar durante unos instantes, mirarse, reír. Por aquel entonces pensé que la suerte estaba echada y que poco podía ya hacer. La envidia, la rabia, todo se concentró en una nueva sensación de desazón y cólera.

Resolví rápidamente que tenía dos únicas opciones: olvidarme de Du Ling, dejando mi corazón roto para siempre, o acercarme en el momento propicio a hablar con ella y ver si al menos podía luchar por su amistad. Esta última posibilidad no iba a satisfacer por entero mis pretensiones hacia ella, pero era un paso. El primer paso.

Estuve el resto de la jornada y toda la noche pensando en la determinación a tomar. Me había acostado pronto, casi sin cenar.

—¿Te pasa algo, muchacho? —me preguntó mi tío cuando vio que me iba a dormir pronto.

Su casa bullía con la actividad de los criados. Una casa grande donde siempre había cosas que hacer y nunca se daba ninguna tarea por concluida.

—No, tío —mentí.

—¿Estás seguro? Te noto extraño últimamente.

—Será la dureza de las clases. Tengo que aprender muy deprisa.

—Será —dijo él, sabiendo que no era eso lo que me preocupaba.

Porque lo que me preocupaba no era fácil de explicar ni podía hacerlo ante nadie. Era algo que debía resolver yo solo, como un hombre. Ya no valía el miedo del cobarde, ni las palabras alentando una espera. Mi aliento me pesaba dentro de la garganta y mis músculos habían adquirido formas en tan solo un día. Había cambiado. Era otro. Soñar equivalía ya a suicidarme en vida y no quería pasar por eso.

Di mil vueltas en mi lecho, pregunté a los astros del cielo, busqué en cada uno de los recovecos de mi corazón y de mi mente. Vi amanecer el nuevo día despierto.

Por la mañana, ya tenía clara mi decisión.

37

La esperé en el banco contiguo. Fingí que leía con dificultad unos textos antiguos, que trataba de descifrarlos sin mucho éxito. Tenía unas tablillas extendidas y unos pliegos con problemas matemáticos que debían ser resueltos en la clase próxima. Me había puesto mi mejor camisa de lino, sin botones pero con cordones trenzados en la zona del cuello. Blanca y oliendo a hierba. Unos pantalones nuevos y mocasines negros de cuero.

Llegó más o menos a la hora que yo había previsto. Se sentó en el banco de siempre y desplegó un par de libros a su lado. Sacó también una manzana, la frotó, arrastrándola por la tela de su falda, y comenzó a morderla. Parecía abstraída y tan ensimismada en la lectura que me pareció imposible que hubiera algo capaz de llamar su atención.

De forma resuelta, y sin pensármelo dos veces, recogí todas las cosas que había extendido para hacer que pareciera una espera más natural, y me dirigí hasta ella.

Respiré hondo antes de hablarle por primera vez:

—Hola…

Pero ella no me escuchó. Levanté algo más la voz.

—Disculpa, ¿puedo sentarme?

Alzó la mirada y la vi. Me puso nervioso saber que me miraba.

Al notarlo, las piernas empezaron a temblarme de una manera escandalosa, aunque seguramente solo lo advertía yo. Para evitarlo, y sin esperar respuesta por su parte, me senté a su lado.

No pareció sorprenderle, ni tampoco molestarle, así que, antes de que cualquiera de estas dos cosas pasara, comencé a hablar con toda la naturalidad que mis nervios me permitían.

—Me llamo Jing Tao. Creo que tú vas a la clase de enfrente.

—Ah, hola —fue todo lo que una sorprendida y abordada muchacha fue capaz de articular.

—¿Vienes de lejos?

—¿Cómo? —parpadeó, en un gesto que a mí casi me hace caer de la banca desplomado de amor.

Intenté parecer de nuevo lo más espontáneo posible.

—Me gustaría saber de dónde eres. Veo que lees con soltura los textos clásicos.

Du Ling me miró por fin, entre divertida y asombrada. Su sonrisa parecía un diminuto esbozo de agua.

—¿De dónde eres? —insistí.

—De Changsha. Nací aquí y aquí llevo toda mi vida —rio con un gesto tan delicioso que yo creí haber descubierto el mundo en ese mismo momento.

Sonreí también. Ahora fue ella quien me preguntó.

—¿Y tú?

—Soy de una aldea de las montañas, cerca de Shaoshan. ¿Cuál es tu nombre?

—Du Ling.

—Du Ling, de Changsha —repetí yo.

—Jing Tao, de cerca de Shaoshan.

Reímos los dos. Nuestro primer encuentro no se estaba dando mal. Para evitar cualquier tipo de vacío embarazoso, tomé de nuevo la iniciativa.

—¿Qué estás leyendo?

—Es una reimpresión actualizada de Sima Qian.

Sima Qian (140-100 a.C.) está considerado el primer historiador de China, al ser quien recogió en los *Registros Históricos* toda la información que tuvo a su alcance sobre las primeras dinastías.

—¿Me ayudarías a leerlo? —disimulé. Yo sabía leer a los maestros desde que lo aprendí en mis primeros años de escuela, pero fingir cierta dificultad se descubría como una excusa perfecta para captar su atención y su tiempo.

—No sé si…

Escondí mi torpeza como un flamenco esconde su cabeza entre las alas. Había sido quizá demasiado directo. Las mujeres chinas observaban siempre reparos ante el contacto personal con los hombres, muy distintas a las de los siglos anteriores, donde las mujeres de capas altas pudieron desarrollar algunas actividades que las liberaban de ese restrictivo ámbito familiar, como viajar, ejercer de comerciantes, aprender música y letras, o montar a caballo. Por fortuna, a Du Ling le había tocado vivir una época donde podían acudir a la escuela, la horrible práctica de los pies vendados había sido abolida y nacían mayores aires de libertad.

La madre de Du Ling todavía podía mostrar las deformidades de sus dedos al haber tenido desde niña vendados sus pies, una costumbre bárbara que había convertido a las mujeres chinas en más débiles y serviles aún, incapaces de llevar a cabo muchas tareas, a pesar de que la tradición inventara que se trataba tan solo de un gesto femenino de belleza.

Du Ling era hija de un recaudador de impuestos, uno de los funcionarios más importantes de la administración municipal de la ciudad. Había aprendido a leer rollos de varillas, hechos con bambú o madera, en los cuales se trazaban los caracteres en columnas verticales, ordenadas de izquierda a derecha. También a escribir sobre seda, más flexible, pero que había caído en desuso con la invención del papel. Este material consiguió revolucionar toda la producción del pensamiento chino. En mi generación, la misma que la de Du Ling, no éramos aún conscientes del privilegio que suponía haber nacido en pleno siglo XX.

—¿Qué me dices? ¿Me enseñarías? Te pagaré bien las clases.

Después del asombro inicial, Du Ling dudó y terminó contestándome con una sonrisa.

—Te enseñaré.

Y, acto seguido, cogió sus libros y se levantó de un salto, preocupada por llegar tarde a clase, dejándome allí, sin saber muy bien qué hacer, pero absorto. Sin poder dejar de mirarla.

—¡Ahora debo marcharme, llego tarde a clase! —gritó, comenzando a correr.

Se alejaba de mí.

—¿Mañana? —le pregunté lo más fuerte que pude.

Pero no me contestó. Siguió corriendo hasta perderse por la ancha puerta de entrada a la escuela, con el vuelo de su falda al viento y el golpeteo de la mochila sobre su hombro derecho. Mientras, yo permanecí un buen rato quieto, maldiciendo la gigantesca boca de ladrillo y piedra que había osado tragarse a Du Ling.

Al día siguiente seguía encontrándome nervioso. Con la saliva sin poder bajar de la garganta, casi hecha de madera, como la superficie dura que nos sostenía en el banco donde compartíamos libros y momentos.

Pero ella, para relajar las líneas de mi rostro, me enseñó lo que escribía.

—Mira esto.

Su caligrafía era perfecta.

—Es muy bello —fue lo único que acerté a decir—. ¿Lo has aprendido en la escuela?

—Me lo enseñó mi padre, y mi abuelo. Y los grabadores que venían a casa a darme clase cuando era niña.

Du Ling era hija única y, según la costumbre de su familia, debía continuar con el oficio paterno o dirigir con mano de hierro y sabiduría su hacienda. Su aprendizaje pasaba por nociones de cuentas, escritura y leyes.

—Estoy recopilando fragmentos de Wang Xizhi. Enseño caligrafía a los dos hijos de un comerciante de la ciudad que quiere que los niños comiencen a aprender los ideogramas.

Yo seguía absorto en el movimiento de sus manos.

La caligrafía en mi país es una manifestación artística. Tenemos tres grupos de lo que llamamos «artistas del pincel»: los pintores, los calígrafos y los poetas. Du Ling había conseguido dominar la caligrafía, trescientos años después, como si ella hubiera sido artífice de su nacimiento.

—Debo practicar todos los días durante horas para perfeccionar sus ángulos...

Sacó de su hatillo un pequeño tarro dorado, que destapó y dejó sobre el banco. Me asomé a ver su interior. Era tinta. Una cajita alargada de madera de caoba guardaba sus pinceles. Solo dos, limpios y cuidados, con cuerpos de madera y marfil, terminados en unas hebras relucientes. Extendió un pliego de papel de gran tamaño sobre la superficie de la banca y comenzó a dibujar en él signos de caligrafía que fueron ocupando toda la extensión del papiro.

Fue así como llegué a compartir cada vez más instantes del día con Du Ling. Por la mañana, a la entrada a la escuela o a su salida. Sentados, leyendo textos o escuchando los sonidos de la tarde en los diques del puerto, frente a un mar azul y dorado. Me fue introduciendo con paciencia en el estudio de los secretos de la escritura histórica y la pintura imperial, al mismo tiempo que yo, como pago acordado, le tocaba pequeñas melodías en mi violín, un viejo *erhu* al que me había aficionado nada más llegar a Changsha. Un sonido cercano al lamento que dejaban aflorar sus únicas dos cuerdas vibrando sobre el arco, y que tejía una atmósfera suave y elegante que nos envolvía a ambos en una nube fuera de todo tiempo y espacio.

—Me gusta la música —me confesó ella, con los ojos entreabiertos.

—Te enseñaré a leerla, si quieres.

Incrementamos estos momentos hasta vernos dos, tres, cuatro veces al día. A la salida de las clases, para aprender caligrafía que no era sino un pretexto para ver danzar sus manos sobre el papel; paseando por las calles de la ciudad, deteniéndonos en puestos para probar fruta o pescado que los comerciantes nos ofrecían en las afueras de Changsha; tumbados en la hierba, mirando al cielo y dejando pasar las horas, sin querer atraparlas porque, en realidad, nada de lo que pasara nos inquietaba.

Yo solía romper aquel silencio con preguntas parecidas a las que solía hacerme de niño.

—¿Te has fijado que las estrellas asemejan a garras de pájaros?

A Du Ling estas apreciaciones le divertían y solía acompañarme entre risas:

—Es verdad. Son garras abiertas de enormes pájaros.

—¿O que el bambú se dobla ante la brisa pero no se quiebra ante el peso de cien hombres?

A veces me decía:

—¿Por qué se te ocurren esas cosas?

Luego me cogía la mano y me miraba, con un halo de luz en los ojos, como si estuviera de verdad orgullosa de compartir todo su tiempo junto a un inventor de sueños.

38

Volví a mi casa al mediodía. Había dejado a Jing Tao, a Puño Cerrado, afectado aún por los recuerdos. Me había parecido que su discurso le había retrotraído a momentos muy gratos para él y que quizá no había contado a nadie en mucho tiempo. Ahora parecía de nuevo un pajarillo enfermo. Me despedí ante su puerta y me dirigí hasta mi casa andando, con la imagen de Du Ling y un joven Jing Tao contando estrellas.

Me tumbé sobre la cama al llegar, que encontré cómoda de puro cansancio. En el silencio me pareció escuchar el goteo del grifo, una avería que ya había solucionado hacía meses. No, era una falsa alarma. Un sonido más de las entrañas vivas de aquella casa. En el rellano coincidí con Pierre, que salía con su tonelada de libros de estudio bajo el brazo. Cuándo va a terminar este chico las oposiciones, pensé. Por qué kilómetro irá ahora en su particular maratón de cruzar el apartamento a diario.

Todo seguía igual. Huéspedes que iban y venían y a quienes apenas me daba tiempo a conocer. Estudiantes de temporada, parejas jóvenes. Octavio inventando un nuevo artefacto que nos mostraría a todos la próxima vez, y Fina Del Piero velando con ternura el sueño de su marido.

Estaba agotada y llamé a Rose Marie diciendo que no me encontraba bien y que no iría a la tienda esa tarde. Después, estuve un buen lapso de tiempo mirando el techo, como hacía cincuenta años aquellos dos jóvenes habían permanecido horas mirando el espejo del cielo. Qué lejos estaban mis pensamientos de los de aquellos locos enamorados. Me acordé de pronto de algo y me incorporé para sacar de mi mochila el libro de segunda mano que había comprado en la vieja librería. Escudriñé su portada, con las esquinas descoloridas y sus páginas manoseadas. Lo abrí al azar y me detuve en un párrafo cualquiera; luego, en otro de otra página distinta. Personajes y nombres extraños poblaban aquellos capítulos que hablaban de guerras, conflictos, muertes, reformas e inacabables pugnas políticas. Había fotos de campesinos pobres, y otros llamando a la lucha a sus compañeros, obreros con herramientas alzadas en sus manos, libros prohibidos y libros santos, cabecillas militares, pasquines de colores, carteles con caracteres vivos que parecían arengar a los suyos, propaganda ideológica, mujeres trabajando en las fábricas, jóvenes milicias universitarias, banderas, banderines, escudos, símbolos, plazas de Tiananmen repletas de gentes en distintas épocas y ante distintos líderes…

No recuerdo nada después de ver aquello. No recuerdo en qué momento cerré los ojos ni cuándo me dormí. Solo sé que lo hice hasta el día siguiente, y que mis sueños fueron asaltados por antiguos guerreros luchando contra muñecos gigantes que representaban dragones de dos cabezas; soldados vestidos de caqui con una cruz roja en el frontal de sus gorras tocando violines en medio de las montañas, con una música que llegaba como un eco hasta el final puntiagudo de los árboles; un Jing Tao anciano, con su mano izquierda sin mutilar pero escondiendo el puño con miedo; y unas letras chinas gigantes y negras, de las cuales chorreaba la tinta fresca con la que acababan de ser escritas, que terminaban por emborronar toda la escena como en el fundido a negro de una película surrealista y extraña.

39

La Plaza de la Concordia estaba tan rebosante de vida como acostumbraba. Allí, en medio de los fantasmas de los decapitados, que estaba segura deambulaban invisibles por la plaza y entre todos nosotros, mudos testigos de nuestras historias y arrastrando durante siglos las suyas, me quedé esperando a mis amigos Judith y Jean Paul, con los que había quedado para cenar en *Le Parisien*. Al cabo de unos diez minutos llegó Judith, sola y con cierto gesto amargo en el rostro. Me temí lo peor. O lo inevitable. Sí, me lo confirmó nada más verme.

—No, Alicia, Paul no va a venir hoy.

—¿Pasa algo?

Suspiró antes de contestar, como si quisiera coger aire, como si necesitara oxígeno antes de desahogarse.

—¿Caminamos?

Yo la miraba de cuando en cuando de reojo, pero estaba claro que a mi amiga le estaba costando hablar. Durante el recorrido apenas comentamos nada y, cuando lo hicimos, fueron cosas insustanciales.

La hamburguesería se encontraba a rebosar, pero Klaus nos había reservado una mesa. Se alegró tanto al verme que casi derramó por completo la bandeja llena de cervezas que portaba en el brazo. Había cambiado el rótulo del local en estos meses, y un nuevo color en la fachada le confería un aire renovado. Hablé unos minutos con mi antiguo jefe. Le expliqué en pocas palabras cómo estaba siendo mi experiencia en *El Bosque Galo*. Sé que él se alegraba sinceramente, así que no le oculté que las cosas marchaban muy bien.

—Ya sabes que, de no ser así, puedes volver aquí cuando quieras.

Le apreté el brazo en señal de agradecimiento. Klaus era de ese tipo de personas que sabes que siempre estará ahí. No importa el grado de complicidad o confianza que puedas tener con él, el tiempo que hayas trabajado a su lado o la frecuencia con la que lo veas; porque se trata de alguien noble, que sabe ponerse en el lugar de los demás y ofrecer todo lo que tiene.

Nos sentamos en una mesa apartada, lejos del bullicio de los adolescentes comiendo sus menús económicos.

Miré a mi amiga, buscando sus ojos.

—¿Me lo vas a contar ahora?

Estábamos ya empezando la cena cuando abordé de nuevo el asunto. Judith se dio cuenta de que no tenía más remedio que hablar de ello, que no podía retrasarlo más y que debía, incluso, quitarse ese peso de encima.

—Paul y yo hemos roto —lo dijo mientras comía y observaba el exterior a través del inmenso ventanal del local.

—¿Qué? —a mí me pareció revivir la misma conversación que tiempo atrás, cuando entonces era yo quien le revelaba mi ruptura.

Judith dio un vistazo en apariencia distraído a la cafetería y terminó enfrentándose a mi mirada.

—Incompatibilidad de caracteres.

—Pero si se os veía muy felices —era verdad, ambos destilaban dicha cuando estaban juntos.

—Pues se acabó. Definitivamente.

Conocía a mi amiga y sabía que era una persona seria y de sentimientos profundos, así que me pareció imposible que todo aquello terminara de la manera más inusitada.

—¿Y qué dice él? —me interesé

—Nada.

—¿Cómo que nada? No me lo creo.

—En realidad no lo sé —se excusó mi amiga—. Casi no he hablado con él desde entonces.

Estaba triste. Con esa tristeza extraña que tienen los enamorados que se quieren. Recordé esas películas donde los protagonistas lo tienen todo para ser felices y, sin embargo, se terminan separando. Cosas del guión. O de la necesidad de buscar giros en la historia. Pero cuando las cosas son lógicas, no se le pueden buscar tres pies al gato. Y nos encontrábamos en la vida real. No en el cine.

—Explícamelo todo con más detalle —insistí. Había algo que se me estaba escapando.

—No hay mucho que decir. Jean Paul y yo somos muy diferentes. Nos queremos, sí, es verdad. Pero no sé si eso es suficiente.

—Pues habría de bastar —dije, aunque sabía que el carácter independiente y aventurero de mi amigo iba a chocar sin remedio con el tranquilo y estable de Judith.

—No cuando cada uno tiene un tipo de vida completamente distinto. Cuando él quiere blanco y yo quiero negro. Cuando él dice azul y yo verde. ¿Me explico?

—Con una claridad meridiana —sonreí.

—Me ha llamado esta tarde.

—¿Sí? ¿Y qué te ha dicho?

—No sé, no se lo he cogido.

—Así no vais a llegar nunca a buen puerto.

—No. Ni quiero. Porque nuestro barco está definitivamente encallado.

—Pienso que todo puede sobrellevarse cuando existe amor. Y a mí no me cabe la menor duda, Judith, de que en esa historia existe.

Era de noche, casi las once. Bajé por todo Saint-Germain, que apenas tenía tráfico a esa hora, y luego callejeé en mi Vespa hasta llegar al portal de mi casa, que abrí con la llave y empujé distraída. Subí las escaleras medio adormilada y con ganas de tumbarme en la cama hasta el día siguiente. París a las once de la noche en esos barrios no tiene mucha vida, aunque estuviéramos en sábado y en mayo, un mes bonito para disfrutar con buen tiempo.

Había una nota debajo de mi puerta.

La cogí. Estaba escrita a bolígrafo y venía firmada por Octavio y Fina. Decía:

«Alicia, Pierre por fin ha aprobado las oposiciones. Mañana, domingo, comida y fiesta con él en nuestra casa ¡Te esperamos!».

Una buena noticia para terminar la jornada. El bueno de Pierre había aprobado sus exámenes. Me alegraba por él y por mí, porque se había acabado el escuchar sus pasos durante buena parte de la noche.

Pierre se estaba convirtiendo en todo un descubrimiento para mí. El ex jardinero, ahora ya empleado municipal, era un joven atento que tenía la piel limpia de un niño y los ojos expresivos, oscuros y brillantes, capaces de musitar por sí solos palabras de silencio. Coleccionaba relojes de pulsera de acero y oro, y momentos de aventuras escalando montañas, que fotografiaba para su particular álbum de tesoros y que luego enseñaba a los amigos. Comenzamos a conocernos con el paso del tiempo y a labrar cierta amistad cómplice que siempre constituyó para mí todo un baluarte de seguridad.

Pensé que sería un buen momento para adelantar en un mes la fecha de mi cumpleaños y festejar con ellos ambas celebraciones. Vendrían también otros amigos y sería una forma perfecta de pasar una velada más que agradable.

Llegar a un tercio de vida lo merecía, sin duda.

40

—Mantengan el equilibrio sobre la pierna derecha y bajen el pie izquierdo, la cadera gira un poco y, al mismo tiempo, la mano izquierda se dirige en arco hasta la derecha pasando ante la cara…

Jing Tao se hacía entender ya en francés y pronunciaba con soltura los términos básicos que le hacían falta: mano, palma, pierna, cadera, cuerpo, derecha, izquierda, atrás… Todos éramos capaces de seguir sus movimientos circulares sin la torpeza de las semanas iniciales. El curso estaba próximo a concluir. El mes siguiente, junio, era la antesala de la fecha que se había ofrecido a los alumnos para dar por terminados todos los talleres anuales.

Rose Marie seguía habitando su microcosmos propio. En él ordenaba los pedidos que llegaban de nuevos artículos, atendía las numerosas llamadas telefónicas que se iban sucediendo a lo largo del día o conversaba cordialmente con las clientas.

En medio de todo aquel entramado esotérico y espiritual se encontraba nuestro viejo maestro chino. Con su carácter respetuoso, sus silencios de mármol y su educación oriental, había logrado hacerse un hueco en el corazón de todos nosotros, y aún más en el mío.

Le ayudé a recoger sus cosas y meterlas en la mochila: sus zapatillas negras de Taijiquan, su toalla, su fajín…

—Me he comprado un libro sobre la historia moderna de China y llevo días leyéndolo.

Sonrió, sin dejar de doblar las telas con su tranquilidad habitual.

—Me alegro que le interesen las cosas de mi país.

—Apenas sabía nada antes. Ahora me ha descubierto un mundo fascinante.

—¿Ah, sí? —Comenzamos a subir juntos los peldaños de la escalera—. ¿Y qué es lo que ha leído?

Pensé en las guerras, planes quinquenales, reformas, hambrunas, fracasos políticos, propaganda de partido y nombres, muchos nombres. Desconocidos, impronunciables, confusos, imposibles de recordar.

—Creo que demasiado para poder resumirlo aquí. La historia de China es compleja. También la del siglo XX.

—A veces los libros mienten —afirmó—. No se fíe siempre de lo que pone en ellos.

—Por cierto, me gustaría saber su continuación.

—¿Qué continuación?

Parecía distraído, esperando mientras yo echaba el cierre a la persiana metálica de la tienda.

Dos alumnas nos estaban aguardando en la calle y se acercaron en cuanto vieron la oportunidad de hablar con el profesor. Cuando las dos mujeres se marcharon, tras su consulta sobre la clase, comenzamos a caminar unos pasos por la acera.

—Le comentaba que me gustaría saber qué pasó después con usted y con Du Ling. Si no le importa contarlo, claro.

—Créame que ya no hay mucho que decir —se encogió de hombros—. Pasó el tiempo. Nos terminamos graduando en Changsha, formamos un grupo de amigos que estaban interesados en el momento político que se vivía, y poco más.

—¿Y poco más? Pero… ¿qué pasó con Du Ling?

—Tenía la salud débil. Estuvimos juntos años, muchos años, no recuerdo cuántos. Y después murió.

Quise escudriñar sus gestos para encontrar alguna pista que me hiciera descubrir sus sentimientos, pero nada dejó traslucir en el mapa de su rostro. Imposible saber hasta qué punto le había afectado aquello. Lo que parecía claro es que concluía su historia con Du Ling de la forma más tajante.

—¿Cuándo fue eso?

—Oh, mucho tiempo después. Veinte años, creo.

—¿Lo ha olvidado?

—Diecinueve. Casi veinte. Más o menos.

—¿Fue su único amor?

—Sí, lo fue.

—¿Y la echa de menos?

Hizo una pausa. Concluyó:

—Todos los días de mi vida.

四

LIBRO CUARTO

LAS PIEZAS DEL PUZLE

41

Había quedado citada con Judith para hacer un poco de *footing*, hablar con tranquilidad y pasar una agradable mañana al sol. Sin más. Dejé mi moto en una calle cercana y esperé.

Mi amiga llegó algo tarde, la cara cansada, como si no hubiera dormido bien en siglos, y el pelo menos brillante que de costumbre. La voz seca y profunda. La miré de arriba abajo.

—¿Estás bien?

Asintió con la cabeza.

Sorteamos el tráfico hasta los jardines, un enorme parque público orgullo de los parisinos, que enlaza la Concordia con el museo del Louvre. Me habló de los últimos días en *Le Parisien en Or*. De su familia en Bogotá, donde acababa de nacer su decimosexto sobrino.

Pero de Jean Paul, ni una palabra.

—De él no hablo.

Se había puesto la venda antes que la herida. Estaba claro que me conocía bien.

—Aún no te había preguntado.

—Me adelanto, por si acaso.

—¿No pensáis arreglarlo nunca?

—¿Para qué?

—Jean Paul es un buen chico. Y te quiere.

—Eso sí que es suponer mucho. ¿De verdad lo crees?

Al mismo tiempo que formulaba una pregunta sobre la que parecía no querer encontrar respuesta, comenzó la carrera hasta dejarme atrás, allí plantada. Reaccioné y la seguí. Pero ya era tarde, porque la estrategia le había servido, astutamente, para evitar tener que escuchar lo que yo pensaba.

No sé si fue esa mañana, o esa tarde, o el día anterior.

No sé en qué momento ni qué sintió realmente Jing Tao al abrir la caja que guardaba como única fortuna en su pequeña casa. Una caja, gastada y plana, de madera forjada a partir de finísimas tiras de bambú entrelazadas, con las esquinas erosionadas y algo sucias por el tiempo. Una caja, como un cofre del tesoro, que llevaba con él media vida.

No sé qué pensó ni por qué lo hizo.

No sé qué estaba cruzando por su mente, en ese instante que desconozco, para que el viejo maestro abriera aquel armario pasado de moda del fondo de la habitación que era en sí su casa y la cogiera. Estaba allí, donde la había colocado nada más llegar a su piso, bajo un montón de ropa apilada.

Con ella en su mano derecha, buscó un sitio para sentarse.

La caja olía a madera y a años, a papel antiguo sin airear. Hacía algún tiempo que no descubría aquella tapa. Cuando lo hizo, se emocionó.

Sacó de ella un par de fotos en blanco y negro, donde dos soldados posaban de uniforme ante el fotógrafo, orgullosos de sus fusiles de marca extranjera. La miró durante unos segundos. También había doblados unos documentos con sellos oficiales, y unas cuartillas manuscritas, apenas siete u ocho, cosidas a mano en su lomo con hilo fino.

Sostuvo en su mano los folios mientras tapaba de nuevo la caja y la introducía en su lugar de descanso. Se levantó y metió el manuscrito en su mochila, sin prestarles mayor atención. Para qué. Sabía muy bien su contenido. Conocía a la perfección cada línea trazada, cada recóndito detalle.

Las había escrito él mismo hacía mucho tiempo. Tanto que ya ni lo recordaba.

42

Esta vez fue Jing Tao quien me esperó a la salida de la clase. Venía mascando algo. Es bambú, me dijo luego. Resulta que aquí también venden, continuó. No sabía, contesté yo, sin poder aportar muchos más datos a tan trascendental información.

—Tome, Alicia. Me gustaría que leyera esto.

Estaba arriba, junto al mostrador, aguardando a que un cliente terminara de consultar unos libros sobre viajes a Siria y Jordania para acercarse a mí. Disimuló mientras, entreteniéndose con unas pulseras que nos acababan de llegar de la India junto a otros abalorios de monedas, todo muy vistoso. Cuando vio el camino libre, se aproximó. Llevaba algo en su mano.

—Tome, Alicia —me tendió un pequeño cuadernillo—. Me gustaría que lo leyera.

—Gracias... ¿Qué es? —No podía imaginarme lo que significaba aquel grupo de arrugadas páginas manchadas de tinta y huellas.

—Le ayudará a conocer algo más de la historia de China. La historia real.

Las miré con una atención especial. Estaban escritas en chino, por una cara, y en inglés por la otra.

—¿Es suyo? —pregunté, aunque intuía la respuesta.

—Las escribí hace mucho tiempo. No quería que muchas cosas pasaran inadvertidas a los jóvenes. Por eso lo hice.

Comencé a echarle un vistazo allí mismo, pero él me detuvo. Posó ligeramente su mano sobre las cuartillas.

—No, hágalo mejor en su casa, con tranquilidad.

—Está bien —las metí en mi bolso—. Espere, ya voy a terminar aquí.

Saqué las llaves para cerrar la tienda, pero él se adelantó.

—Hoy, Alicia, prefiero ir dando un paseo. Nos veremos pasado mañana en clase, si le parece.

Y antes de que yo pudiera siquiera asentir, se había marchado.

Nunca he sido una buena lectora, así que, al ver un poco el cariz de aquellas páginas, sentí cierta punzada de pereza. Me equivocaba. Tenían una importancia mucho mayor de lo que supuse en un principio. Hoy solo puedo recordar algunas cosas. Lástima. Me hubiera gustado tener una memoria fotográfica o un disco de ordenador instalado en mi cerebro que me permitieran releer su contenido a la luz de lo que ahora sé. Un contenido que venía a decir, aproximadamente, lo que sigue:

«Las palabras, las imágenes, todo se revuelve contra mí como enemigos con sus máscaras pintadas. Soldados con acero en sus manos ante el soplo del viento entre sombras. La tinta cobra vida y recorre el papel como si este derramara sangre. O quizá sea mi propia sangre la que veo ahora vertida.

Sea como fuere, ya solo me parece que soy feliz volviendo a las planicies que rodeaban mi aldea. A los valles dibujados en sus murales de polvo y oro.

Y a ellos y a su aliento acudo. Y en su regazo me duermo».

Así comenzaba la introducción al manuscrito de siete cuartillas de Jing Tao. Empecé a leerlo, tras prepararme un vaso de leche caliente en casa, sentada ante la mesa. Una fecha de inicio y una época de su vida que saltaba unos años lo que yo ya sabía. Lo que Jing Tao me había contado.

«I. 1961.

Hua Tuo, mi compañero de la escuela de Changsha, con el que había viajado hasta Pekín para estudiar Letras en la Universidad, me enseñó un día unos artículos suyos en un pasquín en el que escribía con cierta frecuencia. Lo había pegado a las puertas de la Facultad, junto a otros muchos carteles y proclamas de apoyo a Mao acerca de la transcendencia de sus reformas para sacar del atraso a China.

—Tao —me dijo—, necesitamos al Partido para continuar en esa línea. Lee.

Yo tenía diecinueve años. Desde nuestra llegada a Pekín habíamos formado un grupo de amigos intelectuales con los que discutíamos la situación interna del país.

—Tú también podrías escribir algo. Tienes buena prosa y necesitamos gente con ideas —me comentó una tarde mientras paseábamos por una de las calles de la ciudad, saturadas de tiendas con grandes toldos y comerciantes fumando y charlando a las puertas de sus locales.

—No sé. No me siento capacitado —me excusé.

—Jing Tao, los campesinos pobres continuarán siéndolo si no hacemos algo. Y los obreros pensarán que nadie en la Universidad se acuerda de ellos.

La Revolución había triunfado ante la corrupta burguesía, muy cercana a los grandes propietarios de la tierra. Pero estos nunca aceptaron las reformas sociales encaminadas a un reparto equitativo. A pesar del entusiasmo campesino, aún quedaba involucrar a la clase obrera para acabar con el decadente y corrupto estado feudal de siglos. La economía planificada había logrado grandes resultados. Mao se propuso modernizar al país y lo estaba consiguiendo.

—El Partido ya está para eso. Tenemos líderes.

—El pueblo, amigo. El pueblo es siempre el motor de toda transformación, no lo olvides. No podemos dejar al Estado toda la responsabilidad.

Sabía que Hua Tuo tenía razón, como siempre. Y que las grandes directrices de la Revolución no tardarían en volver a asomar.

Las revoluciones soviética y china, erigidas por un único partido, habían creado una mentalidad de servicio al bien común desde la atalaya de sus líderes carismáticos, capaces de iniciar un nuevo régimen y una etapa histórica diferente. En el caso de China, la base del Estado fue el Ejército, pilar desde el que partió la estructura de lucha y del que se nutrieron los mandos del Partido Comunista. Pero, a pesar del triunfo de la Revolución, llegar a todos los estratos de la sociedad no fue tarea fácil. Y un setenta y cinco por ciento de analfabetismo precisaba de una cuidada atención a sus necesidades.

Mao y otros viejos líderes del Partido se mudaron a los edificios interiores de la Ciudad Prohibida, sede de la derrocada dinastía Qing. Desde este baluarte, y a principios de 1952, se lanzaron varias campañas encaminadas a luchar contra la corrupción y la burocracia de la administración, la evasión fiscal, el fraude y el soborno.

El gobierno organizó cuadros para controlar y denunciar las posibles irregularidades cometidas por empresas y burgueses. La afiliación al Partido, que comenzaba a encauzar el control del país, aumentó considerablemente, sobre todo en las ciudades, casi ajenas a la intensa Revolución que había tenido lugar en el campo.

Vencidos los enemigos del pueblo, había llegado la hora de construir y consolidar un modelo en China. Para una población de casi seiscientos millones de personas era necesaria una estudiada estructuración de todas las áreas productivas, con una primera base establecida con el Plan Quinquenal de 1953. El Plan enunciaba la necesidad de un aumento de los recursos agrícolas, una obligada centralización administrativa y gubernamental de cooperativas, una reforma agraria que garantizara el justo reparto de la tierra y una inversión notable en industrias adyacentes al sector agrícola. También se elaboró una política fiscal unitaria, tanto de precios y salarios como del control del gasto. Y las campañas de contribución permitieron sanear con sus ingresos las arcas del país.

—Necesitamos de nuevo a Mao —dijo, sacudiendo la cabeza.

—Si algo nos ha transmitido es la voluntad de crear un país juntos, de luchar por abolir las diferencias, de sumar para llegar a los objetivos.

Mao Tsé-Tung, el líder, el Gran Timonel de la nación, había sido depuesto de la presidencia en 1959 por el Partido Comunista tras los intentos del Gran Salto Adelante. Para ellos, la campaña había constituido un gran fracaso, pero yo, que era campesino, hijo y nieto de campesinos, que había visto la miseria en las aldeas y los núcleos rurales de la China interior, supe que aquellas medidas solo podían traernos trigo y esperanza.

Había llegado junto a Hua Tuo hasta el escaparate de una librería recién inaugurada donde se vendían publicaciones y manuscritos comunistas. Nuestra causa se estaba extendiendo como la pólvora por ciudades, fábricas y sindicatos.

Sacando una pequeña tarjeta, me dijo:

—Mira. Es el futuro de China —me mostró un pequeño papel color sepia. Hua Tuo tenía, como yo, diecinueve años—. Estoy afiliado al Partido Comunista y mi primer nombramiento será acudir como delegado a la región de Hunan.

Hunan, como toda la China rural, estaba ya a los pies de Mao. Pero aún nos faltaban las ciudades. La Revolución de nuestro país se había asentado en el campesinado, mientras la rusa lo había hecho sobre la clase obrera. Este iba a ser nuestro próximo caballo de batalla.

Mis amigos habían constituido un pequeño foro universitario donde comentábamos textos de filosofía y política, discursos y nuevos textos revolucionarios que escribíamos nosotros mismos. Yo sufrí una época de problemas de salud donde consumí el tiempo de convalecencia leyendo los artículos de Mao que periódicamente iban siendo insertados en la prensa. También la edición de sus libros en folletos baratos. Pero mi salud hervía aún más ante las injusticias que arrastraba mi país, ante la tierra mal repartida desde hacía siglos y el vasallaje impuesto por señores de la guerra y del que solo nos liberaríamos con la retórica de las armas. Malos años los pasados, en los que la contienda civil contra Chiang Kai-shek y la masacre que acompañaba a sus partidarios obligó a los campesinos a emprender un viaje en búsqueda de su dignidad. Era 1934 y la Larga Marcha dejó nuestros campos sembrados de muertos. Nuestros muertos. Sobrevivieron diez mil de los ochenta mil que avanzaron por las montañas y sobrevivieron al enemigo. Después, la invasión japonesa, la Segunda Guerra Mundial… ¿puede un pueblo soportar tanto sufrimiento? China sí, porque está construida con restos de la madera rasa de los humillados (...)».

—He leído su manuscrito —le dije al verlo dos días después, en la sala vacía tras la clase.

—Ah, es usted rápida —respondió, pero no me creí su asombro. Recogía sus cosas con la minuciosidad con la que me sorprendía siempre

—Sí, anoche. Cuando llegué a casa —aduje.

—¿Y bien?

—Ha tenido usted una vida intensa.

—No más que todos los jóvenes de mi generación.

«*II. 1968.*

Mis días transcurrían como los de cualquier joven de mi edad comprometido con el Partido. Este año lo destaco especialmente porque fue el inicio de una revolución dentro de la Revolución. ¿Cuándo y cómo comenzó? Desde 1957, Mao se había encargado de denunciar el sectarismo y el conservadurismo de los reaccionarios. Afirmaba que era preciso «un movimiento de educación ideológica». La autocrítica dentro del Partido era necesaria y, por ello, muchos intelectuales, que se habían vendido al estancamiento y al capitalismo, tuvieron que ser depurados. El liberalismo se había adueñado de no pocos círculos culturales y los estudiantes debíamos ser los primeros en identificar todo brote reaccionario.

—La guerra combate a la guerra —solía decirme Hua Tuo—. La guerra no es solo una consecuencia: es la solución.

En mis años universitarios trabajé en una comuna industrial y en un modesto cargo administrativo. Cuando terminé mis estudios, compaginé mi responsabilidad con el Partido con un puesto de profesor de inglés en la Facultad de Letras de Pekín. En esos días, como ya he comentado, contraje un virus extraño que me mantuvo en cama varias semanas y me ocasionó momentos de gran malestar. Me pasaba mucho tiempo dormido para ahuyentar así los fantasmas de la noche, que sobrevolaban mi cuarto revestidos con piel de serpiente. Cuando me recuperaba, leía textos revolucionarios que mis amigos me prestaban, extraídos de los subterráneos de una biblioteca o de la trastienda de las librerías que poblaban la ciudad.

Lo que recuerdo de los años siguientes pasa por ser un cúmulo veloz de encuentros políticos, mítines, panfletos, pasquines, reuniones para definir las estrategias del Partido, viajes a las provincias para dialogar con los campesinos en sus tierras y debates con los obreros de la ciudad en los nichos de sus fábricas. La actividad con los estudiantes y los jóvenes profesores pasó a ser diaria. Nos organizábamos en pequeños grupos a los que se nos asignaba un cuidadoso plan de trabajo. Mao intentaba extender la llama de la lucha por nuestro país, lo cual no era fácil, sobre todo en las regiones del norte y el oeste. Yo era el encargado de coordinar los manifiestos y artículos que debían ver la luz, y otros compañeros avivaban la conciencia política de los jóvenes y cuantos quisieran escucharles.

Conformamos una base teórica que a nuestros líderes les preocupaba vivamente:

—No podemos presentarnos ante la gente sin un cuerpo filosófico coherente y un programa de actos. Debemos ser el revulsivo que estaban esperando, la liberación a su sufrimiento, pero tenemos que mostrarles para ello una ideología cohesionada que les haga comprender que no les exponemos una utopía, sino un cúmulo de ideas para cambiar el futuro entre todos.

La Revolución Cultural Proletaria que nació en las Universidades acabaría con el clima de corrupción que se había asentado en muchos núcleos intelectuales y cuadros de poder. Fue un proceso convulso, pero necesario, en el que se implicó la mayoría de la juventud de las ciudades. Comenzamos en 1966 y, durante los tres años siguientes en los que el poder residió como nunca en el pueblo, nos propusimos el objetivo de acabar con los «cuatro viejos», como los definió el Líder: los viejos hábitos, las viejas costumbres, la vieja cultura y los viejos modos de pensar.

Y así se hizo.

Se retomó la antorcha de la Revolución y los Guardias Rojos animamos la movilización de los jóvenes. Tenía veinticuatro años cuando entré en una de aquellas gloriosas escuadrillas que velaban por el progreso continuado del país, sin la tentación de caer en errores pasados y caducos. Yo fui uno de los que vitoreó entusiasta a Mao en la plaza de Tiananmen y vio como se colocaba el brazalete de los Guardias en el brazo, lo que venía a demostrar su apoyo incondicional a la causa. Un millón de valerosos jóvenes desfilamos ante sus ojos en la manifestación masiva que llegó desde los cuatro puntos cardinales de China para rendirle tributo, en aquel agosto de 1966.

Hicimos el trabajo que demandaba nuestra nación. Hicimos lo que nuestros líderes esperaban de nosotros. Cualquier idea putrefacta y en descomposición fue abolida para siempre. Cualquier pensamiento malsano o corrupto. Solo un vigor nuevo, solo una nueva esperanza de futuro.

Me siento orgulloso de haber servido al Estado y a mi gobierno durante toda la vida. Me siento orgulloso, y puedo decirlo muy alto, de ser un patriota que ha defendido a su país y a su pueblo.

En China, al menos estas tres montañas sagradas deben ser visitadas al menos una vez: Taishan, Hengshan y Huangshan. Yo solo he conocido esta última, Huangshan, Monte Amarillo, con nubes bajas sobre los cantos redondeados de los picos, y la niebla como telón de fondo a los caminos de piedra que mueren entre pagodas y templos.

Me retiré a descansar a ella un día, a meditar como lo hiciera también Mao en su momento. Yo lo hice para evocar episodios de mi pasado, para rememorar lo que ahora escribo y emborrona estas cuantas cuartillas. Lo hice para recordar mi vida y para que otros no la olvidaran».

Cerré el cuadernillo y me crucé de brazos. La fuerza se escapaba por cada una de aquellas hojas que intentaban desempolvar las sombras de hacía más de cincuenta años. Un mundo lejano y diferente tan asombroso que parecía formar parte de la ficción. Lleno de personajes, de hechos conmovedores o censurables. De ecos de mitos, de leyendas reales, de reflejos en espejos cóncavos y convexos. De un cuadro, en suma, pintado por un artista genial, con todos los óleos y pinceles que había sido capaz de poner a su alcance.

43

Existía algo que me había llamado la atención del relato de Jing Tao: la ausencia de menciones a Du Ling. Terminé suponiendo que quizá ella no era un elemento importante en el transcurso de la trayectoria política de mi maestro.

Cogí el viejo libro de segunda mano y repasé con detalle algunos capítulos, pero lo aparté pronto ante la dificultad de la historia contemporánea de China. Demasiadas fases, demasiados nombres poéticos bautizados con hermosos eslóganes, pero una política que se me presentaba confusa. Resolví entonces que lo más adecuado era buscar información en una biblioteca municipal de las muchas que pueblan París, y también bucear un poco por Internet. Después de todo, a veces las nuevas tecnologías te facilitan la comprensión de los pilares del mundo actual.

Me quedé allí sentada, pensativa, sola, con cierta sensación molesta en la garganta. La nueva imagen descubierta de Jing Tao me mostraba un espejo de dos caras, un dragón de dos cabezas. Así podría definir al profesor de Taijiquan, como un dragón de dos cabezas. Me había calado la soledad al descubrir la ausencia de Du Ling en el relato de Jing Tao. Tal vez se esfumó tan furtivamente como había aparecido, tras las puertas de aquella escuela que se la había tragado quizá para siempre.

Comencé una carta para Álvaro. Cuatro, cinco frases, no fui capaz de escribir más. Y borré dos. Al final, cogí la hoja e hice una bola de papel con ella. Era absurdo escribirle una carta; me parecía antiguo y trasnochado, y el romanticismo hacía tiempo que se había perdido entre nosotros. Decidí que al día siguiente le mandaría un *email* desde un Cibercafé. Era más práctico y rápido. Él podría tener mi mensaje de forma instantánea, y yo mi contestación en unos segundos.

Guardé las cuartillas de Jing Tao en el libro y lo metí todo en mi bolso. Después, me puse a ver la televisión. Un pequeño monitor que me había comprado hacía dos meses y que casi no había tenido tiempo de disfrutar. Ventajas de haberme convertido en una pequeña burguesa desde que las cosas me marchaban bien —nunca sabría Rose Marie hasta qué punto su oferta de trabajo me había salvado—. Aquel día, el televisor me sirvió para desconectar de muchas cosas y para sentirme acompañada, hasta que el sueño me atrapó pronto y dormí toda la noche de un tirón.

Me desperté tras una pesadilla en la que se repetía, una y otra vez, como en una película rota, mi ruptura con Álvaro y ese agujero de balazo emocional que aún me había dejado en el pecho. Al mediodía, corrí a mandarle a Álvaro un *email*: «Te echo de menos», le dije, y era verdad. Nada más. Y nada menos.

Cuarenta y ocho horas después entraba en el mismo Cibercafé a consultar mi correo electrónico con la ansiedad de una adolescente. Canturreaba una melodía de moda que se estaba escuchando en París desde hacía meses, y que a mí me servía para romper el estado de ansiedad que mis músculos faciales soportaban. Estaba inquieta por saber si Álvaro me había contestado. Por encontrar siquiera unas pocas palabras, un mensaje fugaz dirigido a mí.

Pasé al local como quien entra en un casino a jugar al póquer y lleva guardado en su bolsillo el sueño de hacerse rico en una sola noche: sin traje de gala, sin alfombra roja ni luces centelleantes, pero con un brillo especial en los ojos.

Me tomé mi tiempo para sentarme, encender el monitor y buscar su mensaje en la bandeja del servidor informático. Unos segundos en los que recorrí mentalmente muchos viajes disfrutados en pareja, muchas sensaciones en forma de aromas y ausencias.

Pero no, no había respuesta. Y, ahora lo adelanto, tampoco la hubo en los días siguientes. Ni en semanas.

La jornada había sido dura, repleta de clientas en la tienda preguntando por sus artículos encargados. Por si esto fuera poco, habíamos sufrido el extravío de una caja con varios vestidos destinados a la clase de Danza Árabe que nos debían llegar directamente desde Egipto. Algún problema en la aduana había demorado el paquete, si es que no lo habíamos perdido para siempre. Los trámites y las llamadas sobre el asunto me entretuvieron buena parte de la mañana —no era fácil entenderse con las oficinas aduaneras—, sin tiempo siquiera para pensar en otra cosa.

El curso avanzaba deprisa. Muchas clientas pedían sus últimos artículos para no quedarse sin ellos con el cierre de la tienda en verano. Los talleres comenzaban a ajustar los días en el calendario para terminar el programa inicial. Y los profesores ya planificaban sus vacaciones y su vuelta tras el verano. Había aún mucho que hacer antes de agosto y tareas que resolver en poco tiempo, así que las horas se consumían de forma rápida.

El no-mensaje de Álvaro había sido un duro golpe más al final de aquel día. Esperaba al menos un conato de respuesta; un esbozo de frase, un inicio de algo. Tenía todas las esperanzas puestas en aquella hora, la tranquilidad del local, el ordenador centelleando unas palabras que me hicieran concebir expectativas, ilusión, futuro.

Pero no. Debía ser verdad que Álvaro no quería saber nada más de mí. Que no tenía intención alguna de volver, ni tan siquiera le importaba mucho qué tal me iba en París. Unas palabras de alegría, o de sorpresa ante mi mensaje, me hubieran servido. Tampoco hubiera hecho falta una declaración de amor. Me conformaba con poco. Con muy poco. Y supongo que él lo sabía.

Después de todo, yo solo le había puesto dos días antes una única frase. Estaba claro que no había funcionado. Le había escrito: «Te echo de menos».

Quizá se asustó; esperaba un saludo cordial y se encontró con un mensaje, en el fondo, de amor. Quería contactar, saber de él, y que él supiera de mí. Tantos años supongo que lo merecían. Pero me había borrado para siempre de su vida desde que me anunciara que lo nuestro había terminado.

Aunque ahora estaba en un mes de duro trabajo e intentaba que otros asuntos ocuparan mi cabeza.

—¿Cuál es tu nombre?

—No lo recuerdo.

—¿De dónde vienes?

—No lo sé.

—¿No sabes dónde naciste?

—No.

—¿Qué haces aquí?

—Intento concluir mi misión.

—¿Qué misión es esa?

—La que llevo a las espaldas desde que ingresé en el Partido. Trabajar por la Revolución.

—¿Cuál es tu nombre?

—No lo recuerdo.

44

Empujé la puerta entreabierta de la casa de Jing Tao. Me esperaba, así que no dudé en hacerlo y entrar. Venía con un rosario de preguntas. Aunque no sabía cuál de los dos Jing Tao, cuál de las dos cabezas del dragón, me iba a encontrar.

Dejé mis cosas sobre un pequeño taburete de decoración oriental y lo busqué con la mirada.

—Jing Tao, soy yo —me era imposible hacerme con el nombre de Puño Cerrado a esas alturas—. Jing Tao, soy Alicia.

Una voz me llegó desde algún lugar de la estancia:

—Pase, por favor.

Allí estaba, sentado sobre el suelo en posición de loto, con las piernas cruzadas y la espalda recta, las manos extendidas sobre los muslos y los ojos cerrados. Tenía el rostro en calma, una calma de horas. Diría que parecía haber encontrado la paz. Jing Tao estaba meditando.

—¿Le molesto?

No contestó. Era la primera vez que lo veía meditar en siete meses, pero era claro que lo hacía habitualmente porque siempre había advertido un pequeño altar con velas en un rincón de la casa. Aquel día estaban encendidas y el incienso había humeado durante un buen rato, a juzgar por el intenso olor de la estancia.

Me fijé en él. Las arrugas parecían haberse suavizado y la expresión de sosiego le confería un semblante rejuvenecido.

Abrió los ojos despacio. Necesitó unos segundos para poner su cerebro de nuevo en orden.

—Perdone —se disculpó—. Necesitaba estar conmigo mismo.

—No se preocupe —me senté en el suelo, frente a él—. Solo había venido a devolverle esto.

Saqué del bolso las cuartillas guardadas dentro del libro de historia.

—Ah, esto —dijo, sin darle ninguna importancia. Y volvió a cerrar los ojos.

Sí, volvió a cerrar los ojos, y a sumirse de nuevo en ese pequeño letargo que es la meditación. Había ido a verle con la esperanza de preguntarle algunas cosas, pero sobre todo una que me interesaba por encima de las demás: ¿qué había pasado con Du Ling? Ahora estaba frente a un hombre inamovible como un buda. Solo le faltaban las orejas alargadas.

—Jing Tao, no quisiera importunarle…

Sostenía en la mano el estrecho cuadernillo, que mantuve aún durante unos segundos para ganar tiempo y saber qué hacer. Opté por dejarlo en el suelo, junto al viejo profesor.

—¿Lo ha leído? —No abrió los ojos, pero notó que yo había posado las hojas a su lado.

—Sí, claro —me limité a contestar.

—¿Y qué le ha parecido?

—Revelador.

Silencio.

Siguió sin perturbarse, así que, para evitar aquellos odiosos vacíos, continué yo.

—Esperaba encontrar más al Jing Tao de sus primeros años.

Ignoro si esta apreciación le pareció dura. No era mi intención. Me agaché para coger las cuartillas. Quería plantearle la pregunta que me corroía y necesitaba para ello tomar impulso.

—Hay otra cosa…

Hice como si revisara aquellas notas, como si las releyera para recordar íntegro su contenido. Allí estaba, escrita en puño y letra del mismísimo Jing Tao, la vida abierta en canal de un hombre, con sus datos, sus reflexiones y sus repasos a la historia de China.

Detuve el reloj de mi mente un instante. Había otra cosa sorprendente en todo aquello.

—Bueno, en realidad son dos cosas —añadí.

Dejé las cuartillas y me dirigí a él.

—Jing Tao, ¿por qué solo escribió hasta 1968?

Si esperaba una respuesta rápida, me equivocaba. No era consciente de que estaba preguntándole a un oriental, y a un oriental meditando, lo cual dificultaba aún más el asunto.

No movió ni un músculo.

Yo había abierto el fuego con una de las dos cuestiones, pero terminé con lo que de verdad me interesaba.

—¿Y qué pasó con Du Ling?

Jing Tao no pareció oírme. Quizá fuera verdad que no escuchaba nada.

Al rato, cansada de esperar una palabra suya o un gesto, y harta de verle en la misma postura inmóvil, hierático como una estatua de bronce, recogí mi bolso y salí de la casa con el mismo sigilo con el que había entrado. Y con las mismas dudas.

DOCUMENTOS EN BLANCO Y NEGRO

45

Judith volvía a estar alegre y relajada, con un halo de felicidad cruzándole el rostro. El pelo le brillaba como antaño y hasta creí ver que las tenues ojeras bajo sus ojos habían desaparecido.

—Jean Paul y yo hemos vuelto.

Lo celebré con ella. Le hice un divertido gesto de reverencia que venía a definir la admiración que sentía por dos personas que conseguían hablar, ponerse de acuerdo y encontrar la estabilidad a pesar de sus diferencias. Que sabían replegar sus orgullos. Que apostaban, ante todo y en primer lugar, por la felicidad. Porque dos seres que merecen estar juntos deben conseguirlo. Sentí también un poco de envidia sana porque las cosas con Álvaro no pudieran ser iguales. En ese momento, Judith, ruborizada por su éxito y sinceramente apenada por mi fracaso, me preguntó por él.

—¿Y tú y Álvaro?

Aguardó mi respuesta con un presentimiento claro.

—Nada de nada. No creo que haya solución.

—¿Vas a darte por vencida?

Me paré para que pasara una señora mayor, de vestido largo y sombrero elegante, como muchas de las mujeres parisinas que se pueden encontrar en cualquier calle a cualquier hora en esta ciudad. Parecía sacada de una postal de los años cincuenta. Me pregunté en qué año estaba yo en ese momento y por qué hablaba de alguien que ya pertenecía a mi pasado. Dejé mi mirada perderse en el horizonte. Un horizonte que relucía sobre los cristales que componen en sí el rompecabezas de una ciudad.

—Es que ya no sé si tengo fuerzas o ganas para luchar. Quizá sea hora de dar por terminado ese capítulo.

—¿Y si te arrepientes? Piensa en los ¿nueve? ¿diez años? que estuvisteis juntos.

Como deseaba en verdad dar carpetazo a ese capítulo de mi vida para siempre, quise concluir aquella conversación con mi amiga acerca de un hombre llamado Jesús Álvaro López. Pero tenía la certeza de que no me iba a resultar fácil.

El monitor del PC me dio un aviso de mensaje nuevo. Había limpiado la bandeja de entrada el día anterior, así que tenía el correo actualizado. Lo abrí y busqué ese *email* de Álvaro que aguardaba con tanta ansiedad.

De nuevo sentada en mi «oficina» del Cibercafé que amenizaba muchos de mis tiempos muertos, paseé despacio el dedo índice de la mano izquierda por mis labios, mientras la mano derecha se ocupaba de teclear las palabras clave.

No, no era él. No tenía ningún mensaje suyo. Noté un bajón anímico de golpe, un vacío que necesitaba para poder reaccionar, olvidar para siempre a Álvaro y desistir en ese empeño de volver a recuperarlo. El mundo seguía girando, y continuaría haciéndolo con o sin él en mi vida.

—¿Ha venido sola?

Jing Tao estaba sentado en el suelo sobre una alfombrilla y ante un ventanal que dejaba traspasar la luz con cierto desorden.

Me sorprendió su pregunta. ¿Desde cuándo había acudido a su casa acompañada?

—Claro —afirmé—. ¿Con quién si no?

Lo noté algo inquieto, o quizá fueran imaginaciones mías que ahora asaltan mi memoria.

—No me gustaría que viniera nadie a mi casa —dijo, y levantó el rostro para mirarme—. ¿Me entiende?

Relajó luego la expresión y procuró sonreír:

—Perdone —se disculpó—. Es que no tengo una casa acondicionada para visitas, ya sabe.

Giró su cabeza para instarme a mí a hacer lo mismo y justificar sus palabras. Era una sala con muy pocos objetos y apenas decoración. Solo los muebles básicos, una roja bandera china apoyada en un jarrón y el pequeño altar de velas e incienso del rincón, con unos signos que venían a decir, según él mismo me había traducido: «La mente lo es todo. Si mi mente descansa, mi yo se encuentra relajado», o algo similar.

Hizo ademán de levantarse y yo lo agradecí para que se rompiera de una vez el hielo de estos dos últimos encuentros.

Se incorporó con agilidad —una muestra del poder del Taijiquan— y se dirigió al espacio reservado para la cocina. Buscó en uno de sus tarros las hojas naturales que luego herviría y unos sobres de azúcar.

—Jing Tao…

—Fu Choy… —me corrigió.

—Perdóneme; apenas puedo recordar ese nombre.

—De acuerdo, si para usted va a representar una molestia: Jing Tao.

Me miró con dulzura y por fin encontré al viejo profesor y amigo que había aprendido a apreciar durante el último año.

—Gracias. Jing Tao.

—Dígame. Hay algo que le corroe por dentro, ¿no es así?

Supe en ese momento que la visita de dos días atrás no había sido en balde. Jing Tao había escuchado mis dudas y sabía que no podía pasarlas por alto.

Se acercó con sus dos tazas de té. A mí me pareció estar en cualquiera de las tardes de invierno o primavera que había compartido con él, y en las que me había emocionado con la historia de Du Ling. Me ofreció una y se sentó en el suelo, frente a mí.

—Sí, era sobre el relato que me dejó usted leer hace unos días.

—Bien. Qué es lo que quiere saber.

A pesar de la confianza establecida en el transcurso de los meses, no habíamos llegado a tutearnos. Era una norma que Jing Tao seguía y que yo nunca quise quebrantar, aunque a veces se me hiciera difícil.

—Verá, su testimonio me ha parecido sumamente interesante —quise iniciar mis inquietudes de la manera más cordial—, pero pensaba que continuaría un poco más en el tiempo.

—Oh, es eso —no le dio la más mínima importancia—. Hay una explicación sencilla: faltan dos cuadernillos anteriores y otros dos posteriores. Lo que le he dejado es solo lo que conservo. Desplazamientos, traslados y el propio paso del tiempo han hecho el resto.

Era una respuesta tan lógica y lo dijo con tanta naturalidad que casi se me cae la cara de vergüenza. En efecto, lo más normal es que aquel cuadernillo no fuera más que las cuartillas rescatadas después de cincuenta años.

—¿Alguna duda más?

Titubeé.

—Bueno, sí. O no. No sé. Quería saber qué fue de Du Ling. No aparece ninguna mención en su historia.

—Du Ling... Humm... Du Ling siempre estuvo en mi historia.

Se me secó la garganta. Aquel hombre no me había mentido.

—Como no vi ninguna referencia suya... Me extrañó, eso es todo.

—En esas hojas Du Ling no está presente porque quizá me excedo en narrar otros temas de interés. El cuaderno corresponde a los años sesenta, y en esos momentos lo que quería mostrar era la importancia de la juventud china en la lucha por el progreso. Pero Du Ling estaba integrada en el Partido, como yo. Ella era la responsable de propaganda en el cuadro de mandos sindical en el taller donde trabajaba.

—¿Llegaron a casarse?

—No, no. Cuando la Revolución triunfó, muchas de las costumbres ancestrales fueron depuestas. Se modernizaron los usos y se prohibió el matrimonio concertado. Nosotros nunca llegamos a casarnos. No hacía falta.

—¿Y después?

—¿Después? —me miró asombrado.

—Sí. ¿Qué fue lo que pasó?

Se encogió de hombros.

—Nada. Continuamos con nuestros trabajos y en el servicio al Partido. Como el resto de nuestros compatriotas.

—¿No tuvieron hijos?

—No.

—¿No querían?

—No vinieron.

—Pero, ¿le hubiera gustado?

—Nunca me lo planteé. Simplemente no vinieron.

Tal como conocía a Jing Tao, la exposición de sentimientos era digna de alabar. Le costaba mostrar sus recuerdos, y a menudo parecía esforzarse en hacerlo, como si todo quedara sumido en la neblina. Otras veces, sin embargo, salían de su boca como un borbotón que apenas se preocupaba de detener.

Faltaba una cosa más.

—¿Cuándo murió?

—¿Quién, Du Ling? En los años setenta, después de una larga enfermedad.

—Debió ser muy duro para usted.

—Lo fue —se entristeció de repente.

—Lo siento.

—La vida no siempre es justa. Y con nosotros no lo fue. Aun así, pudimos disfrutar bastantes años de felicidad.

—¿Fue entonces cuando decidió salir de China?

Jing Tao clavó sus ojos en mí.

—Supongo. ¿Qué podía hacer ya allí?

Cogió las cuartillas del suelo y se levantó para dirigirse hasta el fondo de la habitación. El antiguo armario ropero dejó al descubierto, al abrir aquellas altas y pesadas puertas, un par de montones de ropa perfectamente ordenada, libros, unas zapatillas, el abrigo que yo tan bien conocía y poco más. Jing Tao puso sus manos sobre la ropa, que levantó despacio. Bajo unas camisas blancas de lino destacaba una pequeña caja de madera gastada. El anciano metió en ella las cuartillas, acomodando el resto de papeles que había en su interior.

Era notorio que allí se guardaban más cosas, que otros documentos engordaban las delgadas tripas del estuche. Pero no hizo ninguna alusión a ello. Primero pensé que no serían importantes, que quizá no fueran más que recuerdos íntimos que no quería compartir. Pero de repente sucedió algo que me llamó la atención.

De forma discreta, pero rápida, como si quisiera que pasara inadvertida ante mis ojos, guardó las hojas manuscritas en la caja bajo unas fotos.

No había duda. A pesar de los metros que nos separaban, vi claramente que aquellos papeles pequeños eran, o así lo parecían, fotografías.

¿Por qué no quería Jing Tao seguir descubriéndome sus recuerdos? Enseguida deseché esta duda. ¿Y por qué iba a hacerlo? Ya había hecho bastante con contarme parte de su vida y de su dolor, ¿para qué continuar?

De nuevo pensé que mis días estaban tomando visos de demasiada estabilidad. Un trabajo, un sueldo, una responsabilidad... Todo demasiado previsible; de lo que siempre había terminado huyendo. Quizá buscaba en aquel viejo profesor, con su existencia fascinante y sus medias palabras cargadas de misterio, un aliciente, una bocanada de aire fresco. Algo de interés y aventura en mi vida.

UN MISTERIO DE HACE MÁS DE CINCUENTA AÑOS

46

Fue un instante y no sé ni cómo me atreví. Si me hubiera detenido a reflexionar, a buen seguro que no me habría dado tiempo, pero la curiosidad me corroía de tal manera que un chasquido se me encendió en el cerebro.

Así que lo hice.

Aprovechando que Jing Tao se levantaba a servirme un poco más de té, me acerqué a aquel viejo armario, aparté la ropa que ocultaba la caja de madera y la abrí. Tres, cuatro, cinco segundos. No lo recuerdo bien, pero no creo que el tiempo fuera más. Un vistazo deprisa y ya está. Volví a cerrar la caja.

Allí, junto a las cuartillas que Jing Tao había escrito, había otros documentos oficiales y un par de fotos. Los documentos no podían ser presa de mi atención porque estaban escritos en chino, aunque eran reconocibles sellos del gobierno, con las estrellas y los símbolos comunistas, y porque me tenía que centrar en lo que podía ofrecer mayor interés.

Durante unos pocos segundos las miré. No eran instantáneas de viejos recuerdos familiares, ni de lo que yo de verdad esperaba encontrar. Porque mi curiosidad, mi malsana curiosidad, —¿por qué tenía yo que violar la intimidad de aquel hombre, que en ningún momento había mostrado un deseo evidente de enseñarme aquellas imágenes?— deseaba ver la estampa de una Du Ling joven, tal vez con su joven amor, enamorados ambos. Sí, era esa la escena que estaba segura iba a descubrir.

Pero las fotografías, en blanco y negro y bastante manoseadas, mostraban a dos hombres, dos soldados armados, vestidos con gorra militar y posando sonrientes ante la cámara. Dos hombres que parecían ser amigos, y no solo compañeros de milicia. Detrás, un muro dejaba ver carteles propagandísticos llamando a la lucha, a la revolución, al servicio al Estado o a todo a la vez.

No pude apreciar más.

La rapidez de mi acción me lo impidió. También mi sorpresa, porque esperaba una instantánea bucólica de Jing Tao y Du Ling paseando por un jardín o en el calor de su hogar, no una estampa de guerrilla. Eran tiempos donde la felicidad, si es que existía, no se retrataba. No había tiempo para ello.

Tan rápidamente como destapé la caja y las miré, las volví a guardar. Jing Tao seguía preparando una nueva taza de té y ni siquiera lo advirtió. El ruido de sus manos maniobrando los cacharros y sus propios pasos me servían de aviso.

Me asombró mi propio acto. ¿Cómo hubiera reaccionado Jing Tao si me hubiera descubierto? No quise ni imaginármelo pero, aunque sabía que lo que acababa de hacer no estaba bien, había algo que me impulsaba a seguir, a continuar conociendo toda aquella historia.

Cuando volvió el anciano con su nueva taza llena de un humeante y oloroso líquido, me la tendió y se sentó a mi lado. Supe entonces que no me había visto. Aproveché para indagar algo más.

—Jing Tao, dígame algo…

Daba vueltas con su cucharilla al azúcar vertido.

—Qué desea saber. Pregunte. A este viejo le gusta responder con su experiencia a los jóvenes.

—Sí, claro —me avergoncé. Lo que yo deseaba conocer no tenía mucho que ver con la sabiduría que su trayectoria en la vida le había enseñado, sino que iba encaminado a satisfacer mi propia curiosidad.

—¿No guarda fotos de aquella época?

—¿Fotos?

Noté que el color mudaba de su cara y sus ojos presentaban un signo de sorpresa, de viva sorpresa.

—Sí, alguna foto que haya conservado.

—Eran malos tiempos para conservar nada.

Insistí. Después de todo, no iba a tener muchas más oportunidades de sacar de nuevo esta conversación de una manera natural.

—De Du Ling, por ejemplo.

—La mayor parte del tiempo librábamos una guerra.

—Pero Du Ling era su compañera. ¿De ella tampoco?

—No, no.

—O de su juventud. ¿No tiene fotos de su juventud?

—Mi juventud... Hace tanto de eso...

Entornó los ojos, y su semblante se volvió serio y melancólico.

—Todo el mundo conserva alguna foto de su infancia, o de cuando era joven.

—Todo el mundo, no. Yo no. En China, pocos lo hacían.

No se estaba presentando fácil la tarea. ¿No era Jing Tao uno de los dos militares de las fotos? Quizá eran amigos. O familiares.

—¿Y de su familia?

Estudié su gesto, que parecía mudar hacia la edad del hielo.

—¿De mis padres? No, no.

—De sus hermanos, por ejemplo. Usted me dijo que tenía dos.

—Mis hermanos Wang y Zizhu, sí.

—¿Qué ha sido de ellos? —intenté parecer lo más natural posible, sin que advirtiera la intención con que formulaba mis preguntas.

—Murieron.

—¿Los dos?

—Sí. Hace mucho tiempo.

—¿No tiene fotos de ellos? Sería interesante poder verlos ahora.

—No, lo siento. No tengo fotos de mis hermanos.

¿Había olvidado mi amigo las dos fotografías que guardaba en el armario? No podía ser así, porque hacía unos minutos las había visto, y hasta cogido con su mano para apartarlas y dejar sitio al manuscrito. Estaba claro que no quería mostrármelas, ni siquiera hablar de ellas.

De mi padre aprendí a ser directa y poco diplomática, aunque en esta ocasión hubiera sido deseable cierto protocolo. Sin embargo, creí llegado el momento de abordar las cosas a mi manera.

—Jing Tao, ¿no tiene usted ningún tipo de foto antigua?

Me escuchó como si, en vez de palabras, le hubiera hablado lanzándole dardos a los ojos y él tuviera que sortearlos con pericia. Se enrocó sobre sí mismo, guarneciendo su Rey con los peones, la torre, el alfil y hasta la Dama.

Dicho de otro modo: la pregunta le molestó y se mostró evasivo. O, más que evasivo, abiertamente a la defensiva. Me contestó un instante después, sin apartar su mirada de la mía:

—No, ya le he dicho que no. Ninguna.

Esta vez no insistí. Lo dejé atrás, ensimismado en Dios sabe qué, con el halo del ventanal dibujado en su frente, mientras yo salía de su casa aquella tarde sin comprender por qué me había mentido.

47

No tuve paciencia para llegar a casa. En la calle, nada más salir del apartamento de Jing Tao y cruzar la frontera del portal, saqué el libro de historia de China que guardaba en la mochila y lo abrí con cierto nerviosismo. Sabía que el texto venía acompañado por fotografías alusivas, la mayoría en blanco y negro, y las imágenes que había descubierto furtivamente en la caja de cartón del armario del anciano chino no me eran del todo desconocidas.

Mientras caminaba, pasé capítulos enteros y páginas llenas de información buscando algún reflejo parecido a lo que había visto. Cualquiera que me hubiese observado en ese momento se habría dado cuenta de mi ansiedad.

Por eso no me sorprendió en absoluto la presencia de un hombre de rasgos orientales que me seguía a muy pocos pasos. Lo había visto sin observarlo, sin fijarme en él. Ni siquiera me percaté de que, las veces que me había parado para encontrar una página concreta, él también lo había hecho.

¿Y por qué iba a sorprenderme? París es una ciudad donde abunda el turismo y la inmigración; es un núcleo cosmopolita de razas, ¿qué había de extraño en que un extranjero asiático paseara próximo a ti?

Nada, en efecto. De no ser porque no se trataba de un turista, ni de uno de los dueños de los abundantes negocios chinos abiertos a lo largo y ancho de la ciudad. Tampoco caminaba de forma anodina, o miraba los artículos de los bonitos escaparates parisinos con verdadera intención de hacerlo.

No, porque lo que pretendía aquel hombre era seguir con cuidado cada uno de mis pasos y todos mis gestos. De dónde había salido, con quién había estado y hacia qué lugar me dirigía.

Me hubiera dado miedo saber en aquel momento en qué medida estaba siendo vigilada. Creo que de haberlo advertido, habría salido de casa acompañada en esos días. Por Jean Paul o alguno de sus amigos, o por Judith.

Pero en ese instante desconocía muchas cosas. Por ejemplo, que el hombre oriental que estaba casi a la par conmigo en la calle, y que se paraba con disimulo cuando yo lo hacía de forma ingenua, me seguiría ya por poco tiempo. Se perdió por una de las esquinas próximas, sin que me enterara aún de su existencia.

Tampoco supe que yo había dejado ya de interesarle. No era a mí a quien buscaba.

Su presa era otra: el maestro Jing Tao. Y yo, en mi ignorancia, le había llevado hasta donde vivía. Hasta su casa en París.

Lo buscaban y lo habían encontrado, pero yo todavía desconocía por y para qué.

48

Mi vida hasta ese momento se reorganizaba como en un perfecto círculo cerrado, y los días en el calendario iban cayendo de forma inexorable. Conforme los talleres concluían, yo fui quedando más descargada de trabajo, y los pedidos, los recuentos y los encargos apenas trastocaban ya la jornada. Por ello, el misterio Jing Tao fue adueñándose de mi tiempo como nunca antes.

Esta ciudad está llena de bibliotecas públicas, y aquí no se es nadie si no se cuenta en la cartera con el carnet de al menos una o dos salas de lectura. Opté por hacerme asidua de una biblioteca de distrito que no estaba muy lejos de donde vivía.

Durante los días de aquella semana, al acabar mi trabajo en la tienda o antes de empezarlo, busqué en unos libros algunas notas que me permitieran reorganizar una información concreta en mi cabeza. En realidad, lo que trataba de encontrar era la política china que se había dado en el país en los años mencionados por Jing Tao en su manuscrito. Y algo más acerca de los Guardias Rojos y su protagonismo en esa década. Sentada en mi mesa, casi como una estudiante, fui desgranado cada capítulo de la China contemporánea. Después, me sumergí en la vorágine de la llamada Revolución Cultural Proletaria.

China ha sido siempre un país joven, pero la máxima expresión del vigor y del trabajo físico llegó con la imitación del modelo soviético. La nación más poblada del mundo ostentaba como bandera el esfuerzo del músculo, de la energía y de la salud. El trabajo era la gran enseñanza que durante décadas hizo de ese país un gigante que quería salir de su atraso. Algo que Jing Tao creía que se había perdido para siempre por la relajación de costumbres.

La presencia de Mao en China ha seguido casi inalterable en estos últimos cincuenta y sesenta años. La expresión «con la ayuda de Mao», o «Mao nos guiará», tan común durante la presidencia del líder comunista, ha quedado en desudo con el paso del tiempo, pero aún se observa en el subconsciente chino. En la actualidad, de referente cultural y político ha pasado a constituirse en icono popular y patriótico. Amado y denostado a la vez, apenas se hace mención a sus grandes fracasos y a sus campañas suicidas. La Revolución Cultural Proletaria, como así se llamó, no deja de ser unas cuantas páginas en los libros de historia. Pocos jóvenes chinos quieren hablar de ella, y ningún anciano desea hacerlo en público.

Los años en los que se desarrolló aquel movimiento se me presentaron algo confusos. La propia censura del régimen había favorecido, incluso todavía hoy, cierto oscurantismo. Después de leer y explorar diversos libros, sobre todo estudios pormenorizados, llegué a la conclusión de que había constituido un proceso de radicalización de la Revolución, promovida por masas sin orden.

Fue el libro de una periodista china, llamada Xinran, *Generación Mao*, el que me descubrió los actos de los llamados Guardias Rojos, censurados posteriormente por el gobierno chino. Compuesto por testimonios de gentes que habían vivido los acontecimientos de una u otra forma, presentaba un paisaje de hechos silenciados por la mayoría de las crónicas.

La histeria de los Guardias Rojos, jóvenes urbanos que tomaron el poder y se lanzaron a la destrucción sistemática, no parece en la actualidad muy alentadora. Delaciones, ajustes de cuentas, venganzas personales, supuestos juicios populares a intelectuales que habían sido críticos con los excesos de la Revolución, falsas denuncias, torturas … El propio Mao llegaría a reconocer en 1968 que el movimiento de los Guardias Rojos se le había escapado de las manos y estaba fuera de control. Miles de personas, atemorizadas, confesaban acciones que no habían cometido por miedo a recibir castigos. Unos castigos que podían variar desde el escarnio público, ejecutado de la manera más cruel, a las palizas; y que terminaban en la deportación a Campos de Trabajo para su «reeducación» o en declaraciones de muerte.

Mao Tsé-Tung daría por concluida la Revolución Cultural en marzo de 1969, al estallar un conflicto fronterizo con la Unión Soviética en el norte de China, y ante la posibilidad de que esa situación se añadiera al caos interno. Un mes después, el propio Partido Comunista lo anunciaba en su IX Congreso.

Las conclusiones no pudieron ser más demoledoras. Los Guardias Rojos arrasaron monumentos, bibliotecas, estatuas y todo aquello que estimaron como «caduco»; persiguieron etnias enteras y sus dialectos, ciudadanos extranjeros —y no solo europeos—, obras artísticas de diversos estilos, como la ópera, la música tradicional o las artes marciales. La obra represiva y devastadora fue de consideraciones extraordinarias.

Muchos Guardias serían juzgados por sus crímenes y enviados a campos de trabajos forzados. Años después, el propio gobierno aceptaría los resultados de la Revolución Cultural como una catástrofe para todo el país.

En algunos de los libros pude visionar algunas fotografías: ancianos profesores apaleados en público y arrastrados por las calles; artistas perseguidos por el único delito de serlo… Era provocada por una masa de soldados anónimos, muy jóvenes y principalmente universitarios, que se creían investidos de un poder mesiánico. Observé con detenimiento las numerosas fotos que aparecían publicadas de estos llamados Guardias Rojos, posando sin pudor en muchas de ellas con armas o palos en ristre, con sus víctimas a los pies, mientras el pueblo llano se les unía para salvar el pellejo o les miraba sorprendido. Los Guardias sonreían altaneros, orgullosos de su poder, vistiendo uniformes revolucionarios cuasi militares, con gorras y emblemas estrellados en brazaletes, cuellos y pecheras.

Idénticos atuendos a los que lucían los dos hombres de las fotos en blanco y negro custodiadas en la casa de Jing Tao.

Ante ello, una solo pregunta me absorbía: ¿había sido mi viejo amigo uno de ellos? ¿Era Jing Tao, vestido de Guardia Rojo, uno de aquellos dos hombres en su juventud? El corazón me decía que no, y la mente le contradecía. Su personalidad misteriosa, sus pocas palabras, su actitud a menudo esquiva, quizá eran solo consecuencia de un pasado nada claro.

Había una forma de averiguarlo. No se me ocurría otra manera que preguntarle al protagonista. Y eso suponía encontrar el momento oportuno para abordar la cuestión sin que temiera que lo estaba acorralando.

Mi memoria me asaltó para traerme las palabras escritas por Jing Tao de su puño y letra en el cuadernillo:

«Se retomó la antorcha de la Revolución y los Guardias Rojos animamos la movilización de los jóvenes. Tenía veinticuatro años cuando entré en una de aquellas gloriosas escuadrillas que velaban por el progreso continuado del país, sin la tentación de caer en errores pasados y caducos».

Cerré los ojos con fuerza. Después, y sin poder evitarlo, se me aparecieron las fotos con los dos Guardias posando sonrientes, armas en ristre, ajenos a un futuro que les juzgaría y no sería benévolo con ellos. Quizá, como no lo habían sido ellos tampoco.

49

Es posible que no fuera la mejor ocasión; que equivocara el momento, incluso.

A menudo, la paciencia es la mejor compañera de habitación; la que dicta con sabiduría los pasos a seguir. Pero no parecía mi caso. Yo no servía para esperar cuando tenía prisa, así que no aguardé un instante y, en la que sería su última clase del curso, aunque yo estaba lejos de saberlo, y antes de que una avalancha de alumnos vinieran a asaltarle con sus preguntas sobre la actividad, le esperé mientras guardaba minuciosamente sus zapatillas negras y su fajín del mismo color en la mochila; como hacía siempre.

—Jing Tao.

Su casa, o quizá la cafetería, no sé cuál hubiera sido el lugar idóneo. Pero ya no había marcha atrás. Después de todo, teníamos unos minutos de tranquilidad que podían ser más que suficientes.

—Jing Tao, maestro.

Se estaba limpiando las manos con una toalla en ese momento.

—Me gustaría preguntarle algo.

—Claro.

Yo suspiré y ataqué el tema de forma directa. Herencia de mi padre.

—Verá, quisiera saber qué eran los Guardias Rojos.

—¿Los Guardias Rojos? ¿Por qué?

—¿Quiénes eran?

—Una milicia popular de estudiantes, creada a partir de nuestra Revolución —me respondió con total tranquilidad, como si ya estuviera muy acostumbrado a hacerlo.

—¿Usted formó parte de ella? —Mi voz temblaba. No sabía si quería escuchar la respuesta.

—Sí, como muchos jóvenes de mi misma edad y en aquella época. ¿Por qué me lo pregunta?

—He oído cosas horribles sobre ellos.

—Oh, ¿es eso? —su rostro no se había mostrado tenso en ningún momento, pero aún lo relajó más.

—Eran crueles.

—No crea todo lo que se publica por ahí, hágame caso.

—Hábleme de ellos.

—Teníamos una misión que acometer. La violencia solo la ejerció una pequeña parte. El resto nos limitábamos a las labores de propaganda.

Me detuve en seco. ¿Y si eso era verdad? ¿Y si Jing Tao había participado únicamente en el adoctrinamiento ideológico, lejos de muchas de las monstruosidades de las que se les acusaba? Al advertir mis dudas, continuó.

—Deje que sea un testigo de verdad quien le narre los hechos. No juzgue por lo que cuentan algunos cuarenta años después. Por eso escribí mis memorias. Usted ya ha leído parte.

—¿Contaba en ellas todo lo que ocurría?

No me contestó. Ni siquiera me miró cuando cogió sus cosas y paso por delante de mí, rumbo a la escalera que conducía al piso de arriba.

Yo me quedé sin armas, y también sin la oportunidad para interrogarle de nuevo. Intuí que a partir de esa conversación, Jing Tao se acorazaría más todavía y me sería imposible acceder a la nevera donde guardaba sus sentimientos.

Me detuve a pensar un momento, mientras él subía los peldaños con paso ágil y desaparecía de un soplo hacia el piso superior. Tenía cierta sensación de juez de causas perdidas, como si me estuviera entrometiendo en algo que no me incumbía. Ante esto, y para matar las dudas, solo me restaba hacer una cosa. Un gesto rápido que podría desenmarañarlo todo de una vez. Pero debía hacerlo pronto.

Solo un paso más me ayudaría a aclarar si el anciano maestro chino, al que ya consideraba mi amigo desde hacía meses, había sido o no un bárbaro en su juventud.

Volvería a su casa, a ver aquellas fotos que tan celosamente guardaba. Y descubriría así la trascendencia de todo aquello que escondía en la pequeña y vieja caja de madera, silenciosa desde hacía quizá demasiado tiempo.

50

—Es un hombre sumamente escurridizo, con un largo historial de huídas.

—Esta vez tenemos suficiente información. Además, nos han remitido esto. —Sacó un fajo de folios y los puso sobre la mesa—. Donde estuvo hace tres años: Ámsterdam y Génova.

—¿Datos de Yian Ho?

—Y de otros.

El hombre suspiró hondo.

—¿Es suficiente?

—Creo que sí. Con esto podríamos dar por concluidas algunas lagunas. Por ejemplo, dónde y con quién ha vivido estos últimos años.

—¿Y sobre lo acontecido antes de 1960? Ahora mismo es lo que más nos interesa

—En los antiguos archivos del Partido hemos encontrado datos relevantes, aunque nos falten los sustanciales.

—¿Testigos?

—Media docena. Y otro tanto en declaraciones de los informes guardados en China.

—Los testigos son nuestra baza más importante.

—Estamos transcribiendo sus declaraciones.

—Que complementaremos con la suya. De acuerdo, que la operación continúe. Yo voy a informar a los Servicios de Interior.

—Si todo sale como está previsto, en poco tiempo lo tendremos.

Los dos hombres se miraron. El de más edad asintió. Él era el responsable final de la Operación 685x. Mientras, Chen Qi abandonaba el despacho de su jefe con un brillo especial en los ojos.

51

Decir que Jing Tao estuvo tan encantador como siempre era decir mucho. Se mostró agradable y amable, pero con un tic de suspicacia que yo ya había aprendido a advertir después de tanto tiempo. La conversación del día anterior a buen seguro lo había alterado.

Por mi parte, estuve pendiente en todo momento de poder acceder al armario para buscar la caja entre la ropa. No fue fácil. La pequeña casa del profesor no hacía sencilla la tarea.

—Quedan apenas unas semanas de clase, maestro.

—Clases en las que ustedes ya no necesitarán a este pobre viejo.

—¿Ya quiere dejarnos? —sonreí.

—Oh, no, no. Pero confieso que el curso ha sido largo.

—El año que viene podremos seguir contando con su presencia… —inquirí, deseando rastrear sus intenciones.

—Quién sabe...

La casa olía al incienso que Jing Tao había encendido en su minúsculo y cuidado altar, con velones rojos y dorados y unas cintas de colores que venían a simbolizar, según me aclaró, los deseos del alma.

—Tranquilidad y sosiego.

Jing Tao estaba esta vez sentado en su sillón, hablando sobre los detalles de las clases conmigo, que me encontraba en el suelo frente a él, acomodada entre dos cojines. Tenía a su vera unos cuantos libros de Taijiquan y Qi Gong que había comprado en los mercadillos o yo misma le había regalado.

—Mire este, Alicia —me mostró uno de ellos, abriendo sus páginas por una señal de papel que había colocado—. No es un buen libro. Es difícil aprender Taijiquan mediante libros.

—Entiendo que es una ayuda, ¿no?

—La mejor ayuda es preguntarle a tu profesor.

—Sí, pero no todo el mundo tiene uno.

—Entonces —rio—, la mejor ayuda es un buen libro.

Lo veía sonreír, con sus arrugas marcando el paso del tiempo en el mapa de su cara, su rostro de sabiduría recóndita y sus palabras a veces de intenciones insondables, y se me hacía difícil imaginármelo cuarenta y cinco años antes, apaleando intelectuales en Pekín. Más bien lo que tenía ante mi presencia era un hombre indefenso ante la vida, que había perdido a su gran amor en uno de los muchos embistes que el destino a menudo nos tiene reservados.

De pronto, Jing Tao hizo que yo saliera de mi ensimismamiento y agudizara mis sentidos en busca de la oportunidad que esperaba.

—Le prepararé algo de comer —dijo, mientras se levantaba y se dirigía a la cocina.

La cocina, por estar situada en un entrante de la habitación, era el único lugar que me dejaba margen de maniobra, así que no lo pensé mucho cuando lo vi entre los tarros de especias y los dos fuegos que hacían de lumbre.

Rápidamente me dirigí al armario ropero, en el otro lado de la sala, oculto a su mirada si no salía del estrecho espacio destinado a cocinar. Tan deprisa como pude y más nerviosa de lo que he estado en toda mi vida, abrí una de las puertas, aparté de un plumazo la ropa que servía para ocultar la caja, tan solo unas camisas, dos pantalones oscuros y un par de fajines, quité la tapa y busqué en su interior. De él saqué el cuadernillo cosido que ya conocía, otros documentos escritos a máquina en chino, rubricados por varias firmas ininteligibles con sellos oficiales, y dos fotos.

Dejé el manuscrito allí mismo y no perdí tiempo, sabiendo que tenía solo unos segundos. Mi intención era coger las fotografías y los documentos, hacer una copia y devolverlos sin que Jing Tao sospechara nada. ¿Estaba violando su privacidad? Era posible, pero había algo más fuerte que me empujaba a saltarme todos los condicionamientos morales, incluso mis propios remordimientos: saber, en realidad, a qué tipo de persona le había brindado mi amistad.

Todavía lo escuché entre los fogones, hablando de algo que ya ni recuerdo, cuando cogí el material, coloqué todo tal y como lo había encontrado, guardé los papeles en el bolsillo interior de mi mochila y volví a mi asiento. Respiré preocupada. Si en ese momento hubiera decidido enseñarme los recuerdos que guardaba en la caja, yo hubiera quedado en muy mal lugar, por lo que, desde ese instante, mi única pretensión fue salir cuanto antes de su casa, hacer las dichosas copias y devolver los originales.

Mientras me asaltaban las dudas sobre la ética de mi conducta, Jing Tao volvió con un cuenco de comida caliente. Se acercó a mí como un fantasma, la cara amarga y los ojos oscuros, y entonces leí en su rostro —¿quizá lo imaginé?— una mirada de tintes perversos que no me gustó nada.

52

—¿Le preocupa algo, Alicia?

Comiendo frente a él, quise disimular todo lo posible, pero era notorio que el anciano sospechaba.

—¿Es sobre lo que me preguntó ayer? —me dijo, tras sorber un poco de sus fideos chinos con salsa de setas.

Era eso lo que intentaba evitar a toda costa, que la conversación girara en torno a la temática de las fotos. Temí en todo momento que se levantara de pronto y se dirigiera a la caja de madera para enseñármelas.

—No, son los problemas del fin de curso. Es normal en los últimos días.

—Me pareció que estaba un poco decepcionada con mi respuesta.

—Oh, no, no —contesté temblando. Quería alejar aquel tema lo antes posible.

—Mire —él se empeñaba en hacer justo lo contrario—, a veces hacemos cosas que, pasado el tiempo, no nos parecen bien, ¿me comprende?

No sabía muy bien a dónde quería llegar Jing Tao. Me hice la distraída y no contesté. Él continuó, como si no le importara mi indiferencia.

—Y muchas veces nos equivocamos. Y más cuando somos jóvenes y todo lo vemos desde un único prisma, el nuestro, que es el que creemos correcto. La violencia nunca es buena, pero a veces evita males mayores. Y aquellos profesores se habían vendido a la falsedad… Incluso en las aulas universitarias.

—Maestro… —dije, intentando cortar, de una vez por todas, un argumento que me podía llevar a ser descubierta.

—No, no; déjeme.

—Pero es que no tiene por qué…

—No me voy a defender. Yo no hice nada. Solo panfletos y mítines, ¿comprende? Yo no participé en nada turbio. Solo trabajé por mi país, solo por mi país. Eso lo tengo siempre muy presente. Y aún más —sus ojos empezaban a no gustarme; había algo indescifrable en el oscuro de sus pupilas—: lo volvería a hacer. No tenga ninguna duda.

Al salir de su casa recibí el aire de la noche con un alivio desconocido para mí. No solo porque Jing Tao no se había acercado a la caja, y por tanto no había descubierto lo que faltaba en ella, sino porque el viejo profesor se había tornado en un ser más opaco e inexpugnable aún. Me había descubierto una faceta que no me agradaba y que defendía mi tesis de que lo que había hecho al coger sus fotos era de alguna manera excusable. Recordar el miedo que había pasado en los últimos instantes me reconfortaba en mi decisión.

Ahora tenía en mi mochila unos documentos que había de fotocopiar enseguida para devolverlos antes de que al anciano se le ocurriera mirar en su armario. ¿Cómo lo haría? No me parecía buena idea ir a una copistería con aquello. Además, los documentos oficiales parecían antiguos y el empleado podría hacerme alguna pregunta molesta, del calibre: «¿de qué archivo ha robado esto?», u otras similares. La escritura en chino y aquellos grandes sellos en tinta roja no contribuían a su discreción.

Quizá esas preocupaciones hubieran tenido menos importancia de haber visto que, al salir de la casa de Jing Tao, un hombre de origen chino se cruzaba por delante y entraba en el edificio. En las primeras décimas de segundo ni me percaté de ello. Era alto, delgado y bien vestido. Luego fue eso precisamente lo que me llamó la atención y lo que me hizo recordar que hacía unos días también había visto cerca de la casa de Jing Tao un hombre oriental de esas características. En aquel momento, mi mente no lo registró, pero ahora había mezclado las imágenes para advertirme de que un hombre similar había entrado en la casa del maestro. ¿Eran amigos? Jing Tao no parecía tener muchos en París. Nunca me había hablado de ninguno.

¿Quién era, entonces, aquel hombre? Toda posibilidad tuvo cabida en el cajón de mi cerebro. A lo mejor no acudía a visitar al anciano; en la casa vivían otros muchos vecinos que yo no conocía. Quizá aquel hombre se hospedaba allí, o venía a visitar a su familia. Sea como fuere, algo me motivó a andar sobre mis pasos y regresar al edificio. Llámenlo sexto sentido. O, simplemente, curiosidad.

A los pocos minutos me encontraba de nuevo a unos cincuenta pasos de la fachada principal, dispuesta a subir hasta el tercer piso sin ascensor que conducía al pequeño apartamento de Jing Tao.

Ya había emprendido la marcha que acortaba la distancia hasta el portal de bronce cuando vi al mismo hombre salir por él. Tan pausado como cuando entró. Una visita a la familia muy rápida, pensé.

Al menos me alivió observar que se iba. Lo vi perderse por la esquina de la calle y decidí subir a casa de mi amigo. Accedí al piso de Jing Tao y miré su puerta cerrada, como era costumbre. Me paré un segundo a escuchar. Al otro lado, el viejo profesor caminaba por la casa con los pasos ágiles que yo tan bien conocía. El sonido de sus pisadas cortas sonaba a lo largo del entarimado de la habitación.

Me tranquilicé.

No quise llamar para no asustarle, ni para distraerme más de la cuenta. Bajé los peldaños despacio, unos peldaños de madera antigua con los bordes ya gastados por miles de pisadas de sus inquilinos, crucé el portal y me dirigí, ahora sí, hasta mi apartamento.

Todo parecía en orden. Lo más importante ahora era hacer las copias del material sustraído y devolvérselo cuanto antes a su legítimo dueño.

四

EL HOMBRE ELEGANTE

53

No pude dormir aquella noche hasta bien entrada la madrugada. Tenía extendidos sobre la cama los documentos de Jing Tao, que miraba una y otra vez. De un lado, las dos fotografías, casi de la misma secuencia, en la que dos hombres, en dos poses similares, fotografiados en pocos minutos de diferencia, miraban risueños a la cámara.

Eran dos jóvenes de aspecto aniñado, de veintitantos años. Los dos vestían idéntico uniforme de corte militar, compuesto por pantalones oscuros y casaca del mismo tono con cinturón metálico, con el detalle de algunas insignias en el pecho y un brazalete con una gran estrella en uno de sus brazos. Ambos mostraban sus armas: dos fusiles de estilo moderno, seguramente americanos, cuando la Segunda Guerra Mundial les había facilitado abundante munición y armamento. O tal vez soviéticos, dada la ayuda de la URSS a la naciente República Popular.

Se hallaban ante un muro desconchado y viejo, donde unos carteles propagandísticos daban cuenta del momento en que la foto había sido tomada. Cogí la instantánea y la contrasté con una que tenía señalada en el libro abierto sobre mi cama. Acerqué una a la otra. El cartel de fondo de la imagen de Jing Tao era uno de los más populares durante la Revolución Cultural China. Un *dazibao* —mensaje mural pegado en las paredes— donde se podía ver el dibujo de los representantes de la sociedad china —obrero, militar, campesino y estudiante— expulsar con sus palas y fusiles a uno de los grandes reformadores de la Revolución y a quien Mao tenía por enemigo de las bases ideológicas del nuevo régimen.

En cuanto a los documentos, y por si no por podía finalmente fotocopiarlos, esbocé en mi agenda el emblema de los sellos de la mejor manera que supe. En ello estaba cuando me quedé dormida, y los vértices de aquellas estrellas me persiguieron en sueños, recriminándome mi actitud y mi falta de pudor por haber substraído ese material del escondite donde estaban depositados.

No sé si sería en uno de esos instantes de duermevela, pero al buscar una solución para duplicar los papeles de forma discreta, surgió un nombre que me vendría a resolver el problema. Es sabido que nuestro cerebro funciona a presión cuando le encomendamos zanjar una dificultad, o un aprieto sobre el que no tenemos soluciones a la vista. Que no descansa y sigue trabajando para nosotros, incluso con inquietudes que no hemos alcanzado a ver durante el día. Así que mi mente hizo bien sus deberes y me presentó un nombre propio y una sentencia aseverativa: Pierre. Ahí lo tienes. Él te ayudará con las copias.

A la mañana siguiente, lo primero que invadió mi cabeza, antes aún que la luz que entraba a través de las rendijas de las ventanas, fue utilizar la baza de Pierre, el vecino de arriba. Él tenía en su piso un escáner y una fotocopiadora casera, integrada como función de la impresora. La utilizaba con frecuencia en el curso de sus estudios. Así yo no tendría que dar explicaciones a ningún desconocido. Le diría que me habían dejado el escrito como curiosidad y no haría más preguntas. No tenía ninguna duda sobre la discreción de Pierre Labrousse.

Por el día fue absolutamente imposible verlo, así que tuve que esperar, para desesperación mía, hasta llegada la tarde. Salí quince minutos antes de la tienda, con una excusa que le valió a Rose Marie, y corrí con mi Vespa para llegar pronto a casa. No me gustaba tener aquellos papeles conmigo más de lo que fuera necesario, pero la «solución Pierre» era la única a la vista.

—¿De dónde has sacado esto?

Cuarenta y cinco minutos después, Pierre miraba con curiosidad las fotos y las hojas que le había mostrado. Estábamos en su vivienda, a la que pocas veces había accedido yo en el tiempo que llevaba viviendo en París. Era un sitio limpio, pulcro, como el propio dueño. Tenía las cortinas haciendo juego con la tapicería del sofá; la mesa de trabajo al fondo, junto al balcón principal, llena de papeles y libros entreabiertos. Una estantería repleta de manuales perfectamente alineados ocupaba casi toda una pared, cerca de la puerta cerrada que daba acceso a su dormitorio, que imaginé claro y pintado en tonos pasteles. Oliendo a nuevo.

—Lo compré todo en el mercadillo del Sena, el pasado domingo. Me parecieron curiosos.

Pierre seguía mirando aquellos papeles un tanto divertido. Llevaba una camiseta blanca, que dejaba ver sus brazos fuertes y morenos, casi esculpidos en bronce.

—¿Puedes hacerme una fotocopia? —pregunté, impaciente.

—Claro —me dijo con vigor, y se levantó arrastrando todo un huracán de viento tras de sí. No había duda de que era un muchacho que desprendía energía a cada instante.

Colocó los documentos sobre la mesa mientras encendía y preparaba la pequeña impresora que descansaba justo al lado, sobre unas baldas atornilladas a la pared.

Así me imaginaba a Pierre: generoso, despreocupado y discreto. En efecto, cuando la máquina fue escupiendo las copias y me las tendió, junto a los originales, no me volvió a preguntar nada más sobre ellas. Aquel chicarrón que acababa de aprobar su plaza municipal en el Ayuntamiento sabría, si llegaba el momento, guardar un secreto mejor que nadie. Esperaba no tener que comprobarlo.

—¿Algo más? —me mostró, junto a su sonrisa de niño, una dentadura tan blanca y sana que daba envidia.

—No, por el momento. Muchas gracias, Pierre. —Guardé todas las hojas en una carpeta—. Sí, una cosa —rectifiqué.

—Dime —se cruzó de brazos para escucharme.

—Estos sellos… —Le mostré el documento y le señalé cada una de las estampaciones.

Él los miró con atención. Estudió también la caligrafía y las firmas.

—Está claro que son instancias oficiales. Los sellos parecen del gobierno chino. El timbre emplea dos sellos distintos, pero ambos con los símbolos típicos de la China comunista. ¿Lo ves? —Me tendió la hoja—. En uno, las estrellas, la hoz, el martillo… Seguramente quien firma es el propio Partido. Y este es el escudo actual, con la tribuna de la plaza de Tiananmen cercada por espigas de trigo sobre fondo rojo, con las cinco estrellas. No hay ningún signo más. Yo diría que es un documento, una póliza o algo sí, tramitada por el gobierno. Lo mejor sería que te buscaras a un chino para que la tradujera, si de verdad tienes interés.

—Sí, en eso había pensado —mentí; no tenía la más mínima intención de hacerlo sin saber antes qué era aquello.

Recogí todo y me levanté.

—Gracias de nuevo, Pierre, por tu ayuda.

Le tendí la mano, que él estrechó con su aire jovial de niño bueno y responsable.

—Solo han sido unas cuantas copias.

—Para mí ha sido muy importante —le revelé, pero él lo tomó como una muestra más de agradecimiento.

Me acompañó hasta la puerta, en cuyo resquicio se apoyó con gracia. Yo me volví antes de desaparecer subiendo la escalera hasta mi piso:

—Ven a la próxima comida con Octavio y Fina.

—Iré. Ya me dirás cuándo —contestó despacio.

Y me despidió con la misma imagen saludable de los blanquísimos dientes con la que me había estado obsequiando durante todo aquel tiempo.

54

Tenía muy claro mi plan. Era sencillo. Consistía en esperar a Jing Tao a la salida de clase, por la tarde, y acompañarlo hasta su casa tras cerrar la tienda. Como tantas otras veces. Una vez allí, le devolvería el material «confiscado» lo antes posible. Todo arreglado. Luego, con las copias en mi poder, y con toda tranquilidad, trataría de averiguar más cosas sobre su origen. Algo que me aportara luz sobre el pasado de aquellos hombres de las fotos en blanco y negro. Pero ese era un tema que abordaría más adelante.

Cogí mi moto e intenté esquivar el tráfico. Había dormido mal, sopesándolo todo y deseando que llegara el nuevo día para desembarazarme de una vez de los documentos. Corrí hasta *El Bosque Galo* antes de mirar el reloj. Tras el mostrador del local, Rose Marie parecía aburrida, releyendo unos panfletos de publicidad que un vendedor al por mayor le había traído.

—Mira esto, Alicia. —Me tendió un tríptico. Creo que ni siquiera se dio cuenta de que había llegado tarde—. A ver si merece la pena. Para el año que viene, me refiero.

Me quité la fina cazadora y dejé el bolso sobre el mostrador.

—Se empeñan en traerlo todo a última hora… —protestó la dueña.

—Lo miraré más despacio. Antes tengo que terminar otros asuntos.

Cogí mis cosas y las dejé en el estante interior que teníamos designado para ello. Quería organizar algunos muestrarios y cuadrar las cuentas de los cursos.

—Ah, ha llamado esta mañana el señor Jing Tao.

—¿Sí? —me volví hacia ella, sorprendida. El viejo profesor no acostumbraba a ponerse en contacto con nosotras si no era por un asunto importante.

—Alicia, ¿cuántas clases quedan para terminar el curso de Taijiquan?

—La mitad del mes de junio.

—Pues tendrás que darlas tú, porque el señor Jing Tao ha telefoneado esta misma mañana diciendo que tenía que irse con urgencia de París. Por la enfermedad de un pariente, o algo así.

Mis ojos debieron parecer grandes ventanales abiertos. Así que Jing Tao se marchaba…

—¿Ocurre algo, Alicia?

Volví sobre mí misma para no alarmar a Rose Marie. No le podía responder porque, en verdad, no sabía si ocurría algo o no.

—¿Eh? ¿Le pasa algo al señor Jing Tao?

—Seguro que no. Iré a verlo al mediodía.

El apartamento del viejo profesor no contaba con teléfono —él siempre llamaba desde una cabina próxima a su calle—, así que acudiría a verlo en persona. Había quedado a comer con Judith, pero tendríamos que aplazarlo y ella me acompañaría hasta la casa de Jing Tao.

—¿Le pasa algo a tu profesor? —me preguntó Judith al conocer el cambio de planes. Nos habíamos comprado unas *baguettes* que íbamos comiendo mientras bajábamos por Saint-Germain.

—No creo —le contesté intentando disimular mi nerviosismo, pero mi amiga me conocía lo suficientemente bien.

—Pues yo diría que estás preocupada. ¿Tienes que contarme algo?

—No, Judith, no es nada. Solo que Jing Tao es un hombre ya mayor y esta mañana se ha despedido del curso.

La colombiana intentaba seguirme como podía, algo nada sencillo habida cuenta de que mis zancadas parecían querer devorar la tierra a su paso. Comer y casi correr a la vez no era fácil.

—¿No sabes el motivo? —preguntó, jadeando.

—Él dice que va a visitar a uno de sus familiares.

—«¿Él dice?»

Me sentí de nuevo atrapada. Comenzaban a no ser tan infrecuentes estos descuidos que podían hacer sospechar a mis interlocutores. Intenté arreglarlo como pude.

—Me refiero a que es su versión. Espero que no sea porque no le apetezca volver a trabajar.

—Es mayor, como tú dices. A lo mejor está cansado. O es verdad lo de su familiar.

—En cualquier caso, tendría que haber esperado a hablar conmigo.

—¿Por qué? Quizá era urgente. Ha avisado a Rose Marie, ¿no?

Judith tenía razón. Si a alguien debía dar explicaciones era a la dueña de la tienda que, después de todo, era quien lo había contratado. Pero no podía decirle a mi amiga que con Jing Tao tenía un punto de complicidad por el que yo también merecía una llamada.

A no ser que huyera de mí, claro.

Cruzamos las calles entre semáforos en rojos y en ámbar, dejando atrás el monumental Panteón neoclásico y adentrándonos aún más en el corazón del Barrio Latino. Judith ya parecía estar satisfecha con estas últimas respuestas ante mi evidente agitación.

Ella no podía imaginar otra cosa, por la sencilla razón de que lo desconocía todo.

Había decidido no hablarle de las fotos, de las peculiaridades de la vida de Jing Tao, de las conversaciones sobre Guardias Rojos, de Du Ling y otros temas importantes. No, por el momento.

La calle estaba siendo transitada por turistas que venían de visitar Mouffetard, jóvenes estudiantes de vuelta de sus clases, amas de casa realizando sus últimas compras en el mercado y en las tiendas de la zona, jubilados sin itinerario fijo y algún vecino paseando a su perro. Nosotras pasamos deprisa entre ellos y subimos al tercer piso del edificio. El portal de barrotes de bronce, antiguo y esbelto, estaba como casi siempre abierto de par en par.

Llamé una, dos, tres y hasta una cuarta vez a la puerta. No obtuvimos respuesta en ninguna de ellas. Le grité de viva voz, anunciando nuestra presencia, pero sin éxito. No se escuchaba nada en el interior del piso. Ni siquiera esos pasos cortos tan característicos.

—No hay nadie, Alicia —susurró mi amiga.

Pero yo me resistía a aceptarlo. Volví a pulsar con fuerza el timbre.

Era inútil, los únicos sonidos eran los que nosotras mismas provocábamos. No percibíamos ya los de la calle.

—Vámonos —dijo mi amiga.

Suspiré contrariada. Enfadada con el mundo y conmigo misma. Por no saber nada y haber perdido el control de todo.

—Sí, vámonos —asentí al fin.

Comenzamos a bajar los escalones pesarosas, con un ritmo apagado, tan distinto a cuando llegamos.

Como esperaba, los alumnos fueron compresivos con Jing Tao y con la organización del curso. Fuerza mayor, dije. El profesor ha tenido que ausentarse para visitar a un familiar enfermo y bla, bla, bla. Exageré un poco los detalles para evitar demasiadas preguntas. Tampoco estas llegaron. Aún sin profesor, ejercitamos nuestra tabla de forma continua, como haríamos en las siguientes clases. Un sonoro aplauso despedía nuestro esfuerzo cada tarde, y muchos de nosotros nos emplazábamos ya para el mes de septiembre u octubre próximo.

Por mi parte, y solventado ese tema laboral, mi principal prioridad era devolver los documentos y hablar con Jing Tao lo antes posible. No me creía su versión de haber salido con tanta rapidez de París y quería aclarar con él las cosas.

Acudí de nuevo a su casa, pero la puerta estaba cerrada a cal y canto. Llamé tantas veces como había hecho esa misma mañana, pero nadie atendió al timbre. Insistía una y otra vez con la esperanza de que el maestro apareciera por el quicio y me invitara a pasar. Pero no fue así.

Estaba claro que allí no había nadie.

Pensaba ya en marcharme, descorazonada por la inútil visita, cuando escuché una voz grave a mi espalda.

—¿Quién llama?

Me sobresalté. Una vecina del piso de abajo había salido al escuchar los timbrazos.

—Perdone —me dirigí a ella para disculparme. La mujer parecía molesta—. Venía a ver al señor Jing Tao.

—¿A quién?

—Al señor Jing…

—Ah, al chino.

—Eso es, sí —casi tartamudeé.

—Yo soy su casera.

Vi abierto el cielo. Bajé un poco hasta su altura, intentando disimular mi emoción. La mujer me miraba extrañada por saber quién llamaba insistentemente durante tanto rato y a esas horas. En París, incluso en los meses de verano, la gente suele recogerse en su casa bastante temprano.

Estaba frente a ella. Vestía una bata azul de paño y llevaba el pelo recogido en un moño. Tendría unos sesenta años y todas las arrugas del mundo en su cara.

—¿Su casera? Entonces sabrá dónde está.

—¿Quién pregunta por él? ¿Es usted de Hacienda?

Daba la impresión de que la mujer iba a sacar del bolsillo una pitillera y un cigarrillo que a continuación encendería con sus toscas manos, como en las películas.

—No, no —aclaré con fuerza—. Solo soy una amiga. Es que esta mañana no ha acudido a su trabajo.

La casera se encogió de hombros. Efectivamente, había encendido un cigarrillo.

—Bueno, lo único que sé es que se ha ido.

—¿Se ha ido? ¿Y le ha dicho algo más?

—No mucho. Esta mañana me pagó el mes completo porque se marchaba.

—¿Sabe adónde?

La mujer exhaló un par de bocanadas antes de contestar.

—No hizo ninguna mención, lo siento. Tenga en cuenta que esto es muy normal aquí. La gente viene y se larga. Y yo nunca hago preguntas, claro.

—Claro —dije para ganar tiempo y que la propietaria pudiera contarme más.

—Era una persona educada, su amigo.

Corté aquella conversación que ya no me iba a llevar a ninguna parte y me despedí de la vecina de Jing Tao antes de terminar de bajar las escaleras.

Crucé por enésima vez en una semana el portalón de bronce y París me recibió como me había dejado quince minutos antes, con un creciente clima veraniego que turbaba las noches y su azul crepúsculo. Mi cuello me lanzaba constantes avisos de dolor en forma de pinchazos que me ascendían hasta la cabeza, así que mi única pretensión en aquellos instantes era volver lo más rápidamente a casa para descansar.

Eran las nueve y media de la noche.

Eché la mano a mi mochila, que aún conservaba los documentos de Jing Tao; bien a mi pesar, porque comenzaban a convertirse en una molestia. ¿Me quedaría con ellos, ahora que el profesor se había marchado? ¿Podría alguna vez ponerme en contacto con él, cualquiera que fuera el lugar donde se encontrara? Meditaba sobre estas cuestiones cuando observé por la acera de enfrente a un hombre que no me era del todo desconocido. De forma casi inconsciente giré el cuello para seguirlo en todo momento con la mirada, como un animal que huele el peligro a lo lejos.

Era quien había visto salir con prisas del edificio y, no sé por qué, imaginé que venía de visitar a Jing Tao.

Aguardé hasta ver hacia dónde se encaminaban sus pasos.

Entró, como yo esperaba, al portal. Opté por esperar. Si bajaba en pocos minutos tendría la certeza de que, en efecto, venía a buscar a Jing Tao. Si se quedaba en el interior —quizá vivía allí o iba de visita— mi teoría no tendría consistencia alguna y debería reconocer mi error.

Me aposté contra la pared, dispuesta a esperar con toda la paciencia que me quedaba en esa noche. Procuré no distraerme, por encima de la gente y el tráfico que aún transitaba por la calle. A los cinco o seis minutos, el hombre alto y bien vestido salió con pasos grandes y gesto, juraría, algo contrariado.

Me puse de inmediato en alerta. El oriental siguió caminando y yo, sin perder un instante, decidí seguirle. ¿Por qué? ¿Qué esperaba al tomar aquella decisión? Ni aún hoy lo sé, pero había algo que me inquietaba de aquel hombre, y que parecía tener que ver con Jing Tao. Supuse que lo conocía y que le había ofuscado no encontrarlo. ¿Era de él de quien huía?

Solo sabiendo quién era o qué demonios buscaba en aquel edificio podría por fin salir de dudas.

El hombre siguió ajeno a todo y, sin preocuparse en ningún momento por nadie de alrededor, se alejó deprisa. En ese tiempo no miró escaparates, ni echó un vistazo a la prensa que dormía en un quiosco acristalado, ni habló con nadie. Solo siguió su camino con la vista al frente y sin nada extraño en su comportamiento que pudiera llamar la atención.

Dobló la esquina y se perdió. Había sido muy rápido al torcer la calle y no pude seguirle, así que desapareció de mi vista de repente.

Me quedé allí unos segundos, intentando explicarme cómo había podido suceder, si él estaba a tan solo a pocos metros de mí.

Me di la vuelta, todavía absorta en mis propias cavilaciones. De pronto, algo me sacó bruscamente de mi mutismo.

Escuché una voz de fuerte timbre metálico. Casi podía notar su aliento en mi cara.

—Señorita Aliorte, deje de seguirme…

Creí que iba a desmayarme.

—… no se meta usted en líos.

Era el hombre oriental, que me había sorprendido por el otro lado de la calle hasta hacerse el encontradizo conmigo de frente. Y ahí estaba ahora, mirándome serio, citando mi nombre y pronunciando en un correcto francés.

—Hágame caso. Y olvide a su amigo.

55

—Señorita Aliorte —repitió—. Se llama así, ¿no es cierto?

Me quedé paralizada por el miedo. Aquel hombre era alto y parecía sumamente fuerte dentro de su delgadez. Lo imaginé de inmediato como un maestro de artes marciales, fibroso y ágil como una pantera. Me miraba con expresión un tanto hueca, sin mostrar gesto alguno.

—¿Habla usted inglés? —no me pareció un tono amenazante, pero confieso que a mí me asustó.

Asentí con timidez, sin saber si echar a correr, aunque dudo mucho que hubiera podido hacerlo.

—Mejor. Mucho más fácil para mí —dijo, cambiando de idioma. Su tono metálico pasó a uno más natural y espontáneo.

—¿Quién es usted? —pregunté, aún muerta de pánico—. ¿De qué me conoce?

—Hágame caso y olvídese de su amigo. Eso le ahorrará problemas —sonrió, en un mohín un tanto ambiguo.

Hizo ademán de marcharse, pero yo no me iba a quedar así, sin una explicación a todo lo que estaba ocurriendo

—¿Usted sabe dónde está Jing Tao?

—No. Puede creerme —levantó la mano y avanzó deprisa hacia la calzada.

—¡Espere! —le seguí.

—¡Olvide que me ha visto! —seguía alejándose.

—¡Espere!

Se detuvo en medio de la calzada y me miró con tono de reproche.

—Por favor, señorita Aliorte. Es por su bien.

Un taxi paró delante de él y, como una centella, el chino elegante se metió en el auto, cerró la puerta y desapareció. Se había esfumado de nuevo ante mis propios ojos. Ni siquiera alcancé a seguir al taxi con la mirada más de dos o tres segundos. Lo había perdido.

Sí, lo perdía por segunda vez sin que pudiera hacer nada para evitarlo. Me quedé allí, estúpidamente plantada, con la cara pálida y el ceño fruncido en un arco que comenzaba a formar una intensa arruga nada favorecedora, hasta que el claxon de un nuevo vehículo me obligó a reaccionar.

Volví casi a saltos a la acera y observé el horizonte por donde se había marchado el taxi. Me pareció estar viviendo una película. Un film donde la protagonista esperaba a que ahora ocurriera algo, un giro en el guión que llevara la historia por derroteros lo suficientemente interesantes como para continuar teniendo enganchados a los espectadores ante la pantalla.

Pero no, no ocurrió nada que estuviera escrito en un folio de papel ni en las páginas de un libro. Lo que aconteció es que me di la vuelta, caminando con la mente llena de imágenes confusas y la voz de aquel hombre como banda sonora: *Olvide a su amigo; olvide que me ha visto*. ¿Por qué? ¿Dónde estaba Jing Tao? ¿Quién era aquel hombre y por qué lo buscaba?

Demasiadas preguntas para una sola noche. Demasiadas dudas sin respuesta.

Demasiada tensión, en definitiva, para una sola persona.

—¿Que se ha marchado? —mi amiga me miraba sorprendida.

Se lo conté a Judith, claro. Y a Jean Paul. Tenía de desahogarme, tenía que decírselo a alguien.

—Marchado o desaparecido, no lo sé. El caso es que ya no está en su casa.

—¿Estás segura?

—Se despidió de la casera. Y también de la tienda.

—¿Y tienes alguna idea de dónde puede haber ido? —Judith, caminando junto a mí, cargaba sus bolsas de la compra y también las de la mía. Me encontraba tan nerviosa que gesticulaba sin parar—. Dame, lo vas a tirar todo…

—Dijo que iba a ver a un familiar enfermo. Pero no me lo creo.

Aguardamos el semáforo en rojo, que yo ni había visto. Fue mi amiga la que me sujetó el brazo y me impidió cruzar.

—Quizá sea verdad. ¿Tienes alguna otra sospecha?

—Creo que huye de algo. Lo que no sé es de qué.

—Alicia —sonrió mi amiga—, estás hablando de un hombre muy mayor. ¿De qué iba a huir?

Buena apreciación y buena pregunta. En efecto, lo más lógico era interrogarse sobre los motivos por los que podía huir un hombre con casi setenta años.

—¿Y qué vas a hacer?

Tampoco tenía respuesta. Habían pasado dos días y nada se sabía de Jing Tao. Las últimas informaciones de él eran su pago a la casera anunciando su marcha, la llamada de teléfono a la tienda avisando de la enfermedad de un pariente y su intención de ir a visitarlo. ¿Dónde estaba el misterio?

—Alicia, si necesitas algo…—Judith me miraba con ternura. Yo sabía que siempre podría confiar en ella.

—Gracias…

—Lo digo de verdad. Jean Paul y yo somos tus amigos para lo que necesites.

—Lo sé, Judith. Lo sé —le apreté el brazo como gesto de cariño.

—¿Crees que Jing Tao se ha metido en un lío?

¿Lío? No sabía qué pensar.

—Alicia —me miró suspicaz ante esta última reflexión. De pronto se dio cuenta de que había piezas que no le encajaban—, ¿hay algo que no me hayas contado?

Resoplé con fuerza.

—Quizá.

—¿Quizá?

—Es que no sé si son detalles importantes —me defendí.

—Prueba a decírmelo todo y después ya sacaré yo una conclusión.

Tenía razón. Aún había cosas que mi amiga desconocía. Pero no podía contarle medias verdades.

—Ven, vamos a pasar aquí a tomar algo.

La empujé hasta un Coffee Shop que encontramos al paso. Estaba abierto de par en par y de él salía, como un regalo, un intenso olor a café y vainilla. Cuando traspasamos su umbral, yo ya estaba convencida de narrarle a Judith, punto por punto, todo lo que sabía.

56

El local, decorado con reproducciones de carteles publicitarios de otras épocas y fotos antiguas de la ciudad, estaba a esa hora lleno de extranjeros en París —saboreando lo que era un café italiano—, jóvenes parejas de enamorados robándole horas al día y ejecutivos de la urbe con ganas que tener un respiro. También hombres maduros leyendo los diarios deportivos y mujeres escribiendo notas de desamor en sus agendas.

Mi amiga y yo, frente a frente, estábamos ajenas a aquellas existencias que se desplegaban tan cerca de nosotras. Demasiado teníamos con las nuestras.

Una camarera mulata nos sirvió unas humeantes tazas que rebosaban sabor. Pedimos también unos bollos de chocolate y crema para acompañar al café.

—¿Y continúas teniendo las fotos? —Judith me había estado escuchando con la máxima atención y en un respetuoso silencio. Le había explicado lo más detalladamente posible la historia que me llevó a coger aquellos documentos.

Me miraba con cierto tono de reproche, aunque intentaba mitigarlo.

—Sí, están en casa.

Abrió aún más los ojos y me observó con ese matiz de dureza que a mí tan poco me gustaba, pero que a veces cruzaba por el semblante de mi amiga.

—Alicia, qué has hecho…

—Me parecía muy extraño —me justifiqué como pude. Su censura me llegó al alma; me sonaba a reprimenda. Sobre todo porque tenía razón—. Y quería salir de dudas. Eso es todo.

Cogí mi bollo y le di un mordisco con el que casi me lo tragué entero. Después, fui recogiendo las miguitas que habían caído sobre la mesa y bebí un poco de mi taza, con un líquido aún demasiado caliente.

—No me mires así. No quería hacer nada malo.

—Alicia, no quiero ser tu Pepito Grillo, pero no me parece bien lo que hiciste. No puedes quedarte con eso.

—No voy a hacerlo. Lo devolveré todo. Además, son solo recuerdos.

—Pero son sus recuerdos, su vida —remarcó.

—Lo sé, lo sé. Que Jing Tao se fuera no lo tenía previsto. Y aquel chino…

—¿No tienes idea de quién puede ser?

—Ni una sola. Judith, todo es muy raro.

—Y tú, ¿no tienes miedo?

Me paré a pensarlo por un momento. Suspiré de forma imperceptible. Pero no, no tenían ninguna duda.

—¿Por qué iba a tenerlo? Si hubiera querido, aquel hombre me hubiera dado un buen susto.

Judith sorbió un poco de café, dejó la taza sobre la mesa, sin dejar de mirarla, y luego continuó:

—A pesar de todo, puedes contar conmigo para lo que necesites. Te lo he dicho una y te lo diré mil veces, si es necesario.

La estabilidad de carácter de la colombiana contrastaba con mi precipitación en la toma de decisiones. Por eso congeniábamos tan bien, porque llegábamos a complementarnos a la perfección. Ella era racional y discreta; yo, vehemente e impulsiva. Si hubiéramos sido parecidas, tal vez nuestra amistad hubiera durado días. O minutos.

—¿Y ahora?

—¿Ahora?

—Sí, qué piensas hacer.

El olor que me llegaba por la espalda hacía minutos que me tenía más distraída de lo aconsejable. Miré la parte acristalada bajo el mostrador del Café. Después a mi amiga, que parecía seriamente preocupada. Como yo, aunque me cuidara de mostrarlo.

—De momento, pedirme otro croissant. ¿Quieres uno?

57

Yo sabría mucho después que el hombre elegante, llamado Chen Qi, había llegado al hotel en su taxi, aquel con el que desapareció de mi vista.

Acercó la cara a la ventanilla para divisar la simetría de los edificios que se iba tragando vorazmente el trayecto hasta el hotel. Se encontraba ya más relajado, a pesar de la contrariedad de haber perdido a su presa.

Llegó tras quince minutos de giros y rectas por anchas avenidas modernas, pagó el servicio y salió ágil del auto. Se sacudió con la mano una arruga del pantalón y alzó la vista hacia la torre del hotel, que se erguía señorial ante sus ojos. Se cuadró la chaqueta y subió los peldaños hasta la puerta principal. En la habitación le esperaba un dossier por completar encima de la mesa, lleno de datos y algunas fotografías antiguas junto con otras recientes.

Ya en su habitación, se quitó la americana. Sacó su cartera del bolsillo, con unos cuantos carnets, dos tarjetas de crédito y algo más de ochocientos euros en efectivo, y la dejó en la mesilla de noche. Se sentó un instante a descansar en el cómodo sillón de cuero junto a la ventana y paseó sus pulgares por los ojos para relajarlos. Se frotó la barbilla, pensativo. Eran las diez y media de la noche, debía dormir algo antes de coger un vuelo tan solo unas horas después. A las seis de la mañana tenía previsto abandonar París rumbo a Gran Bretaña, con un fracaso pesándole demasiado en el equipaje. Se le había escapado su objetivo de muchos meses. ¿De años? No quiso hacer la cuenta. Ya eso no tenía importancia. Llega un momento en que las horas o los días dejan de computarse.

Lo había tenido muy cerca, rozándolo con los dedos, y lo había perdido en el último instante.

Ya estaba seguro de que la persona a la que llevaba meses persiguiendo era quien buscaba. ¿Dónde habría ido? Teniendo en cuenta la experiencia viajera de aquel anciano, no se atrevía a aventurar ningún sitio. Pero se resistía a pensar que hubiera abandonado el país.

La casera le había dicho que iba a realizar una visita familiar. Imposible. Él no tenía familia, de eso estaba bien seguro. Y Che Qi sabía que la única persona con quien había conseguido coger algo de confianza era conmigo. La tienda parecía su refugio desde hacía casi un año, pero no volvería por allí. Estaba demasiado asustado.

Se levantó y fue hasta la ducha. Encendió el grifo para que el agua se fuera calentando. Se desvistió deprisa, porque era tarde y aún debía completar el informe que dormía en una de las carpetas que le aguardaban sobre la mesa.

五

LIBRO QUINTO

五

PITIÉ-SALPÊTRIÈRE

58

«El objetivo de la guerra no es otro que conservar las fuerzas propias y destruir las enemigas (destruir las fuerzas enemigas significa desarmarlas o privarlas de su capacidad para resistir, y no aniquilarlas todas físicamente).

La defensa tiene como objeto inmediato conservar las fuerzas propias, pero al mismo tiempo es una medida de complementar el ataque o prepararse para pasar al ataque. La retirada pertenece a la categoría de la defensa y es una continuación de esta, en tanto que la persecución es una continuación del ataque.

Hay que señalar que la destrucción de las fuerzas enemigas es el objetivo primario de la guerra. Y la conservación de las fuerzas propias, el secundario».

Esto lo había escrito literalmente Mao en 1938, inmerso en la guerra civil china y en la guerrilla de resistencia contra la invasión japonesa. Estrategia de ataque y de defensa; en la guerra y también en la vida. Un tablero donde la táctica cobraba la fuerza necesaria para hacer de ella el visado hacia la supervivencia. Jing Tao repasó aquel texto que tan bien conocía de memoria. Como otros tantos discursos políticos o arengas a los campesinos, a los estudiantes o a las masas. Un solo hombre no puede combatir contra un ejército, no puede plantarse cara a él y retarlo, pero mediante la guerra de guerrillas sí puede salvar su vida. Y ello podía entenderse de muy diversas formas, como lucha o como huída, pero siempre con un único objetivo final: conseguir la fortaleza suficiente como para continuar vivo.

Ese era el principal pensamiento de Jing Tao, postrado en aquella cama que le parecía un potro de tortura insoportable. La supervivencia, la huída. Resistir.

Lo único que recorría su mente era hacer funcionar todos los mecanismos a su alcance para apostar por la táctica necesaria. Nadie acabaría con él. No podrían cercarlo como se apresa a un pobre animal indefenso. Era cierto que el peso de los años a menudo le obligaba a tomar aliento, que la vida le había tratado con aspereza, pero se sentía fuerte y capaz para continuar la lucha. Y hacerlo solo, como siempre había sido.

Estrategia de ataque y defensa. Solamente quedaba ponerla en práctica.

—Dígame su nombre, por favor.

—Jing Tao.

—¿De dónde es?

—De China.

—¿Cuántos años tiene?

—Sesenta y ocho, creo.

El doctor que le estaba preguntando conocía los datos, ya que figuraban en los documentos identificativos del anciano, pero quiso comprobar que el golpe que lucía en la frente, sobre la sien derecha, le dejaba razonar.

Recogió su carpeta y miró a sus colegas.

Jing Tao observó a los dos facultativos que tenía ante él, y luego al suero que caía desde un delgado tubo hasta una de sus muñecas. Agradecía los cuidados, pero su única pretensión era salir de aquel hospital cuanto antes. Además, los focos le eran incómodos y le cegaban. No eran muy brillantes, pero había algo en ellos que le aterrorizaba, como los que veía a veces en algunas de sus pesadillas. Unos focos densos y blancos.

—Por favor, ¿es necesaria esta luz?

—¿Le molesta la luz?

El médico se acercó y le entreabrió un poco más los ojos para observar sus pupilas. Ningún problema en la retina.

—¿Cuánto tiempo lleva en el país?

—No lo sé. No me acuerdo.

Una enfermera se hizo hueco para preguntarle al anciano, postrado en una de las camas del Hospital Pitiê-Salpêtrière:

—¿No tiene familia? ¿Alguien a quien poder avisar?

—No.

Los tres se miraron. ¿Qué podían hacer con ese hombre al que la policía había traído con un fuerte golpe en la cabeza, que apenas hablaba y que parecía estar solo? Su documentación estaba en regla.

—Escúcheme —se dirigió a Jing Tao el doctor de más edad, alzando un poco la voz como si temiera que no fuera a escucharle bien—, no tiene nada importante. Solo un golpe en la cabeza producto de una caída. Pero dentro de una hora podrá marcharse.

—Es lo que quiero, marcharme. Esa luz...

No consiguieron que hablara mucho más. Uno de tantos hombres solos que deambulaban por la ciudad, pensaron los policías. Estaba en el suelo, débil y algo asustado cuando lo encontraron. Una mujer que lo vio tropezar llamó a comisaría. Parecía desnutrido. Seguramente llevaba varios días sin comer.

—¿Qué vamos a hacer, doctor? —la enfermera se apartó para susurrarle al médico.

—No mucho. En cuanto haya comido le daremos el alta. ¿Están todavía los agentes?

—En la puerta, esperando.

—Voy a hablar con ellos.

El médico más joven se dirigió de nuevo al convaleciente:

—Después pasará la enfermera con el informe del alta. Mientras tanto, procure descansar —le recomendó.

A Jing Tao le dolía mucho la cabeza, pero en lo único que pensaba era en huir de allí y resguardarse en un sitio seguro, lejos de cualquier amenaza. Sobre todo de aquel hombre joven que había ido hasta su casa a buscarlo.

Los tres salieron de la habitación, no sin antes apagar la luz que tanto daño parecía estar causando en los ojos cansados del viejo maestro de Taijiquan.

Fue entonces, en la semioscuridad, cuando su voz repitió lo que su mente le dictaba entre neblinas. Como un autómata.

«Me llamo Jing Tao y soy chino. Nací en la región de Hunan, hijo de campesinos. Me considero un héroe de la Revolución Cultural, a la que serví desde antes de cumplir los veinte años…».

Los caminos hervían de jóvenes entusiastas, dando gritos para llamar a la lucha a los viandantes que se cruzaban con ellos camino de la Universidad. Un grupo de alumnos había formado un pequeño reducto intelectual en los bajos de una fábrica ahora en desuso. El antiguo edificio había sido sustituido por uno mayor y más funcional en un barrio cercano al centro. Los jóvenes imprimían de forma casera un pequeño cartel.

—Ponedlo en la Facultad esta tarde, antes de la llegada de los estudiantes —había aconsejado uno de los muchachos, un joven imberbe que se cubría la cabeza con una gorra azul.

Hua Tuo, el mayor de los cinco chicos reunidos, tomó el mando.

—Tenemos que hacer al menos un centenar. Y ponedlos en la entrada de la ciudad, a las puertas de los talleres, en las aulas… Que todo Beijin arda en deseos de lucha contra los corruptos.

—Pronto necesitaremos más medios. Más medios y más gente.

Hua Tao se volvió con ojos desafiantes.

—¿Cuándo vas a dejar tus clases en esa academia?

—Es mi único modo de vida. No puedo dejarlas.

—Yo te lo pido. Pero la revolución pronto te lo exigirá.

De nuevo un punto de desencuentro entre los dos jóvenes, ante lo que el resto permanecía callado.

—Y Du Ling, ¿qué piensa de esto? —preguntó.

—¿A qué te refieres?

—¿Está con nosotros o contra nosotros?

—Sabes bien la labor propagandística que está realizando en los talleres de mujeres. Redacta panfletos y octavillas que reparte entre las obreras, habla con ellas, les explica nuestros propósitos…

—Pero no está afiliada al Partido —aseveró Hua Tuo.

—Lo está su padre. Y nadie puede poner en duda el patriotismo de Du Ling.

—Nadie lo hace —interrumpió otro de los presentes en la reunión, que secaba la tinta de los carteles recién impresos—. Solo que es necesario aunar esfuerzos e incrementar nuestras filas. La actualización de las listas con nuevas altas se hará en breve y sería conveniente que ella estuviera.

Una gélida tarde de viento y lluvia, Hua Tuo golpeaba vigoroso el cristal contiguo a la puerta de su oficina.

Él se volvió al escuchar la llamada y vio a través del vidrio al joven revolucionario.

—¡Te necesitamos! ¡Abre!

Se acercó hasta la puerta y le dejó pasar. Hua Tuo venía sofocado, con el cabello empapado en sudor. Se había quitado la gorra, que llevaba en la mano, y se limpiaba la frente y la sien con los dedos.

—¿Qué ocurre?

—Nos mandan a Shanghai. Quieren que formemos allí una célula para vigilar de cerca a los corruptos de la ciudad.

La lucha contra el revisionismo y contra las ideas antirrevolucionarias quedaba de pronto a merced de grupos de jóvenes estudiantes.

—¿Shanghai? ¿Y qué puedo hacer yo?

—Tienes que venir. Tienes que ayudarnos.

—Pero no puedo. Mi puesto aquí…

—No te preocupes. Dentro de poco nada que no pase por las manos de los Guardias Rojos tendrá sentido. Solicita venirte con nosotros y no te arrepentirás.

—De verdad que no puedo…

—¡Claro que sí! Solo tienes que dar el paso y convertirte en uno de los nuestros. Recuerda: en uno de los nuestros. ¡Vamos, nos iremos mañana por la mañana! ¡Ven!

59

Hay días que son tan monótonos como los anteriores y en los que nada parece que vaya a cambiar. Que van a discurrir de idéntica forma, sin aspectos destacables que repasar al caer la jornada. Hay días así y días que lo trastocan todo y nada vuelve a ser como era. Horas en las que la invariabilidad se trasmuta y no somos capaces de atrapar ese giro de aspas mágicas que actúa con un sigilo de arcanos escondidos tras el tapete.

Aquel parecía ser uno de esos días tranquilos, oculto tras una capa de mago en la que finalmente todo terminaba siendo lo contrario.

El teléfono resonó por el techo del local, con su detonación redundante. Tenía el volumen alto y molesto, así que corrí hasta el estante situado detrás del mostrador. Allí descansaba el aparato, un inalámbrico blanco y moderno. Lo descolgué.

—*Alló?* —A veces también me salía el español «¿Diga?».

—Por favor, ¿estoy hablando con la tienda *El Bosque Galo*?

Una voz grave y desconocida, con un acento muy capitalino, me sorprendió al otro lado del hilo. Llamaba de la Gendarmería.

Es curioso que, a pesar de estar esperando algún tipo de noticia de Jing Tao procedente de la policía o de un hospital, la llamada me dejó por unos segundos aturdida.

—¿La policía? —dije torpemente.

—Soy el agente Lafonte. Hemos encontrado a un anciano chino que se ha golpeado la cabeza y está ahora en el Hospital de Pitié-Salpêtrière —su tono era amable, pero no exento de formalismo.

¡Jing Tao! ¿En el hospital?

—Sí, sí, agente —volví a centrar la atención.

—Dice que no tiene familia, pero en su cartera encontramos este teléfono. Dígame, ¿lo conoce?

Por fortuna, París cuenta con un amplísimo plantel de sanatorios médicos y hospitales de atención clínica de gran prestigio. El Hospital Pitié-Salpêtrière, además de encontrarse muy cerca de mi casa, era uno de los más antiguos e importantes. Estaba situado al final de un ancho bulevar, bordeado por árboles y cuidados setos que llevaban a la entrada principal, una fachada imponente del siglo XVIII. Había sido durante siglos el lugar de internamiento de vagabundos y dementes de la ciudad. Aunque ya había perdido esa función, no me extrañó que la policía, que había encontrado a Jing Tao en las afueras de París, lo trasladara hasta allí para hacerle las primeras pruebas médicas.

Jing Tao no había llegado a salir de Francia, como yo suponía, pero sí de París, aunque apenas unos ochenta kilómetros.

Se encontraba en Chartres, la pequeña ciudad originaria de esa bellísima Catedral gótica que le había dado fama mundial. Arribó sin mucho dinero y con miedo, la mente confusa y escasas, escasísimas, las fuerzas. Luego supe que el coche de una buena mujer que lo encontró en el camino lo llevó hasta allí. Él estaba obcecado con la idea de huir de la forma más rápida, sin pensar en más.

No sabía cómo iba a recibirme. Esperaba que se alegrara al verme, pero reconozco que cualquier reacción no me hubiera extrañado.

Di mi nombre en la recepción y el de Jing Tao. La policía ya se había marchado, pero, tal y como me habían indicado, dejaron aviso de mi llegada. Una amable enfermera llegó al rato desde el pasillo y me rogó que la acompañara hasta la habitación.

—Él está bien, no se preocupe —me dijo mientras atravesábamos un camino de baldosines blancos que olía a medicamentos y a desinfectante—. Cuando vino, le hicimos un escáner para ver la importancia del golpe en la cabeza, pero no tiene nada.

Llegamos hasta la número 128 a través de las arterias de un edificio esmaltado. Había celadores empujando camillas y algunos internos dando cortos paseos por los corredores. La enfermera, grande y de mediana edad, con cara de haber librado ya muchas batallas, golpeó con los nudillos antes de abrir la puerta. Allí estaba Jing Tao, vestido con una bata verde de hospital, exhausto y mucho más delgado que de costumbre. Tenía los ojos cerrados e imaginé que dormía.

—Señor Jing Tao.

Si en verdad descansaba, la poderosa voz de la enfermera lo despertó.

—Señor Jing Tao, han venido a por usted.

El anciano abrió los ojos, algo sobresaltado. Yo me acerqué con lentitud y, a diferencia de la enfermera, bajé el tono de voz.

—Señor Jing Tao, soy yo, Alicia —dije, mientras le cogía la mano.

Fue su primera reacción. Inclinó levemente la cabeza y me miró. Temí que pudiera dar muestra de algún rechazo; lejos de hacerlo, sonrió.

Tenía los ojos cansados y unas ojeras amoratadas daban cuenta de que hacía días que dormía mal.

—Alicia —dijo—. Sáqueme de aquí.

—Ya nos vamos, no se preocupe.

—Ha permanecido un día con alimentación intravenosa porque venía muy débil. Pero ya está en perfecto estado —me confió la mujer.

—Muchas gracias. ¿He de suministrarle algún tipo de tratamiento?

—Ninguno. Descanso y buena comida. Ahora les dejo solos. Únicamente tiene que firmar abajo, señorita.

Tras despedirnos, me quedé con Jing Tao, a quien miré con una ternura infinita. Con que estás aquí, bribón. Con lo preocupaba que andaba desde que desapareciste.

Le ayudé a incorporarse, primero, y después a levantarse de la cama. Al cogerlo y tenerlo entre mis manos pude percibir cada uno de sus huesos, en aquel bello esqueleto al que le faltaba mucho descanso y cuidados para que no pareciera que sus sesenta y ocho años se habían convertido en diez más. Se vistió despacio, mientras yo recogía todas sus pertenencias, que eran más bien pocas: la mochila que utilizaba en sus clases y un pequeño bolso de viaje donde guardaba sus camisas, unos pantalones, zapatos, el gabán verde, unas orejeras de invierno y poco más. Sí estaba la pequeña y fina caja de madera que solía custodiar sus recuerdos. Pero no me atreví a tocarla.

—Alicia, gracias por venir a por mí.

—Es usted un viejo loco. ¿Cómo se le ocurrió marcharse sin decirme nada?

Lo dije en tono dulce. No quería que se lo tomara como una reprimenda.

—No sé por qué lo hice... —fue toda su contestación. Aunque por un momento me pareció que hablaba para sí mismo.

—Mire la que ha formado... Podía haberle sucedido cualquier cosa.

—Lo sé. Y le pido perdón si la he preocupado.

—Todos lo estábamos. Rose Marie y sus alumnos han preguntado por usted.

—Mis clases... He de retomarlas...

—Ahora solo toca recuperarse. De las clases ya me ocuparé yo.

Muy poco parecía haber cambiado su austera vida con el paso de los años. Jing Tao siempre había presumido de ser un campesino pobre que supo salir adelante. Al guardar sus mínimos enseres, que cabían en ambos bolsos, recordé lo leído un mes atrás en la biblioteca municipal, escrito por Bo Juyi, autor del siglo IX d.C.:

«Dirijo la mirada hacia los caminos y las callejas del pueblo: de diez casas que veo, ocho o nueve son pobres.

El viento del norte sopla cortante como una espada; sus trapos de algodón apenas les cubren los huesos. Solamente tienen hojas y ramas para quemar; se sienten resignados, esperando de noche que llegue la mañana.

Al fin conozco la enorme miseria que sufren en el duro invierno aquellos que viven de labrar la tierra».

Tenía razón la enfermera: Jing Tao era en verdad un hombre fuerte. No podía ser de otra manera, porque había nacido bajo el sable de la pobreza de los sufridos campesinos. Gente sencilla, a la que nunca le fue concedido el privilegio de acumular ganancias materiales. Y para quienes seguir vivos era por sí misma la única recompensa.

60

La conciencia puede ser una dolorosa compañera de viaje, que agarra tu mano aunque no se lo hayas pedido. Que alberga mil formas y no siempre aquella que tú desearías. Que puede ser hombre o mujer, hembra o varón. Alegría o dolor. Blanco o negro. Que se repite en tus sueños sin que sepas borrar los actos que trastocaron ese proceder maldito.

Sirve de igual manera para trazar tu camino de la forma más íntegra de la que seas capaz o para esperarte en su guarida, guadaña en mano, con esos brillos en el filo con los que no duda en asustar.

Por eso, me consoló saber que no fui yo la causante de su huida. Que las conversaciones mantenidas y la curiosidad de mis preguntas no habían hecho mella en aquel hombre mayor y seco, hasta el punto de querer desaparecer. La constatación la tuve cuando Jing Tao no experimentó ningún rechazo al verme, ni opuso resistencia alguna cuando cogí su brazo y salimos de La Salpêtrière. Así que, por una vez en las últimas semanas, tuve la conciencia tranquila.

Aunque mi casa se encontraba a escasos diez minutos caminando, pedí un taxi en la misma puerta del hospital, en un mediodía que comenzaba a declinar para alumbrar las tripas de la tarde. No podía dejar de pensar en la paradoja: había perdido totalmente la pista de mi amigo para terminar encontrándolo al final a tan solo unas calles de mi apartamento. Jing Tao, por su parte, asustado aún y algo torpe, carecía ahora de la agilidad de la que había hecho gala durante todo el curso y había envejecido varios años en apenas una semana. Vestía uno de sus típicos pantalones de lino, suave y cómodo para contrarrestar el calor que comenzaba a fundir la piel, y una camisa de cordones en vez de abotonado, de esas que tanto usaba y que le conferían un aspecto más jovial. El pelo fino era de un blanco brillante, luminoso y algo áspero. Y una tímida barba igualmente canosa indicaba sin espacio a la duda que llevaba varios días sin asearse.

Ya en el interior del vehículo, y mientras veíamos pasar por la ventilla los edificios que yo conocía tan bien como ciudadana de a pie, el maestro chino se atrevió a dirigirse a mí de nuevo, con las orejas bajas como un animal indefenso, tal vez avergonzado por no haberme informado de su marcha.

—Alicia, le agradezco… —comenzó a hablar, con un hilillo de voz.

Le cogí la mano para cortar su frase, mientras negaba con la cabeza.

—No tiene que decirme nada —susurré a mi vez, dulcemente.

—Pero, yo…

Interrumpí:

—Lo único importante es que descanse y recupere fuerzas pronto. Si quiere explicarme algo después, ya habrá tiempo.

Bajó la cabeza como un niño, y yo fui entonces incapaz de imaginármelo apaleando profesores por las calles cercanas a la Universidad de Pekín, o atándoles una cuerda al cuello para exhibirlos por toda la ciudad para escarnio público, con la cara pintada y las ropas rasgadas. Tampoco vociferando en aquellos juicios sin justicia, donde se escondía mucho odio y sinrazón. Me costó mucho imaginarlo así, y creo que no llegué a conseguirlo.

—Se preguntará, al menos, por qué me fui…

—No —mentí.

—Tenía miedo —y miró por la ventanilla.

No dije nada; no era el lugar. Su explicación llegaría. Pero había algo que aún deseaba confesarme, y continuó tras unos segundos:

—Alicia, no quiero ir a mi casa.

Era algo que yo ya intuía, así que intenté tranquilizarlo como pude.

—No se preocupe, se quedará unos días en la mía hasta que se restablezca por completo.

—Oh, pero yo no quiero ser ninguna molestia…

Lo dijo con sinceridad. Yo también.

—No lo es, Jing Tao; ya lo sabe.

Y no mentía. Deseaba cuidarlo con el mismo esmero que si atendiera a mi propio abuelo. Un abuelo del que había estado aprendiendo tantos meses, y cuyo interior había logrado ir desentrañando palmo a palmo, centímetro a centímetro, con el cuidado que pone un artesano para ir puliendo una roca hasta lograr sacar de la piedra una bella escultura. Un abuelo que, perdidos ya los míos, quizá la vida se empeñaba ahora en regalarme. En todo caso, un amigo; y un viejo solo e indefenso.

No, no mentía y deseaba cuidarlo, pero también quería tener tiempo para hablar con él, para conocer su versión, sus temores y sus miedos. Para que me contara cosas que con seguridad no había revelado nunca y me confesara por qué demonios se fue sin decirme nada. Por qué huía o de quién. Y, sobre todo, necesita conocer el papel que interpretaba en toda esta función aquel hombre chino, alto y elegante, que había ido a su casa en varias ocasiones, y que me dijo en una de ellas que olvidara el asunto y al propio Jing Tao para siempre, «si no quiere meterse en líos».

Tendría que darme alguna explicación, mi querido amigo, mi buen maestro de Taijiquan. Ya no estábamos en clase, en el microcosmos irreal que componía un aula con unos alumnos atentos y aplicados, y aquel hombre que le buscaba iba en serio. Aquel hombre alto, que parecía conocerle tan bien.

No lo vi. Podía haberlo hecho, porque apenas estaba a treinta pasos. Me había estado siguiendo desde hacía días; seguramente desde la desaparición de Jing Tao. Pero una ciudad como París, cosmopolita y trasgresora, patria de mil culturas y universal, está poblada por miles de extranjeros e inmigrantes, así que no todos los orientales que me cruzara por la calle debían llamar mi atención.

Y este no lo hizo.

No lo había visto nunca antes, y nunca llegaría a verlo después, pero me había estado siguiendo hasta descubrir que Jing Tao había aparecido. Solo restaba no perderme de vista y les llevaría de nuevo hasta su objetivo.

Se trataba de un hombre oriental más bien bajo de estatura y aire anodino, incapaz de hacer sospechar a nadie por su aspecto. Un buen «topo», sin duda. Había realizado una llamada a cobro revertido a alguien que recibió la noticia con alegría en algún lugar de Gran Bretaña.

Marcó unos números conocidos desde su móvil. Cuando notó el aliento de su interlocutor, dijo, en tono satisfecho:

—Chen Qi, lo tenemos. La chica lo ha encontrado.

Al otro lado del teléfono, el hombre alto y elegante que se había topado conmigo en las últimas semanas, pero que estaba presente en la búsqueda de Jing Tao desde hacía meses, no pudo ni quiso disimular su alegría:

—Buen trabajo. No los pierdas de vista.

—Te avisaré si hay novedades.

Chen Qi estaba contento. Era una gran noticia dentro de un proceso de mucho tiempo y con infinidad de personas implicadas en él.

—No dejes de hacerlo. Y felicidades.

Chen Qi colgó y, apenas recuperó el aliento, volvió a coger su teléfono y marcó un nuevo número. Esta vez su voz llegaría hasta un país diferente. Caminaba buscando una calle tranquila, sin demasiado bullicio ni ruido de tráfico que le impidiera centrarse en la llamada.

Se apoyó en el vértice de un esquinazo, mirando por pura distracción los cuidados ventanales y los tejados de los edificios próximos. Aguardando respuesta.

En unos segundos, esta llegó.

Era la voz grave y seria de un hombre mayor, hablando en inglés con un fuerte acento chino.

—¿Chen Qi? ¿Eres tú?

—Sí. Te llamo desde Londres. Por fin lo hemos encontrado.

Un suspiro de satisfacción se dejó traslucir desde el otro lado, tan fuerte que hasta Chen Qi lo escuchó.

—Bien. ¿Piensas que podrías traerlo hasta aquí?

—No lo sé. Creo que será difícil, por ahora.

—No tenemos prisa. Lo importante es no volver a perderlo.

Chen Qi comenzó a caminar despacio, como si de un hombre de negocios más se tratara. Se sacudió una mota de polvo que advirtió en su ropa.

—No te preocupes. De eso ya me encargo yo. En los próximos días volaré hasta París.

La voz grave y profunda pertenecía a Hang Li, sentado en el cómodo despacho instalado en su domicilio de las afueras de otra ciudad europea.

Colgó el auricular y se levantó hasta la biblioteca que ocupaba por completo una de las paredes de la habitación. Cientos de libros poblaban los anaqueles de madera de cedro con la que estaba construida la librería. A su lado, una antigua mesa de estilo inglés sostenía media docena de recuerdos y objetos decorativos chinos de distintas épocas. Una sencilla lámpara de bambú del siglo XIX y una reproducción de un guerrero de Xian completaban el conjunto.

Hang Li repasó con la yema de los dedos algunos títulos hasta que encontró el que buscaba. Se trataba de un grueso y voluminoso tomo que extrajo con cuidado para acercarlo hasta su mesa de trabajo.

Se sentó ante ella y apartó levemente los papeles que le habían tenido ocupado en los últimos días. Expedientes de casos en los que estaba inmerso en su labor de prestigioso y reconocido abogado. Separaciones matrimoniales, reparto de cuantiosos patrimonios y algunos temas jurídicos que resolver para una conocida firma empresarial. Documentos que bien podían esperar unas horas.

El enorme libro que tenía ahora en sus manos era para él más importante. Y lo era porque se trataba de un proyecto confidencial al que había dedicado muchas horas de su vida.

Abrió la tapa del tomo y sacó de su interior vaciado un ejemplar más pequeño, apenas unas cien hojas encuadernadas, oculto en las entrañas de lo que tendrían que haber sido las páginas del libro. En ese doble fondo se encontraba un cuaderno con biografías de decenas de personas, a las que acompañaban varias fotografías antiguas y algunas recientes. Junto a él, una pequeña memoria USB de ordenador relucía como un diamante.

Abrió el librito y buscó un nombre específico entre los cientos que componían la compilación. Pasó varias páginas con sumo cuidado y no tardó mucho en dar con el pretendido. Observó un instante su foto y se recostó en el cómodo sillón de cuero para centrarse bien en aquella imagen.

Reflexionó sobre la dureza de la investigación que aún estaba en marcha y que le había costado tantos desvelos. Como muchas otras cuyos resultados descansaban en aquellas páginas o cuyo hueco en blanco indicaba que aún permanecían sin resolver.

Cerró los ojos, procurando descansar del torbellino de acontecimientos que le habían tenido en vilo desde el otro lado del teléfono, desde Francia y Gran Bretaña.

Volvió de nuevo al espacio que completaba un nombre, un par de fotos y unas líneas de referencia.

Allí, dormido entre los datos de un grupo de hombres y mujeres de nacionalidad u origen chino, se podía ver el rostro sonriente y despreocupado, que hasta parecía mirar al lector, de un joven y hermoso Jing Tao.

五

EL CONSTRUCTOR DE VIOLINES

61

Tras llegar a casa y brindarle al viejo maestro todo el acomodo que pude —él dormiría en mi piso, mientras yo me mudaba de forma provisional a casa de Judith—, llamé a mi amiga.

Antes, Jing Tao me había dejado claro que tan solo estaría unos días ocupando mi vivienda. Lo tranquilicé:

—No se preocupe, yo me iré de vacaciones muy pronto y podrá estar aquí ese tiempo.

Y, viendo que no quedaba del todo conforme, proseguí:

—Tengo el alquiler pagado hasta dentro de tres meses, si es eso lo que le preocupa.

—Lo que me preocupa es que le esté causando tantas molestias.

Reunió sus escasas pertenencias en un par de cajones y el gabán en el armario de la habitación.

—Como ve, mi casa es muy modesta. Así que no tenga reparos en estar en ella. Por cierto, a veces hay goteras o problemas con la cisterna, pero, si no son cosas de gran importancia, mi casero las arreglará sin mayores problemas. Es un hombre amable que estará encantado de hacerlo. Pronto les presentaré.

El hombre asintió, aunque estaba claro que no dejaba de estar intranquilo. Le ayudé a sacar unos zapatos de la bolsa de viaje. En ese momento, y justo debajo de ellos, vi la caja. No supe qué hacer. Esperé su reacción.

Para mi sorpresa, él la cogió con cuidado y se la llevó consigo cuando fue a sentarse en el borde de la cama. Lo miré con los ojos muy abiertos y el alma en vilo. Acariciaba la tapa de aquella madera como si de un cofre de piedras preciosas se tratara.

Permaneció quieto, en silencio, lo que me permitió aprovechar ese instante para avanzar unos pasos.

—¿Se encuentra bien?

Podía oír su respiración, el aire entrar por su nariz y bajar por los pulmones en una especie de suspiro que más se asemejaba a un quejido.

—Sí, no se preocupe.

Me senté a su lado.

—Jing Tao... ¿Qué guarda usted en esa caja?

Él la apretó contra su pecho, sin mirarme, con los ojos vacíos, perdidos quizá en algún lugar del tiempo.

—Jing Tao... —insistí.

Se volvió hacia mí. Me di cuenta entonces que tenía los ojos vidriosos por la emoción, y de ellos comenzaba a partir alguna pequeña lágrima.

—Dígame, ¿qué guarda usted en esa caja?

No me oía. Por fin, me respondió:

—Mi vida.

La emoción también me empezó a embargar a mí. Aquel viejo y solitario chino me había atrapado hacía meses. Deslicé mi mano hasta su puño cerrado, aquel en el que le faltaban dos falanges y siempre trataba de ocultar, supongo que por pudor, y se lo apreté unos instantes. Después, me atreví a rodearle con mi otro brazo, intentando darle unos golpecitos suaves de ánimo para que no decayera aún más. Había pasado unos días agitados, en pésimas condiciones, y debía alentarlo para que no se sumiera en la depresión y la tristeza.

—No se preocupe por nada. Aquí estará bien.

Me aparté un poco y él me señaló la caja.

—Aquí tenía lo único que me queda en la vida. Son mis recuerdos, mis cosas. Tengo pocas, ya ha visto. La ropa que me cubre y unos cuantos libros. Pero en esta caja he atesorado siempre lo único que de verdad es importante para mí. Por eso, tengo miedo. Lo tuve cuando vi que faltaban algunas cosas.

—¿Por eso se marchó? —inquirí, un poco nerviosa.

—Fue por aquel hombre. Un hombre joven que supe que había estado haciendo preguntas a la casera.

—¿Un hombre? —sin duda se refería al chino elegante.

—Sí, ella me lo dijo. Que se había interesado por mí, por saber dónde trabajaba y a qué horas solía volver de mi casa.

—¿Y quién era él?

—No sé su nombre.

Jing Tao era, desde luego, un experto en esquivar preguntas y restar información. Quizá porque lo había hecho durante toda su vida.

—Sin nombres. Eso da igual, pero ¿por qué le buscaba?

—No lo sé —fue su lacónica respuesta.

Yo intenté que el tema no se me volviera a escurrir de las manos, así que no podía por menos que insistir.

—Jing Tao, ¿se fue porque le temía a él?

—Sí, sí, no me gustó. —Me pareció por un instante un crío contestando con el ceño fruncido.

—¿Usted lo conocía?

—No, nunca lo había visto.

—¿Llegó a hablar con él?

—No, tampoco. Me escondí en el piso superior, tras las escaleras, un día que lo vi subir. Estuvo en mi puerta y llamó. Insistió mucho y luego bajó. Mi casera había salido a ver qué pasaba. Siempre lo hace para controlar un poco la gente que entra. Es normal. Habló con él. Luego ella me dijo que había estado preguntando por mí.

—Jing Tao, ¿buscaba la caja o le buscaba a usted?

La pregunta le cayó como un jarro de agua helada. Dudó, titubeó, no sé si porque no sabía bien qué contestarme o porque, de pronto, su mente se había bloqueado como cuando un aparato eléctrico deja de pronto de funcionar. Así le había ocurrido a su cerebro. Había dejado de funcionar.

—Jing Tao…

Nunca sabré si la llamada a la puerta de Judith le salvó a él o a mí. Mi amiga estaba esperando a que le abriera, tras varias veces en las que había pulsado el timbre y no había obtenido respuesta. Yo temí que se marchara, así que, tras el cuarto toque, me levanté de la cama y corrí en su busca. Quizá el maestro necesitaba un merecido respiro, que yo me había encargado de profanar. Tal vez el descanso nos beneficiara a los dos.

Judith debió intuir la importancia de aquel instante, pero, muy discreta, hizo un aparte y me preguntó si todo marchaba bien.

—Sí, perfectamente, gracias.

—¿He llegado en mal momento?

—No, has llegado en el más oportuno.

Así era. Todos precisábamos una tregua. Nos dirigimos hasta el centro de la casa.

—Judith, te presento a mi amigo Jing Tao. Es un gran maestro de artes marciales y gimnasia china.

A pesar de lo mucho que le había hablado de él, era la primera vez que lo tenía delante. Se acercó al anciano, que había vuelto a guardar su caja y se presentaba de nuevo como un anciano amable. Algo cansado y débil, pero cordial.

Volvía a recuperar al Jing Tao de siempre: esquivo, corto en palabras, pero encantador.

Por fin disfrutábamos de la tranquilidad perdida en las últimas semanas. Merendamos las tortillas y un postre hecho personalmente por Judith, hablando de trivialidades que nos sirvieron para relajar el ambiente y alejar las preocupaciones. Entonces echaba de menos tener un Álvaro en mi vida, como ella tenía a Jean Paul. Alguien en quien apoyarte y que te ofreciera seguridad en los momentos de tensión o peligro. Pero no lo tenía. No había ninguno. Y parecía que tampoco era fácil que apareciera.

Terminamos la velada de una forma distendida, olvidando las fotos en blanco y negro, el pasado teñido de estrellas sobre banderas rojas, los sellos estatales en papeles de mayor o menor trascendencia y hasta a aquel joven chino que un día fue a su casa. Hablamos del París actual y del París de siempre. De cine. De música. Del verano que ya teníamos encima. De nada importante. También de *El Bosque Galo*.

Me levanté de la mesa.

—Nos tenemos que marchar ya. Espero que esté cómodo.

—Estaré muy bien, muchas gracias.

Recogí el mantel, los platos y las sobras. Me las llevé a la cocina y volví con una tableta de chocolate y un paquete de galletas. Lo dejé todo en la mesa.

—Gracias —dijo el maestro—, pero no me gusta el chocolate.

Nosotras nos preparamos para irnos.

—Alicia…

—¿Sí?

—Las galletas… ¿Puede traerme más mañana?

Hacía calor, así que bajó por completo la ventanilla y puso el aire acondicionado en el Mercedes gris plata de gama alta y reciente matriculación que acababa de alquilar. Chen Qi estaba sentado al volante del coche, en la calle de enfrente a *El Bosque Galo*, dispuesto a no perder de vista a nadie que saliera de allí. Dispuesto a vigilarme.

Llevaba el pelo un poco más suelto de lo que acostumbraba. Un cabello negro y abundante, sin asomo de canas. Chen Qi era un hombre fuerte, a pesar de la delgadez de sus huesos; pero sus hombros anchos le regalaban una envergadura poderosa. Un cuidado entrenamiento desde niño en Whusu —artes marciales en chino o kung fu— había domado sus músculos y robustecido su voluntad, convirtiéndolo en un individuo disciplinado, que no solía darse nunca por vencido y que hacía de cada causa, una meta.

Esta era una de esas ocasiones. Aunque el profesor se le había escurrido de las manos, tenía buenos contactos para hacer que alguien continuara su trabajo. Una tupida red de voluntarios que circulaba por todo el mundo. Y así, la vigilancia día y noche en la tienda había dado sus frutos. Nos tenían perfectamente controlados. Sabían que lo había encontrado en un hospital y hasta que vivía en mi casa.

Pensó que el siguiente paso en la estrategia era el más importante. Temía que si yo me sentía insegura o en peligro daría aviso a la policía, y eso era lo peor que podría pasar. Con la Gendarmería entrando en circulación para investigar, la publicidad gratuita desembocaría, a buen seguro, en un conflicto diplomático. Y China quería absoluta confidencialidad en el proyecto.

62

—¿Cuál es tu nombre?

—No lo recuerdo.

—¿De dónde vienes?

—No lo sé.

—¿No sabes dónde naciste?

—No.

—¿No sabes en qué lugar has nacido?

—No.

—¿Qué haces aquí?

—Intento concluir mi misión.

—¿Qué misión es esa?

—La que llevo a las espaldas desde que ingresé en el Partido. Trabajar por la Revolución.

—La Revolución no te debe nada, ni quiere hombres como tú.

—La Revolución no desprecia a nadie que vele sus armas por ella.

—Hablas como un soldado.

—No lo soy.

—¿Qué eres, entonces?

—Un patriota.

—Todos los somos. Todos los que estamos aquí.

—¿Cuál es tu nombre?

—No lo recuerdo.

Las gruesas puertas de metal se cerraron de golpe, dejándose de escuchar el sonido del viento. Los hombres permanecieron allí, apostados en medio de la nada, entregados al silencio.

63

Los Lombardi acogieron a Jing Tao con todo el cariño que solían demostrar cuando entablaban contacto con alguien. El hecho de que les dijera que era además amigo y profesor en mi tienda, y que se encontraba descansando en casa para restablecerse de un período de cansancio, hizo el resto. Yo cuidaría de él buena parte del día. Los presenté a la mañana siguiente y no pude por menos que sorprenderme de la reacción de los tres. Hubo una corriente de simpatía desde el primer momento que me tranquilizó. Después de todo, iba a ser el nuevo inquilino del edificio, al que yo dejaba paso al cederle mi piso. Mis caseros tenían que estar por ello al corriente de todo y dar su consentimiento. Tal y como imaginé, no pusieron objeción alguna.

De la fusión Lombardi-Jing Tao nació un cóctel que, lejos de ser difícil de digerir, yo diría que fue muy enriquecedor. Me resultó gratificante y curioso a la vez experimentar de primera mano el choque de culturas que representaban. Era el caos frente a la búsqueda perfecta del orden, el buen vivir ante la disciplina vital. La unión no pudo ser más halagüeña y satisfactoria. A las pocas horas de conocerse, vi a Octavio y a Fina intentar comer con palillos y a Jing Tao admirar aquellos cachivaches imposibles del italiano.

—Creo que puedo mejorar esto —murmuró Octavio, estudiando el extremo de uno de sus palillos de madera.

A Fina Del Piero, «el señor chino», como ella le decía, le causaba mucho respeto. Lo veía como un ser débil físicamente, pero inteligente, capaz de efectuar razonamientos que se le escapaban de su concepto más dinámico de la vida. No comprendía ni su tristeza ni sus silencios, pero lo escuchaba con suma atención y se esforzaba por entender aquellas palabras en francés que Jing Tao pronunciaba con fuerte acento. A su lado, el profesor parecía aún más enjuto, más delgado y desvalido, por lo que la napolitana tomó la decisión de ocuparse ella misma de todas sus comidas.

En ese sentido, podía estar tranquila. Nadie velaría más por su salud y bienestar que mis dos amigos.

—El señor Jing Tao quiere enseñarme a construir violines —me dijo Octavio, entusiasmado como un niño—. Al estilo tradicional.

—Violines chinos —corroboró su esposa.

—El señor Lombardi es un gran artesano —concluyó el maestro gentilmente—. Para mí será un honor.

Y, en efecto y para mi sorpresa, durante varios días los descubrí en el pequeño taller de carpintería e inventos que tenía Octavio en el sótano del edificio; su lugar de ocio favorito y donde transcurrían la mayor parte de sus horas. Todo un templo dedicado al almacenaje de herramientas, planchas de madera y metal. Un verdadero cementerio de electrodomésticos muertos y aparejos. Allí, ante una mesa con caballete de ebanista, regla, cartabón y varios lápices, Jing Tao y Octavio se entregaron con entusiasmo a la construcción de un violín chino, un *erhu*, instrumento tradicional chino de tan solo dos cuerdas sobre un largo mástil.

Había por todas partes estantes con botes de pegamento, tarros de laca y barniz de varios tonos, pinceles, cajas de escarpias y clavos, brocas y taladros. Papel para dibujar y seda para copiar diseños, pinturas, barras de cera, corcho, hierros, una mesa pequeña para soldar y otra para lijar. Destornilladores por el suelo, cinta métrica, niveladores de altura, clavos, tuercas y tornillos. Entre todo aquel maremágnum, los dos hombres se consagraban a su tarea artesana. Primero, trazando su silueta y tallando la forma a partir de un pedazo de madera. Después, cortando los patrones, pegando la tapa, puliendo, ensamblando piezas, barnizando y, por último, tensando las cuerdas y afinándolas.

Todo un minucioso proceso que Jing Tao iba explicando con detalle mientras aplicaba sus conocimientos con destreza. Desconocía esa facultad en el profesor, que volvía a la docencia de nuevo, aunque fuera esta vez ante un único alumno.

Chen Qi ya había tomado una decisión.

Estaba apostado en una esquina de la calle, lo suficientemente oculto por unos coches como para no ser descubierto. Tampoco creía que nadie que advirtiera su presencia podría imaginar que, en realidad, estaba vigilando todo lo que ocurría en un espacio concreto de la acera de enfrente. Llevaba camiseta negra de manga corta, pantalones cómodos de color beige y una pequeña bandolera para documentos que le cruzaba el costado y le daba cierto aire de turista. Se quitó las gafas de sol y se limpió los cristales, algo ahumados por el sudor, sin perder de vista la puerta principal de la tienda. El mediodía ya había caído y sabía bien que la hora le acercaba a la persona esperada. Esa persona era yo.

Rose Marie se mostró muy interesada por la salud de Jing Tao.

—Ahora tiene que descansar y recuperar fuerzas. ¿Necesitáis algo? —Sabía que lo decía con sinceridad.

Nuestra conversación se desarrollaba mientras recogíamos parte del muestrario de ropa que ya, por fin de temporada, se había quedado inservible. Lo guardamos en cajas de cartón de embalaje, entre plásticos, etiquetándolas, a la espera de decidir qué hacíamos con todo aquello.

Me marché un poco antes del trabajo. A esas alturas de mes hacía ya un calor propio del verano, un sofoco que escocía la cara. Me anudé a la cintura el fino jersey con el que me había cubierto por la mañana, mientras subía despacio por Saint-Germain.

Distraída, no percibí que unos atentos ojos estaban acechando cada uno de mis pasos y salían ahora de su escondrijo para seguirme.

Chen Qi caminaba por mi acera, a una distancia prudencial que pretendía acortar a grandes zancadas. Había temido desde el primer instante que yo llamara a la Gendarmería —lo que hubiera hecho sin dudar en el caso de sentirme acosada—, así que estimó como más apropiado mantener una estrecha y discreta vigilancia.

Yo no tardé mucho en advertir que me seguían.

Curiosamente, los casi tres días de tranquilidad vividos desde que traje a Jing Tao a mi casa me habían hecho casi olvidar a aquel chino alto y fuerte. En unos segundos, sin embargo, todos mis mecanismos de defensa se pusieron en acción y, tras mirar de reojo y ver que un hombre con dudosas intenciones estaba cerca de darme alcance, comencé de pronto a correr. Miré un segundo antes. Era el chino que ya conocía, lo que no me tranquilizó en absoluto.

Corrí todo lo que pude —me alegré de llevar meses haciéndolo por las Tullerías con Judith—, cruzando calles, saltándome semáforos que ni siquiera miraba, esquivando coches. El hombre lo hacía detrás de mí. Podía escuchar sus zapatos por las aceras, el golpeteo de sus pies. Ese eco retumbando en mis oídos me ponía aún más nerviosa y me obligaba a apretar la carrera.

Pasamos ante la iglesia de San Sulpicio, en un momento en el que no parecía haber mucha gente por la calle, lo cual, aunque me permitía correr mejor, era también cierto que le ofrecía más posibilidades a mi perseguidor para no perderme de vista.

No estaba dispuesta a dejarme atrapar, y las zapatillas que calzaba me iban a facilitar mantener esa ventaja. Al menos, por ahora. Yo podría haberme parado a escuchar los argumentos de quien, por otro lado, me tuvo muy próxima en varias ocasiones y me dejó marchar. Sin embargo, algo me decía que no tenía que fiarme de alguien que ya me había aconsejado una vez que me alejara de aquello. Alguien que buscaba a mi amigo sin decir para qué y que había querido evitarme dentro de aquella historia, en vez de explicar qué demonios estaba pasando.

Porque lo único realmente evidente es que yo me encontraba ya, para bien o para mal, me gustara más o menos, en medio de los dos. En medio de todo.

Aunque esa era una circunstancia que aquel hombre parecía querer corregir cuanto antes.

五

UNA EXPLICACIÓN NECESARIA

64

Llegó un momento donde el aliento me cortaba la lengua y la saliva se había convertido en un pedazo de corcho. Tenía flato, el calor se me hizo asfixiante y notaba que mi perseguidor me estaba dando alcance. Estuve a punto de parar y entregarme, pero entonces divisé una pequeña calle que se abría a mi paso, cortando la principal. Era más discreta, semejante a un callejón aún sin serlo. Sin pensármelo dos veces, me adentré en ella como única salida. Y funcionó. Cuando quise parar un poco a recuperarme, noté que ya no escuchaba sus pasos. Giré mi cabeza a un lado y a otro. Nada. Por aquella calle no había entrado, así que lo más lógico era pensar que había pasado de largo hasta que se diera cuenta de que me había perdido.

Tenía que esconderme, o huir de allí antes de que advirtiera su error y volviera atrás.

Me encontraba en una recoleta calle parisina, con sus bellos portales en la boca de edificios elegantes y no muy altos, de ladrillo rojizo y buhardillas coronadas con pequeños tejadillos de dos aguas. Apenas había comercios, sino viviendas con las puertas cerradas, así que era imposible poder ocultarme allí. Decidí salir con mucha precaución por el lado contrario al que había entrado. No tenía la menor idea de dónde se encontraba el hombre, pero me pareció que, si ya se había dado cuenta de su equivocación, lo más natural era que volviera al lugar de donde venía. Justo el que yo tenía que evitar.

Y así lo hice. Silenciosa como un gato, mirando a izquierda y derecha, hacia delante y por mi espalda, me dispuse a salir para entrar de nuevo en la calle principal, coger un taxi, un autobús o cualquier cosa que me permitiera alejarme lo más rápidamente posible. Estaba angustiada y tenía miedo. Un miedo horrible que me producía una sensación de indefensión extraña de explicar. No sabía las intenciones de mi perseguidor, pero no me las imaginaba muy amigables. Pensé que quería deshacerse de mí de alguna manera. Y aquella primera hora de la tarde, con las calles semivacías, se prestaba como el momento más propicio.

No había nadie. Solo algunos coches que pasaban deprisa por la avenida y las luces de los semáforos al pie de las calzadas. Avancé uno, dos pasos, siempre con la incertidumbre de que pudiera aparecer en cualquier instante.

Pero no estaba.

Respiré tranquila por primera vez.

De pronto escuché un ruido y me puse de inmediato alerta. No pude concretar de dónde venía, pero el sonido asemejaba al de unos pasos lentos. Por fin apareció una señora llevando una bolsa pesada de la compra, que entró en la calle, cruzó despacio y se dirigió hasta una de las viviendas.

No había rastro de mi perseguidor.

Convencida de estar fuera de peligro, caminé con decisión hasta la calle principal. De alguna manera me había ido metiendo yo solita en ese lío y ahora buscaba la forma de salir de él. ¿Qué haría con Jing Tao? No podía quedarse indefinidamente en mi casa. Tampoco volver a la suya. ¿Qué ocurriría en los próximos días? Había tenido un tanto olvidado al chino elegante, entre la emoción de recuperar al profesor y ver que estaba bien. ¿Y ahora? Había vuelto a entrar en escena y sospeché que nada bueno podía esperar de ello.

Nunca me había visto en medio de una historia así. A pesar de mis pequeñas locuras y mis viajes, esto parecía estar por encima de todo y ser algo muy real. Aquí nada era producto de la imaginación, sino que se trataba de un asunto con muchas esquinas semiocultas. No podía esperar más: había llegado el momento de llamar a la policía. Bien era cierto que tenía poco que contarle. Un hombre mayor que se siente perseguido pero al cual no le ha pasado aún nada. Que sale de la ciudad supuestamente huyendo, pero ¿de quién? ¿De un chino que viste bien? Era ridículo.

En cuanto a mí, creo que el caso era peor. ¿Amenazada? Menos que eso: advertida. Aconsejada. La recomendación de aquel hombre para que me alejara del asunto no podía tomarse como una amenaza, aunque a lo mejor a los gendarmes sí le interesarían los términos en los que lo había expresado. Por su bien, aléjese de esto. Sonaba a comportamiento delictivo, desde luego. Y esta última persecución tampoco podía catalogarse como un hecho habitual y cotidiano al que están acostumbrados los habitantes de París. ¿Quién era yo, después de todo, para ser vigilada en mi lugar de trabajo? ¿Qué quería de mí aquel hombre?

Había llegado el momento de poner en antecedentes a la policía. No sé si había esperado demasiado o no, pero ahora los acontecimientos colmaban el vaso y, por lo que pudiera suceder en el futuro, a Jing Tao o a mí, era necesario que la policía estuviera al tanto.

Pensé en Jing Tao, en mi casa, pero no me preocupaba su seguridad estando con los Lombardi y con Pierre, al que ya habíamos advertido de la presencia de su nuevo vecino del piso de abajo. Me ofrecía mucha tranquilidad tener cerca a Pierre. Era joven y fuerte; en realidad, el único joven y fuerte que tenía en esta parte del tablero, la que correspondía a mis piezas. Había llamado a Judith para que acudiera con Jean Paul por la tarde y así encontrarme un poco más acompañada. También había pensado en Miguel, aquel joven, hijo de exiliado español, que conocí en una cena de amigos al poco de estar en París. Tenía necesidad de abrir el círculo de amistades y saber que no me encontraba sola en todo esto.

Pero lo primero era avisar a la policía, y no lo haría de forma telefónica, sino personándome en una Gendarmería cercana y explicándolo todo desde el principio.

Esa era mi pretensión. Pero mi perseguidor no estaba de acuerdo.

—Estese quieta. No quiero hacerle daño.

Una mano poderosa me tapaba con fuerza la boca y parte de la nariz. No solo no podía hablar, sino que encontraba dificultad para respirar por el pequeño espacio que tenía libre para hacerlo.

Había aparecido por detrás de mí como un lince silencioso. Con un sigilo indescriptible. ¿Cómo me había encontrado? Y, sobre todo, ¿desde cuándo estaba al acecho? Creo que me había dejado caminar para que yo ganara en tranquilidad y bajara la guardia. Ahora me atrapaba como cuando un sagaz gato cae sobre su atolondrada presa.

—Quieta —repitió.

No forcejeé. Bajé mis manos, asumiendo mi derrota. El golpe psicológico había sido muy fuerte. Me había sentido por un momento inteligente por ser capaz de esquivar con cierta pericia a mi perseguidor y había sido él quien me había atrapado con astucia. Lamenté no haberle pedido a Pierre que me acompañara a la salida de la tienda, por lo menos algunos días a la semana. Seguro que no se hubiera opuesto a venir conmigo hasta casa tras el trabajo.

Pero ahora ya era tarde. Ahora mi perseguidor bajaba la mano despacio, con la esperanza de que yo no lanzara un grito de auxilio con todas mis fuerzas. Y no lo hice. Quizá aturdida por el encuentro o tal vez porque su tono no me sonó amenazante, pero no grité.

—¿Quién es usted? —le dije en cuanto pude coger aire y respirar un par de veces seguidas.

—Si está tranquila, se lo explicaré.

No deseaba otra cosa que hallar unas cuantas explicaciones a todo aquello, así que obedecí.

—De acuerdo —asentí.

Me soltó por completo y pude ponerme delante de él. Me impresionó su figura. Parecía una estatua de Miguel Ángel, con sus facciones perfectas, como cinceladas con cuidado por la mano de un maestro.

—Venga, será mejor que pasemos a algún sitio para hablar.

Caminamos juntos, como si en realidad nos conociéramos y fuéramos amigos, hasta encontrar a pocos pasos una café-restaurante de aspecto antiguo y tranquilo.

—Aquí, ¿le parece?

Me había mirado al preguntarme, pero no esperó mi respuesta. Se puso detrás de mí, abriéndome el camino para que pasara; una acción que, lejos de galantería, trataba de asegurar que no pudiera escaparme de nuevo. Yo no tenía intención de hacerlo. Si aquel hombre hubiera querido matarme, lo habría hecho de forma efectiva alguna de las muchas y discretas ocasiones que tuvo para mandarme a mejor destino.

Entramos en el local, de ambiente algo cargado todavía por el paso de los clientes, pero con poca vida ya a esas horas. Solo algunos comensales apurando la sobremesa con sus últimas copas de licor. Un camarero pulcramente vestido de blanco y negro se acercó:

—¿Dos para comer, señores?

El chino me agarró del brazo para avanzar.

—No, solo tomaremos café, gracias. Aquella mesa está bien.

Había señalado con la mano una que se encontraba al fondo, más alejada de la puerta principal, resguardada de miradas curiosas por las paredes de un biombo que protegía la zona.

Tenía un pequeño mantel de papel que fue sustituido por unos elegantes posavasos y un platito con pastas. El joven desconocido se sentó enfrente de mí, de espaldas a la salida, mientras mi silla daba a la pared del local, con sus cuadros de vistas del Sena, artistas bohemios pintando en Montmartre y majestuosas panorámicas de París fotografiadas desde el cielo. ¿Volvía a temer que intentara escaparme? Fuera así o no, parecía claro que aquel hombre no dejaba suelto ningún cabo.

65

Sentados en el discreto rincón, miré con detenimiento a quien me había estado vigilando durante semanas. Lo observé mientras le pedía las consumiciones al camarero y este las anotaba deprisa en un pequeño bloc de hojas garabateadas. Por primera vez desde que nos cruzamos, no sentí temor. Tenía los rasgos dulces, una nariz recta y unos labios carnosos que le conferían un semblante más que agradable. No inspiraba reacciones encontradas, no me pareció el ogro que me había imaginado. Además, su inglés era perfecto, por lo que la charla fue más dinámica que si hubiéramos tenido que entendernos en francés.

—Creo que me tiene que explicar muchas cosas —fue mi manera directa de actuar, como siempre. Me encontraba frente a mi perseguidor y mi primera reacción ante él era arrojarle aquel fogonazo a la cara.

Pero él no se inmutó. Había pedido una botella de agua templada, a pesar del calor de la tarde, y solo bebió dos tragos de su vaso durante toda nuestra conversación. Me pregunté si se trataba de un hombre real.

—Lo entenderá todo pronto. Mi nombre es Chen Qi y, como habrá podido suponer, soy de origen chino —me dijo con su voz un tanto seca. No sé por qué no bebía más agua.

—Ah, ¿trabaja para su gobierno?

—¿Para el gobierno chino? No.

—Entonces, no entiendo. Ha tenido usted una curiosa manera de presentarse.

—Le aseguro que no voy por ahí corriendo detrás de la gente.

—Por ahora, es todo lo que sé de usted.

—Verá, el caso es que usted apareció en el momento más inoportuno.

Me relajé conforme el diálogo iba transcurriendo. Aunque no podía evitar mirar de cuando en cuando a nuestro alrededor. Por si acaso.

—No se lo tome a mal —continuó—. Estábamos a punto de concluir nuestra operación, tras meses de investigaciones, y usted vino a trastocarlo todo… Por su amistad con Xu Yun.

—¿Con quién?

—Con Xu Yun.

—¿Xu Yun es Jing Tao? —arqueé pronunciadamente mis cejas.

—El mismo. Usa un nombre falso.

—¿Está seguro? ¿No se estará equivocando de persona?

—Créame. —Y le creí. Lo dijo con una contundencia que no dejaba sombra alguna de duda.

Me quedé de piedra. ¿Por qué motivo Jing Tao me había engañado usando un nombre falso? Cada vez me gustaba menos aquel asunto.

—¿Y por qué lo busca? —temía hacerle esta pregunta, y tal vez lo notó.

—Xu Yun está desde hace tiempo en nuestros archivos.

—¿Es usted agente secreto? ¿Policía?

—Soy abogado.

—¿En París?

—En Gran Bretaña. Aunque no lo parezca, soy británico.

—Pues, a primera vista, no lo hubiera dicho —cada vez veía las cosas de forma más compleja—. ¿Y qué hace un abogado británico en toda esta historia, persiguiendo a un anciano chino?

—Ayudarle.

—¿A él? Me está tomando el pelo.

—En absoluto.

—Ahora lo entiendo todo menos. ¿Ayudarle en qué? ¿Tiene pensado contármelo todo ya o va a esperar a reencarnarse en otra vida para hacerlo?

Dudo mucho que mis ironías le hicieran gracia, pero Chen Qi era, ante todo, un hombre sumamente educado.

—Mire, Alicia, es normal que se encuentre sorprendida por los acontecimientos, pero no puedo explicarle mucho más.

—No me ha explicado nada, todavía.

—Lo siento. Es mejor para usted.

—¿Y por qué me ha estado vigilando todo este tiempo? O mejor, ¿desde cuándo lo hace? —Creo que mi evidente enfado surtió efecto, porque entornó los ojos con gesto tranquilizador antes de continuar.

—Era preciso que no fuera usted con el cuento a la policía.

—Pues debe saber que he estado a punto de hacerlo.

—Lo imaginaba y había que evitarlo. Hubiera dado usted al traste con el caso. Además…

—Continúe —dije resignada, como quien ya espera escuchar cualquier cosa.

—Solo podíamos dar con nuestro hombre si usted le encontraba o se ponía en contacto con él.

—Entiendo.

—Cuando él desapareció, no nos quedó más remedio que centrarnos en usted.

—Jing Tao tampoco me ha aclarado las cosas. Más bien nada.

—Apenas podría hacerlo.

—¿Por qué está tan seguro? —inquirí.

—Porque sabe poco. Y lo que sabe, está distorsionado.

Bebí de un gran trago la mitad del líquido de mi vaso, y no solo por la sed. Mi impaciencia iba a ocasionar daños irreparables en mi cuerpo como no alcanzara a desentrañar más aspectos de aquel asunto.

—Tendrá que esperar aún. Ni siquiera tenía permiso para estar hablando hoy aquí.

—¿Y por qué lo ha hecho, entonces?

—Porque confío en usted, aunque no me pregunte el porqué. Así que más vale que no me haya equivocado.

Yo no estaba muy segura de eso. Chen Qi me había puesto de su lado en el tablero, o al menos eso decía, pero yo no sabía si quería jugar en aquella posición.

—¿Para quién trabaja?

—Eso no se lo puedo decir, lo siento.

—¿Me va a poder aclarar usted algo?

—Sí. Lléveme hasta el anciano.

—¿Con qué intención?

—Es por su bien.

—Me parece que Jing Tao no opina lo mismo.

Chen Qi sonrió y su rostro se amansó aún más. Era un hombre extremadamente guapo, con esa belleza exótica que destilan los orientales.

—Él no me conoce.

—Pero sabe que le busca.

—¿Y no se ha preguntado por qué?

—Muchas veces, pero no encuentro ninguna respuesta —me sinceré.

—Dígame, Alicia. ¿Qué sabe de su amigo?

Su cambio de tercio me confundió; me pilló a contracorriente. Salí del envite como pude.

—Poca cosa. Es un hombre que apenas habla. Es silencioso y trabajador. Discreto, cauto. No se mete con nadie. A veces es fuerte como una roca, mientras que otras parece difuminarse.

—Y de su pasado, ¿le ha explicado algo?

—¿De qué pasado? —Comenzábamos a entrar a debatir a propósito de la gran piedra de toque.

—De su pasado en China.

—No mucho, la verdad

—No me miente, ¿verdad? Eso no nos vendría bien a ninguno de los dos.

—Cuando sepa por qué le busca, le contaré.

Suspiró resignado, como si fuera verdad que no pudiera decirme nada.

—Es alto secreto, ya se lo he dicho.

—Entonces, lo que él me reveló o no, también lo es. Compréndalo.

—Esto no es un juego, señorita Aliorte —dijo, con el semblante serio. Cuando ensombrecía sus gestos, la cara mutaba hacia una expresión de hielo—. Escúcheme: el señor Xu Yun está asustado, pero únicamente podremos ayudarle si colaboramos todos. ¿Qué le dijo sobre su pasado?

—Poca cosa, ya le digo —claudiqué, nerviosa—. Me dejó leer un manuscrito suyo.

—¿Un manuscrito?

—Eran apenas cinco o seis cuartillas en las que explicaba su años durante la década de los sesenta.

—¿Recuerda bien su contenido? —parecía estar muy interesado en aquello. Se inclinó un poco hacia la mesa, apoyando el antebrazo en el borde.

—Cuando lo leí, no tenía mucha idea de la historia de China en aquella época, así que tampoco puedo valorar si lo que escribió era verdad o no.

—¿Hablaba de él?

—Sí, sí. Era él mismo quién contaba su actividad y su trayectoria como militante del Partido Comunista. No podría concretarle mucho más. Apenas recuerdo sus palabras exactas.

—No se preocupe, pero sí es muy importante la fecha en la que lo escribió.

—Comenzaba en 1961, continuaba en 1968 y terminaba de una manera global unos años después. Creo.

—¿Cree? Haga un esfuerzo por recordar, por favor. —Lo veía por primera vez algo inquieto.

—Sí, estoy segura.

—¿Y el resto? ¿No le contó nada más? ¿No había más manuscritos?

—Jing Tao nunca ha contado mucho de sus inquietudes políticas, pero sí, me confesó que había más cuadernillos, pero que con el tiempo los había terminado perdiendo.

—Dudo que esos escritos existan.

—Él me aseguró que sí.

—Es posible. ¿Y algo más? ¿Algún dato más?

—Mucho antes de que me narrara esa parte de su vida por escrito me estuvo contando su infancia y su adolescencia, de su niñez dentro de una familia campesina y del gran amor de su vida: una joven llamada Du Ling.

—Su compañera.

—Eso es. ¿La conoce? —Ahora era yo la sumamente interesada.

—También aparece en nuestros archivos, pero eso es otra historia. Por ahora, centrémonos en su biografía. ¿Le dijo que provenía de una familia campesina?

—¿Sabe la historia de Du Ling? —apremié, pero Chen Qi no sentía la misma curiosidad.

—Algo. Pero continúe.

—Ya se lo he dicho todo.

—Me hablaba de cuando Xu Yun le contó que había sido campesino, junto a su familia…

—Sí, su padre tenía tierras y plantaban arroz.

—Ya. Pero usted no sabe por qué lo hizo

Hice un gesto de asombro. No comprendía.

—¿El qué?

—Contarle su verdad.

—No sé a qué s....

—Señorita Aliorte... —bajó la voz, pero la proyectó de forma contundente.

—¿Sí? —lo miré asustada.

—Desconozco el alcance de las cosas que ese hombre le ha contado, pero... —se paró un momento para tragar saliva y coger aliento— Xu Yun no nació en el seno de una familia campesina.

Y continuó:

—Era el hijo de un acaudalado intelectual de ciudad, un destacado activista del grupo privado de Mao.

66

A veces, la realidad se nubla hasta confundirnos y hacernos dudar de si lo que vemos es así, o si lo estamos descubriendo por vez primera tras el escurridizo cortinaje de la ficción. La certeza puede venir acompañada por extraños fantasmas que hacen de ello algo ilusorio. Y lo irreal parecer verdadero. Todo se funde en un único recipiente, en un prisma a contraluz desde el cual tenemos que discernir si lo que nuestra mente vive es lo que ocurre o mantiene una realidad paralela.

La conversación mantenida con Chen Qi me había causado un gran impacto emocional. Era lo que él esperaba y un paso más en el esquema de su estrategia. Y lo consiguió. Me llevó después en coche hasta casi la puerta misma de mi casa. Durante el corto recorrido no pronuncié una sola palabra; me limité a mirar por la ventanilla con aire grave y a escuchar la música de la radio que mi acompañante había encendido para mitigar un poco aquellos vacíos. Por un momento, creí haber perdido la noción del tiempo.

Tampoco él parecía querer hablar mucho, pero el objetivo que perseguía no había cambiado. Sujetaba el volante con suavidad, con la mirada perdida entre el retrovisor y el tráfico a partes iguales. Su rostro perfilado y anguloso, un tanto blanqueado por la luminaria de la ciudad, parecía de perfecta y pulida porcelana.

Se detuvo ante un paso de peatones, dirigió una mirada a ambos lados de calle y dijo, de una manera estudiadamente distraída:

—Señorita Aliorte, le prometo que, a su debido tiempo, le contaré todo.

Todo. Yo apenas sabía nada, y lo poco que conocía podía ponerse en duda. Estuve a punto de encogerme de hombros, como si todo aquello no me importara, como si hubiera entrado en casa ajena y no pensara ya más que en salir y olvidarme de todo.

—Pero antes tengo que pedirle dos favores —continuó.

Antes de estas palabras, la mesa del restaurante, con sus dos bebidas, sus posavasos elegantes y su platito de pastas ya vacío, había sido testigo de una revelación que me dejó en estado de shock. Jing Tao me había mentido. Y no solo en lo referente a que la naturaleza de su origen no era campesina, tal y como me había asegurado, sino en cosas más importantes. Chen Qi me lo aclaraba:

—Era un intelectual que despuntaba en su época. Lo que conocemos hoy como un joven prometedor.

—¿Por qué me lo ocultó?

—Hay más.

Hasta ese momento dudaba de las palabras del hombre que tenía delante. ¿Por qué debía creerle a él y no a mi amigo? Quizá fuera su aire de joven pulcro y de manos cuidadas, o un sexto sentido que venía a visitarme de cuando en cuando. No sé, pero había algo que me decía que Chen Qi no mentía.

—Créame, Alicia, es imposible que ese hombre fuera un activista en 1968 y 1969, tal y como escribió y como está reflejado en esos manuscritos.

—¿Por qué está tan seguro de ello? —lo miré queriendo rasgar su cerebro para conseguir toda la información posible. En la mesa de al lado, dos hombres discutían de manera ostensible sobre precios y negocios comunes. El camarero servía cafés y bebidas sorteando las mesas con el giro de cadera de un bailarín, y yo trataba de mantener una compostura que no hiciera sospechar a nadie que aquello que estaba escuchando de mi compañero de charla me estaba dejando helada. Repetí la pregunta.

—Dígame, ¿por qué está tan seguro?

El joven Chen Qi echó el cuerpo hacia atrás y suspiró. Después emitió algo así como un resoplido.

—Porque, en esos años, Xu Yun estaba en la cárcel.

Y tras una breve pausa, y dando por terminada la conversación, antes de levantarse concluyó:

—Lo siento, pero ya le he contado demasiado.

En el coche repasaba ese diálogo una y otra vez preguntándome cuál de las dos partes sería cierta. ¿Por qué no iba a decirme la verdad Jing Tao, a quien conocía desde hacía ocho meses? Por el mismo motivo, ¿por qué tenía que creer a aquel hombre que tenía delante, al que había visto tan solo unas horas? Ambos ocultaban muchas cosas, pero desconocía cuáles. Uno de los dos guardaba un secreto y jugaba a dos bandas, pero aún era incapaz de identificar quién. En cualquier caso, me tranquilicé, estaba siguiendo el rumbo correcto para encontrar las respuestas a todos mis porqués.

—Señorita Aliorte…

Me miró un instante y desplazó sus dedos hasta el dial de la radio del coche para apagarlo, intentando deshacer el nudo de mis pensamientos. Me repitió sus palabras, despacio, como si no deseara herirme más.

—Quisiera pedirle, por favor, que no llame a la policía. Es muy importante que no metan sus narices en la operación. Nosotros actuamos siempre al margen de ella, pero eso no quiere decir que seamos ilegales o cometamos actos delictivos. Simplemente operamos de forma diferente. Y en segundo lugar —el coche giró la última esquina antes de vislumbrar mi edificio—, quisiera que mantuviera unos días a Xu Yun con usted, evitando que se marche de nuevo. Yo pediré órdenes sobre la manera de actuar a partir de ahora y se las comunicaré.

Se había esforzado por encontrar la manera de hacerme llegar toda esa información. Yo abrí la puerta del coche y bajé de él. Noté la fuerza de su mirada y el anhelo de un gesto mío que le tranquilizara. Todavía de pie, con la mano en el vértice de la puerta, incliné un poco la cabeza para decirle algo, pero no pude. Lo miré en silencio, asentí confirmándole que mantendría mi mutismo y di un leve portazo antes de marcharme.

Creo que los zapatos, que estrenaba ese mismo día, me hacían daño; creo que me dolía la cabeza de una forma casi insoportable; creo que estaba tan aturdida como intranquila. Me dirigí hasta la entrada de mi vivienda, con la seguridad de que el hombre de porcelana que ya tenía nombre seguía mirándome, intranquilo por los nuevos pasos que yo fuera a tomar a partir de entonces.

Y continuó observándome hasta que desaparecí por la arcada del portal, rumbo a las escaleras que me llevarían a mi piso y al encuentro con el viejo bribón que yo conocía con el nombre de Jing Tao.

Lo encontré junto a Pierre, a quien estaba enseñando el *Mahjong*, un juego tradicional chino muy popular en su país. Estaban sentados en el suelo, sobre cojines, con las piernas cruzadas. Guardé las llaves en mi bolso y me adentré unos pasos. Ellos se volvieron hacia mí. Pierre me sonreía con su expresión de niño. Hizo ademán de levantarse. Pero mi sexto sentido había percibido ya algo unos segundos antes, cuando abrí la puerta y los vi acomodados en el suelo. Solo una ráfaga de sensaciones, solo un destello que me había asaltado al observarlos. De pronto, también mi mente comenzó a jugar, pero no con esas piezas de madera que representaban complejos ideogramas y símbolos desconocidos para mí, sino con imágenes. Porque, al mirar los gestos y el semblante de Jing Tao, agachado sobre un montón de fichas, explicándole a Pierre Labrousse los fundamentos de aquella táctica para vencer, para triunfar sin ser derrotado, vi en sus ojos una expresión extraña que no me gustó nada.

Una expresión que me hablaba de un hombre capaz, en realidad, de cualquier cosa.

67

Chen Qi se quedó tranquilo cuando me vio entrar en el edificio. Pero no estaba completamente convencido de que yo no quisiera llamar a la policía después de las últimas revelaciones y temía que una jovencita con ínfulas de aventura lo echara todo a perder.

Arrancó el coche y se perdió por un ovillo de pequeñas y medianas calles hasta enlazar con la avenida y dirigirse a su hotel. En el trayecto, inmerso en los colores de la gran ciudad, Chen Qi repasó con cuidado cada uno de los mimbres de aquella conversación. Su tiempo se acababa, no podría permanecer en París mucho más. Lo sabía, pero todo parecía estar a punto de terminar. Solo restaban algunos detalles de pura destreza para no asustar al viejo y lograr poner en su hoja de servicios una nota impecable.

Aparcó el coche en la puerta, en una zona discreta próxima, sacó su móvil y pulsó un número que conocía bien. Aguardó mientras miraba a todas partes desde su asiento. Nada extraño le llamaba la atención.

La voz grave de Hung Li se escuchó por fin al cabo de unos largos segundos:

—¿Eres tú, Chen?

Chen Qi se fijó en algunos transeúntes que miraron hacia la luna frontal del parabrisas, pero se convenció de que era la curiosidad de simples ciudadanos paseando o marchando a sus lugares cotidianos.

—Dime, ¿hay noticias? —continuó su jefe.

—Acabo de hablar con la chica.

—Bien hecho —hablaba tranquilo, a pesar de que llevaba mucho tiempo esperando esta confirmación.

—Quiere saber más cosas.

—Es lógico —asintió, al otro lado del hilo—. ¿Y Xu Yun?

Chen Qi se tomó unos segundos para reflexionar.

—Le ha tomado cariño al anciano.

—¿Él le ha contado…?

—No. Apenas algunas cosas que pertenecen a su propio mundo.

—Tienes que hablar con él.

—Mañana lo intentaré.

—¿Temes que vuelva a huir?

—Creo que no, pero tiene miedo. Espero hacerlo con la suficiente delicadeza.

—Sé que lo harás —hizo una pausa, que al otro lado del teléfono suponía una eternidad. Después, ante la expectación de Chen Qi, continuó—. Aunque será necesaria otra medida…

—Te escucho.

—¿Esa chica es de fiar? Me refiero a si no tiene intención de ir a la policía.

—Pienso que podríamos confiar en ella. Pero solo si lo hacemos pronto. Antes de que intente alguna tontería.

—Bien… —Hang Li seguía meditando, y pronunciaba cada una de sus palabras después de un hondo razonamiento interior.

—¿Quieres que le diga algo?

—Humm… —el grado de abstracción era aún mayor. Pareció despertar al fin—. No, yo se lo explicaré todo personalmente. Aquí. Será lo mejor.

—De acuerdo.

—Arréglalo cuanto antes —añadió.

—Tranquilo, lo haré —asintió el joven.

—Chen… —su voz era cálida y amable—. Enhorabuena, muchacho. Ya lo tenemos.

Apagó el móvil, salió del coche y se dirigió al hotel —uno distinto cada vez que pisaba París—. Un alojamiento selecto, con una moderna fachada de cristales y metal que le confería un marcado aire cosmopolita, y una recepción llena de clientes leyendo periódicos de varios países o cruzando con sus maletas por los suelos de mármol, hablando en inglés y francés a partes iguales. Chen Qi entró y pasó por delante hasta llegar al ascensor que le conduciría a la quinta planta y, tras un pasillo enmoquetado, a su habitación. Introdujo la tarjeta y pasó a la amplia estancia. Cerró la puerta tras de sí. Se quitó el reloj y la bandolera y los dejó en la mesita; después, se descalzó. Le dolían los pies y un baño espumoso relajaría sus músculos. Se desnudó despacio.

El gran ventanal le ofrecía las vistas de una urbe que se sabía bella e insustituible en el corazón de muchos ciudadanos del mundo. Lamentó tener que abandonarla pronto. Apenas le quedaban dos días de residencia allí. Demasiados negocios le aguardaban en su bufete de Cardiff, y su obligación era regresar lo antes posible para atenderlos.

Entró en la ducha. El agua caliente le devolvería el relax que estaba buscando. El chorro cayó con fuerza por todo el cuerpo y le permitió dejar la mente en blanco por un instante. Aún debía comenzar a reorganizar todos los cabos.

Salió del baño antes de lo previsto, porque una cierta ansiedad por dejar todo el caso cerrado le impedía desconectar del asunto. Se puso el albornoz del hotel, de grueso algodón blanco con las siglas en el pecho, y se secó los pies. El espejo le devolvió la imagen de un hombre rejuvenecido por la acción del vapor y los logros conseguidos aquel día. No sabía por qué, pero la mayor preocupación se había esfumado tras la conversación mantenida esa tarde. Las cosas parecían marchar mejor que tan solo unos días antes, cuando desapareció el anciano.

Se dirigió a la caja fuerte de la habitación, guarnecida en el interior del armario. Una mole de acero negro con unos grandes cerrojos metálicos que solo obedecían a la introducción de la numeración correcta. Chen Qi lo hizo con cuidado y los hierros cedieron tras un clic sonoro que anunciaba que ya era posible mover la pesada puerta. Extrajo de dentro un manojo de papeles y varias carpetas de cartón. Escogió solo una de ellas, antes de cerrar de nuevo el portalón de un golpe, y se sentó en la cama, con la espalda apoyada en el cabecero y las piernas estiradas. Abrió la carpeta. Había algunas cuartillas manuscritas con datos y fechas que él mismo había ido reuniendo a lo largo de meses de investigación, fotos y otros documentos. Lo miró todo por encima y sonrió. Con este último gesto, unos tímidos y seductores hoyuelos se le marcaron en ambas mejillas. Tampoco era algo que le importara. Chen Qi era hombre de resultados. La belleza física, tanto la propia como la ajena, le traía sin cuidado. Era un corredor de fondo con la mente puesta siempre en la meta, sin distracciones de ningún tipo. Y esa noche, Chen Qi estaba feliz.

El final de la Operación *685x* quedaba cerca. La única que no sabía aún este detalle era yo.

五

CAMINO A SHANGHAI

68

Por primera vez pensé en la posibilidad de haber dado cobijo a alguien parecido a un criminal de guerra. O por lo menos a un delincuente, aunque sus acciones estuvieran enmarcadas en un período de histeria nacional como lo fue aquella Revolución Cultural. Era una idea que siempre había estado bullendo en mi interior, pero que ahora, tras el diálogo con Chen Qi, cobraba más fuerza. Y aún existía un último capítulo que me esperaba al día siguiente.

Dejé a Jing Tao en mi casa por la noche, tras cenar con él, los Lombardi y Pierre en casa de los calabreses. Sé que estuve especialmente callada y que eso no les pasó desapercibido a mis amigos. Fina incluso me preguntó si me ocurría algo o si no me encontraba bien.

—Ha sido un día muy largo.

Era lo que solía decir cuando había algo que me preocupaba, pero era cierto también que la jornada había estado llena, a partir del encuentro con Chen Qi, de todo un revuelo de sensaciones encontradas que la cita me había provocado. Aun así, intenté no amargar la velada a nadie y disimular mi inquietud interior.

—¿Piensa quedarse este verano en París, señor Jing Tao? —preguntó Octavio, muy interesado en escuchar un sí por respuesta. Yo sabía que continuaban inventando artefactos en el garaje, y que el italiano creía haber encontrado la horma de su zapato.

—No lo sé aún.

—El señor tendrá familia, Octavio —replicó su mujer.

Pierre comentó algo así como que había pensado en irse de vacaciones a China, después de un año entero de duros estudios, pero nadie continuó la conversación. Tampoco yo, que había escuchado las últimas frases como un lejano eco. Sentía que me encontraba sola, muy sola, con un peso demasiado grande sobre mis hombros.

—Pierre… —estuve a punto de comentarle si al día siguiente podía esperarme a la salida del trabajo, pero me contuve.

—¿Sí? —saboreaba su último trozo de pastel.

—Nada —dije con aire un poco triste—. Que cuides bien de Jing Tao.

Al dejarlos y salir, una luna enorme me acompañó confidente por los bulevares, a través de una alameda concurrida de terrazas y gente paseando para darle la bienvenida al verano. Jóvenes en patines se habían concentrado cerca de unos setos para mostrarse entre ellos sus últimas piruetas. Acrobacias que algunas personas descubrían por primera vez. Alrededor cruzaban enamorados sacando a relucir sus sentimientos ante una romántica noche iluminada por escaparates y farolas. Y luego estaba los seres solitarios como yo, que trataban de encauzar su rumbo corrigiendo su sextante mental con todos los utensilios de navegación que encontraran a bordo.

Saqué la llave que Judith me había dado para que pudiera entrar en su casa. Mientras giraba la cerradura, ya tenía decidido enseñarle a Chen Qi todos los documentos de Jing Tao que aún obraban en mi poder.

La cita era en la cafetería del hotel, a las doce del mediodía. Dado el escaso trabajo que ya ofrecía la tienda a esas alturas, a mediados de junio, le había pedido el día libre a Rose Marie. Al día siguiente hacíamos una fiesta de despedida con todo el alumnado, y a partir de julio sería Rose Marie quien se encargaría sola de *El Bosque Galo*.

Llegué puntual, vestida con un fino vestido de verano, marrón y blanco, de vuelo muy favorecedor, y unos zapatos cómodos, de una piel que se ajustaba perfectamente al pie. Aptos para correr, si era necesario. Era lo que había pensado al ponérmelos esa mañana: aptos para correr.

Chen Qi ya me esperaba sentado, saboreando un té con limón mientras hojeaba el periódico de forma anodina, como un cliente más del hotel. Vestía una camiseta blanca de manga corta, que dejaba al descubierto la musculatura de sus antebrazos, con un enorme reloj de acero en la muñeca izquierda.

Me acerqué con decisión.

—Buenos días.

Bajó el periódico al escucharme y se puso de inmediato en pie. Lo noté más relajado que la tarde anterior.

—Señorita Aliorte…

Nos sentamos manteniendo las distancias y el protocolo, como si de una cita de negocios se tratara. Sobre la mesa descansaba una fina carpeta con varios clips adheridos y algunas anotaciones en chino sobre su cubierta.

—¿Ha dormido bien esta noche? —me preguntó, cordial. No se había peinado con gomina, y el pelo suelto le confería un atractivo añadido.

—Muy bien, gracias. ¿Y usted? —Cogí la servilleta y la desplegué sobre mi falda.

—Oh, bien. Yo siempre duermo bien.

Tras un obligado saludo inicial de cortesía, Chen Qi hizo ademán de comenzar a hablar, pero el camarero le interrumpió con su presencia.

—Un zumo de naranja, por favor —le indiqué. Cuando se fue, me incliné sobre la mesa:

—La conversación de ayer me pareció sumamente interesante —me sinceré.

—Lo celebro.

—Y me gustaría poder aclarar algunas cosas.

—Estoy dispuesto a ello.

—Veo que ha cambiado de actitud.

—Pienso que será usted más valiosa si sabe la verdad completa.

—Empezamos a ponernos de acuerdo, entonces. Yo también quiero enseñarle algo.

Eché mano al interior de mi bolso y saqué una gran sobre blanco, en cuyo interior guardaba unos documentos muy importantes para mí, y quizá trascendentales para todos.

—Mire esto —le di el sobre completo, que Chen Qi recogió con verdadera sorpresa.

—¿Qué es? —preguntó mientras lo abría.

—Lo tenía Jing Tao guardado. Son sus recuerdos de China.

Aquellas enormes manos extrajeron con cuidado las fotos de los dos soldados mirando al futuro.

—¿Fotos?

—¿Es Jing Tao uno de ellos? —dije, señalando con el dedo las instantáneas. La impaciencia había podido conmigo.

Las observó en silencio durante unos instantes.

—Sí, este —me confirmó después sin dudarlo. Había dado la vuelta a una y me la mostraba.

—¿Está seguro?

—Por completo. Tengo imágenes de él aproximadamente de esa fecha.

Me hundí un poco en la silla, dejando caer los hombros con verdadero desaliento. Bebí a pequeños sorbos mi zumo.

—Era un Guardia Rojo, entonces.

—Lo fue, sí. En sus comienzos.

—Eso no me lo esperaba.

—¿Qué sabe usted de ellos?

—Nada —suspiré—. Lo que he leído.

Abrió su carpeta y buscó entre los papeles. En un sobre guardaba un pequeño cartón escrito.

—Sí, es él —dijo, sin apartar la vista de las fotos.

Estiré un poco el cuello, queriendo que me hiciera partícipe.

—¿Es él?

—Ah, perdone —me enseñó el cartón—. Por esto no pudo ser un activista político en 1968. Esta es su ficha policial. Ingresó en la cárcel de Pekín el 22 de febrero de 1967.

No me esperaba ver a un joven Jing Tao en una fotografía donde se apreciaba su rostro hasta la altura de los hombros; unos hombros anchos y huesudos, pero decididamente hermosos. Mostraba un gesto ceñudo, incómodo, hostil. Había datos e información escrita en chino, y unos sellos del gobierno que no me eran nada desconocidos.

La siguiente pregunta se me atragantaba. Me tomé mi tiempo. Un tiempo necesario para estar preparada ante cualquier respuesta.

—¿Estaba implicado en crímenes o actos luctuosos? ¿Por eso lo detuvieron?

El joven me miró con cierta seriedad. Sus ojos se habían nublado como si un humo oscuro los atravesara.

—¿Es eso lo que teme?

—Sí, por supuesto.

—¿Se lo ha comentado a él alguna vez?

—Nunca hemos hablado de ello. Ahora espero que sea usted quien me saque de dudas.

—Bien, pues tengo que decirle que, al menos que yo sepa, no.

No podía dar crédito. Lo había oído y no lo creía.

—Si ese era su miedo, tranquila. No consta en nuestros registros que Xu Yun haya sido nunca un asesino, un delincuente, o que participara en la violencia desencadenada en los años sesenta y posteriores. Xu Yun fue hecho prisionero en 1967, tal y como se puede comprobar en esta ficha, y trasladado un mes después al campo de trabajos forzados de Jiabiangou.

—Pero, entonces, ¿las dos imágenes que le he mostrado...?

—Una simple foto para tener un recuerdo, créame. Sin mayor intención. Durante unos meses fue parte de los llamados Guardias Rojos, pero no tardó en desvincularse del movimiento.

—No puedo creerlo.

—Era común entre los jóvenes del Partido hacerse este tipo de instantáneas para demostrar su patriotismo y su defensa de los ideales de la Revolución.

—¿Y por qué motivo estuvo preso?

Pero Chen Qi estaba ya releyendo el impreso con sellos oficiales que también había incluido en el sobre.

—¿Y esto? —me preguntó.

—Estaba junto a las fotos. ¿Qué es? —pregunté, ansiosa—. ¿Es importante?

—Es muy revelador.

—¿Tiene intención de decirme lo que pone ahí o se lo guarda para su propia caja de misterios?

Pero Chen Qi apenas me escuchó. Leía el documento con atención. Supuse que, como siempre había creído, aquellos papeles debían contener datos destacables. Cuando terminó, una sonrisa como nunca le había visto cruzó su cara de parte a parte.

—Se trata de un protocolo del Servicio de Interior —me contestó por fin.

—¿Un expediente?

—Algo así. Señorita Aliorte, debe saber que su amigo permaneció treinta años en prisión.

—¿Treinta añ...? —balbuceé. Treinta años en una cárcel.

—Cinco en Pekín y el resto en el campo de Jiabiangou.

—Nunca me ha hablado de la cárcel.

—Nosotros tenemos toda la información al respecto.

—Pero él nunca la ha citado... —seguía sin comprender—. Treinta años no se pueden borrar de un plumazo.

—Perdone que no tenga opinión sobre eso. No soy yo quien le pueda dar más detalles.

Chen Qi comenzaba a recoger sus cosas y a mí me entró pánico al intuir siquiera que todo aquello fuera a quedarse a medias, así que no dejé de preguntar, haciendo caso omiso a sus evidentes ganas de zanjar la cuestión.

—¿Y cuál fue el motivo?

—¿De su encarcelamiento? Disidencia.

—¿Le persiguen? ¿Por eso tiene miedo? —me acerqué a modo de confidencia para que me aclarara aún más.

—Pregunta usted demasiado, señorita Aliorte.

—Creo que estoy en mi derecho de saber lo que ocurre.

—Yo no creo que pueda ayudarle del todo.

—Dígame —insistí, casi como una súplica—, ¿le persiguen?

Suspiró. Luego me miró tranquilo.

—No.

Abrí los ojos.

—¿No?

—No. Es todo producto de su imaginación. De todas formas, ya le digo, pregunta usted demasiado.

Se retiró un poco de la mesa, volviendo a su posición distante.

—Si me lo dijera todo de una vez quizá se acabarían mis preguntas.

—Es usted inteligente, pero compréndalo, yo solo soy uno más al servicio de esta misión.

Pero Chen Qi dio por concluidas las revelaciones. Estiró su espalda hasta ponerla perfectamente erguida y recuperó su planta de hombre hierático.

—Señorita Aliorte, mañana tengo que volver a casa. ¿Cuándo estará usted de vacaciones?

El bombardeo de revelaciones, una detrás de otra, no me daba respiro para centrarme en nada. Pero era la seguridad con la que hablaba aquel hombre la que me aturdía.

—Desde hoy, mañana, pasado, no sé. Prácticamente desde cuando quiera, si hablo con mi jefa —parpadeé mientras pensaba.

—Muy bien. ¿Le vendría bien viajar en los próximos días a Viena?

Me quedé muda. Era de nuevo una pregunta tan directa que me dejó sin capacidad de reacción. Viena, Austria. ¿Qué podríamos hacer allí que tuviera relación con todo aquello?

—Piénselo un momento. Es importante.

—¿Qué vamos a hacer en Viena? —era una pregunta tan tonta como lógica.

—Aclarar sus dudas. Pero antes... —bajó de nuevo la voz y acercó su rostro al mío. Tenías las cejas pobladas y unas líneas de expresión en la frente que no había advertido.

—¿Antes...?

—... Antes debe usted dejarme hablar con el señor Xu Yun.

Jing Tao entrecerró los ojos. Intentó que nada perturbara su momento de meditación, pero las imágenes navegaban desordenadas por su mente. Las persianas estaban bajadas y el incienso ardía al fondo de la estancia.

Vio aparecer en su mente a su amigo Hua Tuo tras el cristal de su oficina. No lo esperaba y apenas tendría tiempo de atenderle. Se le había acumulado el trabajo y debía entregar la traducción de un discurso esa misma noche. Pero Hua Tuo parecía exaltado y empezó a golpear la ventana con fuerza:

—¡Jing Tao! ¡Jing Tao! —voceó.

—¡Jing Tao, te necesitamos! ¡Vamos, abre!

Una vez abierta la puerta, Hua Tuo entró como un vendaval. Venía acalorado y con el rostro enrojecido.

—Hua Tuo, ¿qué ocurre, amigo?

—Jing Tao, nos mandan a todos a Shanghai. A todos, ¿entiendes? Quieren que formemos allí una célula para controlar a los corruptos y a los capitalistas de la ciudad.

—¿Shanghai? ¿Y qué quieres que haga yo?

—Tú tienes que venir con nosotros. Tienes que ayudarnos, Jing Tao.

—Lo siento, pero no puedo. Mi puesto está aquí…

—No te preocupes. Dentro de poco, los Guardias Rojos seremos los verdaderos héroes de China. Solicita venirte con nosotros y no te arrepentirás.

—De verdad que no puedo…

—Vamos, amigo. Solo tienes que dar el paso y convertirte en uno de los nuestros. Recuerda, Jing Tao: en uno de los nuestros. ¡Nos iremos mañana por la mañana! ¡Decídete ya!...

El timbre le sobresaltó y abrió los ojos. Era yo, que llegaba a su casa para continuar con la historia de su vida. Y a eso dedicamos la tarde.

六

LIBRO SEXTO

六

VIAJE A VIENA

69

El encuentro entre ambos no se antojó fácil. Estará usted presente, no se preocupe, me había dicho Chen Qi ante mi vacilación. Pero es necesario que hable con él, sentenció. Y así fue. Le pedí a Pierre que estuviera en la cita y a los Lombardi que no permanecieran lejos. También llamé a Judith para que lo supiera todo. De nuevo por si acaso.

—¿Quieres que vaya Paul? —me había preguntado, intranquila.

—No, no es necesario. Estará Pierre.

—¿Estás segura?

Sí, lo estaba. Chen Qi ya no me ofrecía ningún temor, y en el fondo estaba deseando reunirlos.

Fue esa misma tarde. Le comuniqué a Jing Tao que un compatriota tenía la intención de saludarle porque había oído hablar con admiración de los héroes de Mao y de los logros de la Revolución. Al principio puso alguna resistencia, pero quedó finalmente vencida cuando le aseguré que el joven era amigo mío y que solo sería un momento.

Chen Qi venía vestido de forma pulcra, aunque esta vez con un toque deportivo que le hacía parecer un europeo más. Llevaba unos pantalones vaqueros desgastados y una camiseta azul bajo una americana moderna.

No sin ciertos nervios, giré la llave dentro de la cerradura, lo invité a pasar y toqué el frío pomo de la puerta. Una vez dentro, observé como Chen Qi radiografiaba todo el interior antes de topar con el anciano, que estaba en el suelo, arrodillado sobre un gran pliego de papel de seda, un tintero encerrado en un tarro de madera al lado y un pincel en su mano derecha. Escribía, o dibujaba, grandes signos chinos, de arriba abajo, que primero esbozaba y terminaba por rellenar con el líquido negro.

Alzó el rostro y nos miró. Advertí un claro gesto de desconfianza al detenerse en mi acompañante, pero no dijo nada. Yo empujé levemente a Chen Qi para que diera unos pasos y saludé a mi amigo.

—Jing Tao, este es el joven chino del que le hablé. El que quiere conocerle.

Entre ambos hubo un chispazo de reacciones encontradas difíciles de explicar y que creo que ambos disimularon. Jing Tao saludó con unas palabras chinas al visitante, al que miró con cierto recelo. Chen Qi le devolvió el saludo, pero su rostro reflejaba una turbación que no se me pasó por alto. El hierático hombre elegante quedaba ahora convertido en un jovencito emocionado, muy lejos del perseguidor implacable de las primeras veces. Miraba al anciano con una curiosidad mal disimulada, y con una expresión que entremezclaba la lástima con la ternura.

Detrás de mí, apoyado en el quicio de la puerta, Pierre Labrousse me ayudaba en la tarea de guardaespaldas, de policía, de testigo ocular o de todo ello junto. Sus pronunciados músculos, su altura y la confianza que estábamos acrecentando con el paso del tiempo me ofrecían ahora todo un seguro de vida del que no quería prescindir. Lo miré un instante y sentí un gran alivio por su presencia. Él se mantenía discretamente apartado de la escena, pero sin perder ningún detalle; aunque a veces me interrogaba con los ojos sobre aquel encuentro del que yo apenas le había aclarado nada.

A partir de ese instante, la conversación que tuvo lugar entre los dos hombres transcurrió en chino. Chen Qi se acercó hasta donde se encontraba el anciano y este se levantó e inclinó levemente la cabeza ante la visita.

Me senté en uno de los cojines del suelo, a unos metros de ambos. Jing Tao respondió en frases cortas, hablando con Chen Qi sobre asuntos ininteligibles para mí, sin demasiada expresión en el rostro, sin nada que pudiera hacerme calibrar si se encontraba o no a gusto ante aquel hombre. Parecía que Chen Qi preguntaba y que Jing Tao contestaba, dando detalles. Entendí que aquella conversación no se efectuara en inglés. Pero reconozco que mi estado permanente de curiosidad me llevaba a desear enterarme de lo que estaban hablando, después de todo, en mi presencia.

Jing Tao se dirigió a mí.

—Alicia, ¿me permite que haga un poco de té en su cocina?

—Por supuesto.

Él mismo había traído las hojas. Puso una cazuela de agua en el fuego y las diluyó en ella. Supongo que consideró descortés no ofrecerle nada a su huésped.

No tardó mucho, pero ni siquiera en ese momento dejaron de hablar.

Después, Jing Tao sirvió en pequeñas tazas un poco de líquido, tanto para Chen Qi como para mí. Pierre lo rehusó cortésmente.

—Tome, Alicia. —Me tendió la taza y lo sentí de cerca. No parecía asustado o incómodo, algo que me tranquilizó. Había vuelto a tener plena confianza en él, después de que mis sospechas acerca de su pasado se esfumaran.

Chen Qi bebía a tragos largos su té verde y seguía conversando con el maestro, sin importarle la presencia de más personas dentro de la estancia.

En ningún momento percibí comportamiento alguno que me pudiera alarmar. No había desazón o incomodidad en el semblante de Jing Tao. Y, aparte de cierta emoción contenida, tampoco nada extraño en el de Chen Qi.

Pierre colocó sus manos entrelazadas a la espalda, con aire un poco distraído. A mí también me costaba seguir concentrada en la escena. No sé cuánto duraría el diálogo. Quizá unos quince minutos, tras los cuales la voz varonil de Chen Qi me dijo en inglés:

—Señorita Aliorte…

Salí de mi mutismo casi de un salto.

—Señorita Aliorte, el señor Xu Yun y yo hemos terminado de hablar. Gracias por su paciencia.

Ambos hombres inclinaron sus cabezas en señal de despedida, y Chen Qi se volvió hacia mí. Pero yo me quedé observando a Jing Tao, que parecía haberse engrandecido tras la conversación.

—Señor Jing Tao, ¿se encuentra bien? —me interesé.

Él asintió tranquilo, con sus ojos de punta de lanza abiertos y calmados, su boca dibujando un rictus de serenidad y un aura de paz general que desechó todos mis temores.

—Sí, gracias, Alicia. Ha sido un placer hablar con este joven.

Sentía gran curiosidad por conocer los detalles de todo lo hablado allí, pero no hice ninguna referencia. Lo sabría de uno u otro modo en algún momento. Chen Qi, que se encontraba todavía vuelto hacia mí, continuó.

—Le agradezco el haberme posibilitado este interesante encuentro con un compatriota —lo dijo en voz lo suficientemente alta como para que Jing Tao lo escuchara—. Ahora he de irme.

Se dirigió al anciano para despedirse. Después se acercó hasta la puerta, le tendió la mano a Pierre y salió. Bajó las escaleras de forma ágil, sin darme siquiera tiempo a preguntarle nada.

No hacía falta. Supongo que él ya sabría que todas las preguntas se las formularía al día siguiente, en el vuelo que me había concertado con destino a Viena. Y en el que lo tendría a él, a Chen Qi, como compañero de viaje.

70

¿Por qué creer a un hombre del que lo desconocía todo? ¿Por qué a él y no a Jing Tao, mi maestro?

Chen Qi comprendió mis dudas. Le dio la vuelta a su portátil y me mostró un mensaje grabado. Las palabras de un hombre oriental y de semblante serio, que no había visto nunca antes y que tan poco volvería a ver más, llegaron hasta mis oídos.

«Señorita Aliorte, no tema, no voy a robarle demasiado tiempo. Mi nombre no le va a decir nada; es más importante que me escuche. Sé que duda usted de las intenciones de Chen Qi. No debe desconfiar: él pertenece a nuestro grupo. Somos una organización oficial. Nuestra misión es encontrar a determinadas personas que formaron parte de la historia de China. Por su propia seguridad, no puedo decirle más. Ahora bien, ¿quiere resolver más preguntas? Chen Qi le va a proponer algo. Si lo desea, estaremos abiertos a que nos visite, de manera excepcional por su relación con el señor Jing Tao. Así le quedará todo definitivamente claro».

Era la única manera de avanzar en esta historia, que albergaba ya demasiados interrogantes. ¿Qué podía perder? El esfuerzo de Chen Qi por hacerme entender la situación me llevaba a creérmela.

A lo que no estaba dispuesta era a viajar sola hasta la mitad de Europa. Pero tenía la solución.

—Pierre, quería pedirte un favor.

—Claro, Alicia, lo que quieras —me miró sorprendido.

—Necesito que me acompañes a un viaje, este fin de semana.

Abrió tanto los ojos que me sonrojé un poco. Quizá le estaba pidiendo demasiado y no podía ofrecerle nada. Por lo menos, nada de lo que él deseaba.

—No te preocupes, la empresa lo paga todo. Solo tienes que venir conmigo. Ya te lo explicaré más tarde. Solo dime que sí. Por favor…

Viena es una ciudad fascinante. Conserva el encanto de una caduca ciudad imperial, cuando jóvenes encorsetadas se movían graciosamente con vestidos imposibles en palacios monumentales llenos de jóvenes emperadores que, entre vals y vals, se pasaban la vida trazando la guerra. Mil años de historia franqueados por Napoleón, el imperio austro-húngaro y los dos conflictos mundiales, cuyas duras posguerras terminaron por minar la poderosa personalidad de esta universal patria de la música.

—¿Conoce Viena? —me preguntó Chen Qi, sentado a mi lado en un vuelo a punto de despegar, mientras se estaba abrochando el cinturón. Pierre me flanqueaba en el asiento contiguo.

Pero no esperó mi contestación.

—Le gustará. Es una ciudad preciosa.

Sí, me gustaría. Mientras, no sé si fue mi inconsciencia, mi búsqueda de nuevos retos o mi descaro ante los posibles peligros de la vida lo que me llevó a viajar al extranjero, a una ciudad desconocida, con un hombre que apenas unos días antes corría persiguiéndome por las calles de París. Lo único cierto es que allí estaba, junto a él, contestándole bucólicamente que no había visitado nunca Austria. Por fortuna, Pierre se acomodaba a mi lado.

La capital austríaca es tranquila y se enorgullece de sus posibilidades culturales. Sus parques están siempre llenos de jóvenes con inquietudes que se empeñan en no quedarse anclados en la tradición museística que acompaña a la ciudad. Las ideas políticas bullen con fuerza más allá de los viejos reinos, los Habsburgo, la Ópera o los espectáculos teatrales. Los cafés se han convertido ahora en centros donde se discute el diseño, la arquitectura y los nuevos modelos culturales del país. Viena respira siglo XXI sin olvidar el Imperio.

—¿Y a qué venimos a esta ciudad?

—Lo sabrá a su debido tiempo. Es usted muy impaciente.

A Chen Qi no le molestó la presencia de Pierre en aquel viaje y no puso ningún inconveniente en que me acompañara. Al contrario, creo que se sintió aliviado. Por mi parte, estaba encantada de poder llevar a mi lado a un verdadero guardaespaldas. ¿Cómo podría sentir ningún temor con una torre llena de músculos junto a mí; alguien de mi confianza a quien, además, le acompañaba una mente inteligente y clara? Yo siempre veía las cosas de otra manera cuando Pierre se encontraba cerca.

Chen Qi abrió el periódico que una amable azafata le tendió.

—No se preocupe. Va a conocer a alguien interesante que podrá saciar su curiosidad.

—¿Es su jefe? —le espeté.

—Algo así —murmuró, repasando distraído la prensa.

—¿También chino?

Asintió esta vez en silencio, por pura pereza o simple obviedad.

—¿Son ustedes muchos?

—¿Quiénes?

—Ustedes —no quise decir más porque era consciente de que nos hallábamos en un avión, y aunque no había nadie en los asientos traseros, preferí ser prudente.

Chen Qi me miró a los ojos y me dijo, con un tono burlón que no me gustó nada:

—¿De verdad sigue creyendo que se encuentra en medio de un film de espías?... Por cierto, ¿ha probado el café vienés? Quizá nos dé tiempo a poder visitar alguno de los viejos Cafés del centro. Su hotel está bien ubicado para ello. Se puede ir andando hasta la Ópera.

Intentaba trivializar la conversación, o cambiar de tema. Así que desistí, cerré los ojos e intenté dormir. A pesar de todo, me sentía a gusto con aquel hombre al que había comenzado a descifrar en todos sus gestos y maneras, y de quien siempre me pareció que predominaba en él su parte europea sobre la oriental.

—¿De qué parte de Inglaterra es? —dije, aún con los ojos cerrados.

—En realidad no soy inglés, sino galés.

Abrí los ojos.

—¿Galés?

—Sí. De Cardiff.

—Eso no me lo esperaba.

Él no hizo aprecio a este último comentario, como si no lo hubiera escuchado.

—¿Conoce Gales? —preguntó.

—No, nunca he viajado más allá de Inglaterra.

—Pues no debe perder la oportunidad de hacerlo.

No pude imaginarme qué hacía un chino en Gales. Por mi parte, volví al encadenamiento y la concatenación de ideas, algo a lo que me había hecho muy aficionada últimamente, preguntándome qué hacía un española que vive en casa de unos italianos, en Francia, con un chino de Gales viajando hasta Austria.

—¿Y cómo son ustedes, los galeses?

Rio de buena gana. Tanto que creo que despertamos algunas miradas curiosas que en nada convenía.

—Creo que tengo demasiada mezcla de cultura china y galesa en mis venas como para poder contestar de forma correcta a esa pregunta.

—¿Y qué tiene de cada país, entonces?

Meditó un instante. Por un momento creyó estar poniéndose demasiado al descubierto, algo que luchaba contra su concepción oriental de la vida, mucho más introspectiva que la hospitalaria galesa.

—De ambos tengo lo mismo: intento ser buena gente.

Y volvió a su periódico y a su mutismo, sin darme ocasión alguna a seguir preguntando. Yo había coincidido en Manchester con algunos galeses y me parecieron divertidos, despreocupados y entusiastas. Aunque Chen Qi seguramente se habría criado según las costumbres de su país de origen.

Una hora después, los tres avanzábamos con nuestros pequeños equipajes de mano por la concurrida Terminal B del Aeropuerto Internacional de Viena, el *Wien Schwechat,* rumbo a la parada de taxis. Apreté los dientes. Intentaba seguir a marchas forzadas el paso entre el caminar rápido de la gente. Pierre cogió mi equipaje.

—Vamos a coger un taxi —dijo Chen Qi.

En la salida, una fila de coches aguardaba a los viajeros. Entramos en el primero y Chen Qi le indicó una dirección que no entendí. El taxista asintió y salió del aeropuerto para coger una autopista con dirección a la capital. Yo iba descubriendo a través de la ventanilla los retazos de bosque que nos acercaba hasta Viena, en medio de un tráfico escaso y fluido, en un trayecto que se me hizo corto a pesar de los dieciocho kilómetros de distancia. Cuando al fin divisé el letrero que indicaba la entrada a la ciudad, el automóvil se desvió para introducirse en una especie de polígono industrial lleno de fábricas y talleres, tras los cuales se abría otro camino. Apreté la mano de Pierre, sin mirarlo.

—Ya estamos —dijo el taxista en un correcto español. En Viena casi todo el mundo habla varios idiomas. Sobre todo los taxistas, acostumbrados a tratar con clientes extranjeros.

Chen Qi pagó el trayecto y bajamos con nuestro equipaje. El taxi desapareció de inmediato. Dio media vuelta y volvió por donde había venido. Miré alrededor. Estábamos allí, solos, en medio de ninguna parte pero rodeados de altas fábricas con esbeltas chimeneas de cemento y piedra. No había nadie cerca; parecía todo despoblado o abandonado en esa zona industrial.

—¿Y ahora? —me atreví a preguntar.

—Aguarde un poco.

—Pero…

—Chistsss… Escuche. Ya viene.

Se oía remotamente el motor de un coche que se acercaba.

—Cojan el equipaje.

Él agarró el suyo y salió de nuevo a la carretera por donde se había ido el taxi poco antes. Le seguí. Al minuto llegó un nuevo auto, un Audi negro, grande y reluciente, con un hombre que salió amable a recibirnos e introdujo nuestras bolsas en el maletero. Ambos se dieron la mano. Yo estaba segura de que se conocían.

—Muy bien, Frank. Vámonos —dijo Chen Qi, de nuevo en inglés.

Nuestro nuevo chófer, de mediana edad, cabello rubio y aspecto austríaco, asintió y se sentó al volante. No sin antes contestar con un «De acuerdo. Les esperan», que a mí me dejó a mitad de camino entre la tranquilidad y la inquietud.

El coche fue adentrándose en una carretera rodeada de densa vegetación y grandes árboles, por donde el verano no parecía haber pasado. Casi no quedaban restos del calor en aquella frondosidad, que mantenía un altísimo porcentaje de color verde en la espesura del ramaje. Yo intentaba no perder la orientación, pero apenas veía carteles indicadores y cada vez nos sumergíamos más en el interior de aquella especie de selva.

—¿Qué tal ha resultado el viaje? —Frank se dirigió a Pierre y a mí.

—Cómodo, muy cómodo —se adelantó mi amigo. No había abierto la boca en todo el viaje. Quería ser discreto, me dijo, y a fe que lo estaba consiguiendo. Creo que se sentía un bicho raro en todo aquello, y no terminaba de saber por qué estaba allí.

—Lo celebro. ¿Y para usted, señorita?

—También, gracias —agradecí su atención.

—Si tuviera tiempo para ver Viena, se lo recomendaría.

—Lo intentaré.

—No es tan grande como otras capitales europeas, pero es una ciudad feliz.

Una ciudad feliz, pensé. El destino me ha llevado a un lugar que se considera feliz. ¿No es eso lo que busca todo viajero, que recorre el mundo hasta encontrar su rincón soñado? Reorganicé los mapas de mi mente y me pregunté si Viena no vendría a ser mi próximo destino. De momento, lo estaba siendo.

—Hemos llegado.

La voz de Frank me despertó. No me había dado cuenta, pero nos encontrábamos ante la verja que dejaba paso a un pequeño chalet de las afueras, rodeado de algunos árboles y con todo dispuesto para el ocio familiar. Observé, a simple vista, una mesa de piedra y algunas sillas, una pequeña fuente de la que no manaba agua y un armario metálico a medio cerrar por el que se veía un interior lleno de botellas de licor, cervezas y refrescos. Delante, una casa no muy grande con tejado de ladrillo y buhardilla, como las casas señoriales europeas.

Bajamos del coche y Chen Qi tomó la delantera para empujar el enrejado, que se abrió fácil, sin ningún control de seguridad.

—Nos esperan —señaló mi acompañante, tal y como había indicado el conductor al vernos.

Me di la vuelta al escuchar de nuevo el motor de un coche. Era Frank, quien se había vuelto a meter en el auto y giraba el Audi para marcharse de allí. Ni siquiera nos habíamos despedido. Desaparecía tan sigilosamente como había llegado, con solo unas palabras de cortesía en el transcurso del corto viaje.

Comprendí que la discreción y la cautela eran dos elementos esenciales en todo aquello, fuera lo que fuera en realidad. Y algo que todos observaban con cuidada pulcritud.

六

EL LIBRO PROHIBIDO

71

Apenas traspasamos la valla, pudimos ver la entrada al chalet, en cuya puerta, bajo los escalones de piedra que daban paso a la entrada, un hombre de más de cincuenta años, oriental, supuse que también chino, de cara grande, ancha, y ojos diminutos, nos esperaba con la mano tendida para darnos la bienvenida. Decir que parecía afable es quedarme corta. Parecía encantador.

Pierre se quedó a una distancia prudencial, pero me hizo un gesto que venía a decir que estaría atento a todo, y que no se separaría de la casa.

—Chen Qi, señorita Aliorte... Bienvenidos —avanzó hasta nosotros.

Cuando llegamos a su altura, Chen Qi y él se fundieron en un cordial abrazo muy poco reverencial. Después me tendió la mano para que se la estrechara, al estilo más occidental.

—Señorita Alicia, ¿no es cierto?

Asentí.

—Mi nombre es Hang Li y estoy encantado de recibirla en mi casa. Venga, por favor.

Le seguí, y Chen Qi cerraba el cortejo. Pasamos a la casa, un lugar cómodo y bien amueblado, sin estridencias. El pasillo daba a un amplio salón con una mesa central y estanterías vistiendo de madera todas las paredes. Un espejo largo y ancho nos devolvió nuestras miradas, dentro de una estancia moderna y cálida. Casi no había objetos de decoración oriental. Solo algunos jarrones y una mesita con una lámpara de bambú y seda. Nos condujo a un ala del salón, ante una gran puerta acristalada que daba paso a su pequeño jardín. Señaló dos sillones contiguos y él se sentó en el de enfrente.

Eran cómodos, de cuero negro y estilo actual. Parecía claro que aquel hombre no quería rodearse de antigüedades y buscaba una forma más funcional para vivir.

—Siéntese, se lo ruego. ¿Qué quiere tomar?

—Nada, gracias. Hemos comido en el avión.

—Ah, señorita, pero eso no es nada…

—De verdad, muchas gracias.

—Al menos me aceptará un café…

Accedí por cortesía. Chen Qi pidió solo un poco de agua. Me pregunté si sería verdad que todos los chinos bebían únicamente agua y té.

A los diez minutos, los tres estábamos sentados charlando de cosas insustanciales. Del tiempo en París, del tiempo en España, del tiempo en Viena… De la comida francesa, de la comida española, de la comida austríaca… De lo que sabía de China, de lo que me gustaba de China o de lo que desconocía de ella. Cuando Hang Li creyó que yo ya me encontraba lo suficientemente relajada ante su presencia, optó por ser más directo.

—Señorita Aliorte, ¿puedo llamarla Alicia?

—Por supuesto.

—Gracias. Alicia, entonces. Se preguntará usted para qué le hemos hecho venir hasta aquí.

—Supongo que porque conozco a Jing Tao.

—Bien. Como creo que ya sabe, ese no es su nombre real —afirmó, levantando el puente de su nariz—. De hecho, el que ha citado lo utiliza desde 1997, más o menos. Cuando quedó libre del Campo de Trabajo de Jiabiangou, en el oeste de China. Antes empleaba el suyo, Xu Yun. Pero también «antes» era una persona, y ahora otra.

—¿A qué se refiere, señor Hang Li?

—Mire, Alicia, yo sé que le ha tomado un afecto sincero a ese hombre. Chen Qi me lo ha confirmado. También me ha dicho que usted tiene algunos documentos reveladores sobre su pasado. Bien, necesitamos su ayuda. Pero no por nosotros, sino por él. Xu Yun nos necesita a todos.

—No comprendo.

—Tendría que comenzar hablándole de nuestra labor… —se acomodó aún más en el asiento y juntó sus índices a modo de reflexión—. Verá, durante tres mil años los chinos amaron a sus emperadores a pesar de su opresión y tiranía. ¿Por qué? Porque no conocían nada más. Mao liberó al pueblo de aquello. Aunque su generación también se equivocó en algunos aspectos sobre el modo de hacerlo.

—Sí, he estado leyendo algunos libros en estas últimas semanas…

Pero Hang Li no pareció apreciar mi acotación. Prosiguió sin pausa alguna:

—Nuestra República Popular fue proclamada en la plaza de Tiananmen el 1 de octubre de 1949, tras la victoria del Partido Comunista de Mao Tsé-Tung frente a los llamados nacionalistas, comandados por el general Chiang Kai-sheck. Estos terminaron huyendo a Taiwán, desde donde crearon otro estado independiente que se mantiene en la actualidad como tal. Concluía así la guerra civil que había continuado tras la Segunda Guerra Mundial y se iniciaba una etapa completamente distinta para la nación.

Entrelazó sus manos, concentrado en su propio discurso.

—Supongo que esos datos ya los conoce. Pero un régimen no se levanta de un día para otro. Hace falta una planificación férrea y detallada. La nueva doctrina se opuso a la tradición secular y erigió una serie de conceptos —organización, disciplina, sacrificio—, como pilares básicos en los que sustentar el modelo de la nueva China. Ante la negativa de gran parte de la comunidad internacional, menos Gran Bretaña, Portugal y otras naciones, a reconocerlo como Estado, mi país se apoyó en la URSS para solicitar ayuda económica en la necesaria reconstrucción. Así, el 14 de febrero de 1950, Mao y Stalin firmaban un Tratado de Amistad, Alianza y Ayuda Mutua en Moscú. El gobierno chino planificó entonces un estilo siguiendo el modelo socialista soviético, con una serie de medidas que llevaron a la reorganización económica desde el control estatal absoluto. Se colectivizaron las grandes propiedades de la tierra y se nacionalizaron todos los servicios e industrias.

»Entre 1953 y 1957 se instauró una política quinquenal de planificación al estilo soviético, pero fracasó por la inadaptación de la idiosincrasia china. El resultado fue una campaña de descontento popular que trajo consigo un claro sentimiento aperturista, la campaña de las Cien Flores de 1956, combatida posteriormente de forma contundente. ¿Me sigue?

»A partir del año siguiente, el gobierno propuso un modelo propio de desarrollo diferente al socialismo soviético. La nueva estrategia, autodenominada El Gran Salto Adelante, se basaba en la atención conjunta de agricultura e industria, y en complementar los métodos tradicionales con las nuevas fórmulas. Se crearon centros locales, unas comunas que regían de modo colectivo la vida económica, administrativa y hasta cultural de su población. En ellos se explotaban los recursos agrícolas y las posibilidades de la pequeña industria rural. Más tarde, la República Popular China, cuya cooperación con la URSS vino a definir la primera década revolucionaria, rompió toda vinculación con el modelo soviético.

»Las comunas no fueron casi nunca bien aceptadas por la población campesina. Eran rígidas en exceso y desmesuradas sus exigencias de producción.

»Como algunos preveían, los resultados finales del Gran Salto Adelante fueron pésimos. Eso está constatado y aceptado hoy, incluso por los mayores defensores del Gran Timonel. A consecuencia de ello, entre 1959 y 1961 murió de hambre mucha gente. Se dio una fuerte crisis interna en el Partido y Mao fue sustituido por otros líderes, que variaron por completo el tipo de producción económica. Años después, las fracturas dentro del gobierno llevaron a serios conflictos internos. Mao, que seguía gozando de gran fervor entre la población a pesar de no presidir ya el país, no contaba con el mismo apoyo entre sus compañeros. Decidió entonces denunciar la línea, demasiado alejada del socialismo, según él, que estaban siguiendo algunos dirigentes.

»Se desató así un movimiento drástico y con tintes violentos que buscaba acabar con lo que Mao consideraba «burócratas vendidos al capitalismo», la Revolución Cultural Proletaria, que terminó con la mayoría de los cuadros del Partido opositores a Mao, y tuvo unas consecuencias difícilmente imaginables en un principio.

Cambió el tono:

—Espero que no le haya aburrido esta necesaria lección de historia.

—En absoluto. La conocía a grandes rasgos.

—Seguramente sean los detalles los que adquieran ahora su importancia.

—¿Respecto a Jing Tao?

—Respecto a lo que he contado. El gobierno de mi país lleva años investigando puntos del pasado que pretende aclarar ahora. Desea ofrecer a las nuevas generaciones una conclusión que mitigue el dolor de algunas heridas aún no cerradas. Porque una China sin fracturas históricas será siempre una China sólida y unida. Cree que ha llegado el momento.

—Ahora —repetí, por decir algo.

—Somos una organización que trabaja en la búsqueda de datos para desenmarañar una época concreta de nuestra historia. No voy a revelarle nuestro nombre, ni eso importa. Solo debe saber que somos una gran tela de araña extendida por muchos países. Con eso le basta.

—Entiendo —no quería parecer de ningún modo una entrometida.

—Trabajamos activamente desde hace años, pero no nos encontrará en Internet —rio—. Cuando tengamos un volumen suficiente de información, mi gobierno, que es el principal interesado en ello, ofrecerá sus resultados a nuestro pueblo, y también a la comunidad internacional, en prueba de nuestra buena voluntad. Será el comienzo de un acercamiento hacia posturas que China cree que es necesario afrontar en la actualidad. Las relaciones con Occidente pasan por un buen momento, y el gobierno desea ampliar esos lazos.

—Me parecen muy loables sus objetivos —dije, mirándolos a los dos—, pero... ¿qué relación tiene todo esto con...?

—Jing Tao es solo una pieza más del engranaje de nuestra investigación. Una larga investigación...

—De años... —matizó Chen Qi, apostado en su sillón.

—De varios años, sí. Tenemos informes, en nuestro amplio archivo, de personas directamente relacionadas con la Revolución Cultural. En China hay varias delegaciones. En Europa, en Viena, podemos trabajar tranquilos. Yo resido aquí y me encargo de coordinarlo todo.

Me volví a Chen Qi.

—Creía que me había dicho que no trabajaba para su gobierno.

—Compréndalo, se trata de una misión confidencial. Intentamos mantenernos al margen de toda publicidad hasta acabar nuestro trabajo. Y actuar de forma secreta no suele gustar a ningún Estado; desconfían de ello. Siento haberle mentido. Ahora puedo decírselo: sí, trabajamos para el gobierno de China. Y su presencia, Alicia, al principio nos era muy molesta, por eso le dije que se apartara del asunto. Quería meterle miedo y que nos dejara encontrar a Xu Yun.

—Hasta que comprendieron que sería yo la que les podía llevar hasta él.

—También era por su propia seguridad, créame —aseguró Hang Li, cuyo semblante se ensombreció de manera progresiva—. ¿Sabe lo que son las Tríadas?

Me estremecí solo al escucharlo. Claro que lo sabía. La violentísima mafia china.

—Mejor si no ha oído hablar de ellas. «Los Indeseables», los llamamos nosotros. Peligrosos delincuentes que extorsionan a nuestro pueblo allá donde se asiente.

—Hemos de tener cuidado para no levantar sospechas que puedan atraer su atención —dijo con seriedad Chen Qi—. Por eso era necesario apartarla de todo esto. Tenemos que actuar siempre con la máxima cautela. No les gusta ser ajenos a nada que se mueva dentro de nuestra comunidad, y le aseguro que no hubieran reparado en medios para lograr enterarse del asunto.

Se me heló la sangre al escucharlo y pensar lo cerca que había podido estar de aquella gente.

—Sé que le preocupa ese hombre —el chino de más edad respiró hondo, antes de hablar—. Como le dije, Xu Yun es un eslabón más de una larga cadena. Pero…

Hizo una pausa.

—Pero para entender todo mejor, quizá debería comenzar por conocer quién fue Liu Shaoqi.

72

Me acerqué para escuchar mejor el nombre.

—Liu Shaoqi —repitió, como si me hubiera leído el pensamiento—, el verdadero cerebro de la Revolución, casi por encima de Mao. Y a quien sucedió en 1959, tras el Gran Salto Adelante.

—¿Qué tiene que ver él en todo esto? —pregunté, un tanto aturdida con tanto nombre.

Se sirvió más té y llenó mi taza. Noté que le temblaban un poco las manos y que llevaba gran cuidado para no derramar el líquido.

—Liu Shaoqi fue un líder comunista destacado, nacido en la provincia de Hunan, como Mao. Puede ver su historia en cualquier libro relativo al tema, o en Internet. Por fortuna, las nuevas tecnologías son capaces de rescatar la historia más olvidada para quien lo desee.

Tomó aliento, dejó la taza sobre la mesa y cruzó las piernas tras acomodarse en el sillón. Chen Qi estaba impasible, pero escuchaba con atención.

—Nació en 1898 en Hunan, perteneciente a una familia campesina, y asistió a la escuela de Changsha, la ciudad más cercana.

Hunan. Changsha. Eran nombres que había citado Jing Tao.

—Estuvo dedicado a la política desde su juventud —continuó— y en 1921 se afilió al Partido Comunista Chino. Fue un gran organizador, sobre todo en las esferas del movimiento sindical. Había viajado un año antes a la Unión Soviética y fue al regresar cuando se integró en el Partido y en su estructura de mandos. Su inteligencia y amplitud de miras le hicieron desempeñar pronto cargos en unos cuadros que necesitaban de buenas ideas y hombres también pragmáticos. Participó junto a Mao en la Larga Marcha de 1934 y 1935, pero antes había dirigido el sindicato del trabajo y había entrado en el Comité Central. Era considerado un hombre fundamental para la Revolución. Después, ya tras la ruina del Gran Salto Adelante, tomó el poder apoyado por el Partido, al tiempo que relegaba a Mao de la presidencia. A partir de ahí, Liu Shaoqi inició una política con un giro diferente, destinada a una rápida recuperación económica. Decisiones entre las que primaba desmantelar las comunas que habían constituido el santo y seña de Mao.

Gracias a ello, la situación económica se encauzó, pero se había visto obligado a emplear fórmulas mixtas, que fueron tachadas por muchos de sus enemigos de reaccionarias y capitalistas. La Revolución Cultural se encargó de derribarlo mediante denuncias, en una campaña que duraría años. Se le acusaba de haberse vendido al capitalismo y de practicar un revisionismo derechista. Finalmente, en 1968, fue depuesto de sus cargos, y meses después encarcelado en la prisión de Kaifeng. Allí moriría un año después. Lo más importante es que hoy es recordado en China como uno de los grandes teóricos e impulsores de la Revolución. Su nombre ha sido restablecido y venerado como ejemplo de los errores del pasado. ¿Entiende lo que le quiero decir?

—Pues...

—Le contaré más cosas. Sus restos descansan en el pueblo de Huaminglou, en el condado de Ningxiang. Allí se encuentra el *Liu Shaoqi Memorial Hall*, una tumba-museo que rememora sus grandes logros. Hoy es un monumento oficial, con una gran estatua de bronce de siete metros de altura y la casa originaria de Liu, que se halla bajo la protección del Estado. También cuenta con diverso material del ex presidente, como documentos, cartas y fotos. Se ha convertido en un lugar más de peregrinaje turístico y cultural de China, donde medio centenar de coronas le rinden honores. A la inauguración del mausoleo acudió en su día la plana mayor del Estado y el entonces presidente, Jiang Zeming.

—Y Jing Tao es otro ejemplo…

—Eso es. Veo que es usted muy inteligente —dejó traslucir su dentadura perfecta, pero de dientes pequeños, en una amplia sonrisa.

—Alguien que luchó durante la Revolución…

—Uno de los mejores amigos del gran político Liu Shaoqi, y que pertenecía a su círculo íntimo, era el padre de su amigo Jing Tao —tomó aliento antes de continuar—. De nuestro Xu Yun.

73

Estudié su rostro. La piel de aquel hombre parecía resplandecer a la luz del día; una luz que entraba generosa por la puerta acristalada que separaba la casa de la vegetación de Viena. Sus ojos hablaban generosos y su boca, pequeña e inquieta, estaba ofreciéndome las claves de todo el misterio de la vida del maestro chino.

Miré a ambos hombres, estando segura de haber encontrado al fin el eslabón perdido. Atajé una explicación más amplia:

—Y restableciendo el nombre de Jing Tao, quedará limpio también el de su propio padre —expliqué convencida—. ¿Es eso?

—Aún más —el señor Hang Li parecía entusiasmado—. Liu Saoqi es hoy un héroe en China, como tantos otros. La Revolución Cultural ha sido tildada oficialmente por el Partido como una equivocación que no debe empañar los éxitos conseguidos. Como una etapa de violencia que nadie pudo controlar. La historia le debe una compensación a una parte del pueblo chino. Al padre de Xu Yun, pero también a él mismo.

—¿La familia de Jing Tao no era campesina? —dije, casi en un susurro.

—Su familia nunca se dedicó a la agricultura.

—No era entonces un campesino que vendía arroz por las granjas cercanas…

Hang Li rio.

—Me temo que no. La única relación que tuvo con los campesinos fue cuando acudía a las zonas rurales para integrarlos en el Partido o para explicarles los fundamentos de los planes quinquenales.

Me mordí el labio inferior hasta hacerme daño. Vinieron a mi mente las palabras de Jing Tao: «Crecí cerca de los extensos campos de arroz de la región de Hunan. Los campesinos eran mi estirpe y mi sangre (…) Yo, que era campesino, hijo y nieto de campesinos…».

Sacudí con la cabeza.

—No entiendo el motivo por el que me ocultaba todo esto…

—Señorita Alicia —el oriental me habló con ternura, como si quisiera evitarme el dolor con sus palabras—. Xu Yun nunca le ha mentido, créame.

—Usted acaba de decirme… —parpadeé.

—Señorita Alicia, Xu Yun cuenta la verdad. Su verdad —recalcó de manera poderosa el posesivo de la frase.

—Ahora sí que me he perdido…

—Espere —dijo—. Quiero que vea algo.

Me indicó que le siguiera y los tres salimos de aquel salón acogedor para dirigimos a una habitación continua. Estaba casi a oscuras, pero pude adivinar unas butacas en medio de la sala, una mesa metálica al fondo, más bien utilitaria y pequeña, y algunas fotografías de diferentes eventos chinos en las paredes. Poco más. No tenía mucho que ver con la amplia estancia en la que estaba transcurriendo toda la velada. Hang Li nos indicó que nos acomodáramos en las butacas centrales y solo entonces pude apreciar la pantalla que se desplegaba en la pared frente a nosotros. Nuestro anfitrión encendió el monitor de un ordenador portátil que descansaba en la mesa y buscó entre los archivos guardados en la memoria.

—Permanezca atenta —comentó mientras lo hacía—. Quiero poner unos minutos de un documental grabado hace años por una cadena extranjera.

Estaba expectante, mirando sin reparos de cuando en cuando a un Chen Qi que se encontraba sentado a mi lado y en calma. Con seguridad él se había visto en numerosas ocasiones ante aquella situación, pero yo lo ignoraba todo.

—Tranquila —susurró. Y me apretó el brazo en un cariñoso gesto desconocido en él. Era cierto que su presencia constituía para mí un balón de oxígeno.

Por fin, el hombre de la cara ancha encontró lo que buscaba y sintonizó unas imágenes. Subió el volumen.

—Vea —me indicó.

Comenzó la reproducción y yo me acomodé en el asiento. Se trataba de un extracto de documental de apenas unos minutos, que se inició con la historia de una modesta familia china del interior del país, en una aldea rodeada de montañas y espesos bosques. En una de sus casuchas de piedra y paja, la familia subsistía gracias a las obras de arte del padre, un artesano de la madera con una especialidad: la elaboración del *erhu*, una especie de violín con solo dos cuerdas y un tamaño mayor que el instrumento clásico que todos conocemos.

Al verlo, recordé de inmediato aquel instrumento. Era el que Jing Tao había enseñado a construir durante varios días a Octavio Lombardi.

Presté la máxima atención. El narrador insistía en el valor artístico y cultural de las piezas, que mostraba en todo su proceso de creación, desde el tallado hasta el prensado o la afinación de sus cuerdas. Las manos del hombre, que apreciábamos siempre en primer término para observar su pericia, se movían ágiles y diestras, como quien esculpe pájaros de barro.

Cuando el artesano terminaba y el instrumento se podía dar por acabado, era él mismo el primero en tocarlo para apreciar si tenía la calidad que se le suponía. Tardaba semanas en construir cada uno, porque aquella labor manual precisaba de un tiempo para cada fase. El sonido final del *erhu*, que en la pantalla sonaba triste y de otra época, inundando de melancolía aquella habitación medio oscura, constituía el aviso al ebanista para dar el proceso por concluido.

«Este bello instrumento —narraba la voz en off—, a todas veces inofensivo y creado a partir de un procedimiento de elaboración artesanal, se convirtió para los Guardias Rojos en un objeto diabólico a destruir. Representaba la tradición, los antiguos usos, aquello que perseguían con ahínco por considerarlo parte de una historia caduca que debía desaparecer.

El artesano, para no ser descubierto, destruyó todos los instrumentos y las herramientas. Quemó los bosquejos, tiró el banco de pulido y los barnices. No quedó nada que pudiera hacer recordar su trabajo.

Pero el orfebre había querido esconder un erhu como muestra única del oficio al que había dedicado su vida.

Cuando lo visitaron los Guardias, no pudieron encontrar rastro alguno de aquellos bellos instrumentos. Años después, cuando los episodios de la Revolución Cultural fueron solo recuerdos y sus consecuencias denunciadas por los mandos del propio Partido, el pobre artesano se atrevió a sacar a la luz el viejo instrumento guardado durante décadas, como un hermoso testigo de lo que la barbarie había sido capaz de querer destruir para siempre».

Hang Li apagó la imagen y se dirigió a mí:

—¿Ha visto?

Yo estaba atónita, incapaz de comprender que un oficio tan bello como construir instrumentos musicales pudiera ser perseguido. No acertaba a expresarme. Lo hice de forma torpe.

—¿Esto fue realmente así? —alcancé a preguntar.

—Señorita Alicia. A veces la gente se equivoca, aunque piense que está actuando con honor por su país. Le he puesto solo un ejemplo. Pero ya ve que no todo lo viejo es execrable. Si hubieran descubierto el verdadero oficio del artesano, él habría sido encarcelado y enviado, casi con toda seguridad, a los campos de reeducación.

Hang Li cerró el ordenador. Su voz retumbó por la estancia, tras el momentáneo silencio seguido al concluir el extracto del audiovisual.

Recordé que esto sucedía en 1966, y que el mundo veneraría en el *Mayo del 68* todo lo ocurrido en China tras la Revolución, lejos de conocer estos casos. Nada se sabía entonces de los miles de discos de música clásica destruidos, por ejemplo; o de los estudiantes perseguidos y acosados bajo la acusación de traidores.

Se levantó y paseó a zancadas por la habitación, como si eso le ayudara a encontrar palabras más adecuadas.

—Señorita Aliorte, este documental fue grabado a principios de la década del 2000. Hoy muchos de mis compatriotas aún siguen recordando con miedo, pero deben saber que el futuro de nuestro país no puede sustentarse en el desconocimiento. Se lo debemos a los más jóvenes, y es hora de emprender esa dolorosa tarea. Todos necesitamos a nuestros héroes.

Calló un instante, levantó la cabeza y yo supe entonces que iba a decirme algo importante.

—Alicia, esta historia tiene además una trascendencia especial.

Abrí los ojos como si me hubieran puesto palitos en los párpados.

—La familia que aparece en el vídeo... —se le hacía difícil encontrar la manera en la que explicármelo todo.

—Esa familia, que cuenta su experiencia real ante la cámara, pudo salvarse por haber destruido todas las piezas y cada una de las herramientas.

El pulso se me aceleró tanto que comencé a escucharlo.

—Puede suponer que no todo el mundo hizo igual. No siempre llegaban a tiempo las noticias que advertían de los peligros.

Hang Li me miró con una tristeza interminable.

—Yao Wei, el padre de su amigo Jing Tao, había enseñado a sus dos hijos, además de a leer textos de filosofía y política, otras muchas cosas que él aprendió a su vez del suyo...

Me quedé helada. Un escalofrío me arañó el interior del cuerpo. Recordé el taller de Octavio Lombardi en los últimos días.

—Como a fabricar *erhus*... —afirmé, casi para mí, aunque el hombre de cara ancha y ojos pequeños asintió penosamente al escucharme.

—Eso es. Como a fabricar *erhus*.

74

Las manos comenzaron a temblarme. Deseaba seguir descubriendo la nueva historia que se abría ante mí, como un viejo y sabio libro.

Volvimos al salón y Chen Qi y yo ocupamos nuestros sitios. Hang Li se había dirigido a su mesa de trabajo para consultar unas carpetas apartadas junto a un montón de portafolios. Tras buscar entre ellas, seleccionó una gruesa, la abrió y siguió hablando de pie, mientras pasaba las páginas de una especie de dossier.

—Mire.

Lo que tenía ante sí era un librito encuadernado y lo me mostraba era la foto de un joven Jing Tao junto a sus datos biográficos en chino. Compartía páginas con decenas de hombres y mujeres de edades similares, y suponía que con idénticos destinos.

—Yao Wei y su hijo, Xu Yun, fueron apresados en 1967 por oponerse a la Revolución Cultural. Compartieron la misma cárcel y ambos fueron interrogados —Hang Li bajó la voz, como si sintiera un verdadero pudor al descubrirlo—. Su padre murió. Pero no Xu Yun.

—Siga, por favor.

—Había muchos cargos que podían obrar en contra de él. Encontraron varios violines en su casa y eso motivó que le amputaran dos dedos. Aquellos que más le podían doler: los dos necesarios para tocar un *erhu*. Se prohibieron también todas las formas de Qigong, Taijiquan y otras artes marciales. Xu Yun era practicante de artes internas, como su padre y su abuelo. Es paradójico que, pasado ese período, se recuperaron y se implantaron como un sistema beneficioso para la salud en escuelas y centros sociales. También la medicina tradicional era considerada caduca y parte del oscurantismo del pasado. Tenemos muchos expedientes de casos de este tipo. Este, el de Xu Yun, es uno más. El número 685x.

Chen Qi me contaría luego algunos detalles en los que su jefe no había querido entrar. Me dijo que la institución para la que trabajaban era el Organismo de Reorganización Histórica, encargado de investigar a sujetos vinculados con el pasado de China. Y que mantenían una red de informantes extensa y discreta por todo el mundo, que les ayudaba a evitar también a las temibles mafias chinas.

Chen Qi pertenecía a otra generación y se había criado lejos de aquel país, por lo que conservaba un sentido diferente de las cosas. Me habló de los *Laogais*, o «campos de reeducación», que definían la «reeducación mediante el trabajo», pero que no eran sino verdaderos campos de concentración. En los últimos años, y gracias a las denuncias de la comunidad internacional, el gobierno había suavizado sus métodos. Pero lo que pasa hoy dentro de lugares parecidos a estos, es todavía una incógnita.

Xu Yun sufriría prisión en Pekín durante cinco años, y veinticinco en un campo de trabajo. Durante sus primeros meses de estancia vio morir a su padre, torturado delante de él. Después, él mismo lo fue hasta perder la razón y la noción del tiempo, sin alimentos y apenas agua durante meses. Hang Li prefirió pasar por alto estas «molestas» cuestiones.

A partir de ese momento, y sin yo adivinarlo, iba a conocer la «segunda parte» del secreto de Jing Tao. Una sorpresa que me iba a permitir entender muchos aspectos de su comportamiento.

—Esos años y su «reeducación» obligaron a su mente a crear una nueva realidad —continuó Hang Li.

—¿A qué se refiere con una nueva realidad?

—A que olvidó quién era o de dónde venía, y se ajustó a lo que deseaban de él. Es un comportamiento muy común en fases de sufrimiento extremo y continuado. El cerebro inventa mecanismos de defensa para sobrevivir a la situación a la que es expuesto.

Me sobrecogí. Sospechaba que Jing Tao había tenido un pasado convulso, pero nunca pensé que lo fuera en aquellos términos. Sentí una ternura infinita por aquel de quien había llegado incluso a dudar.

—Es difícil discernir —intervino Chen Qi— los acontecimientos que corresponden a esa imagen trazada en su mente.

—Creo que nunca llegaremos a conocer en qué punto exacto se paró —apostilló el hombre mayor, triste.

—Por eso emplea el discurso característico en el que ha sido instruido, apenas sin diferenciar la forma escrita de la hablada: nacimiento en familia humilde, en una zona campesina... Procedente de Hunan, como Mao. Activista político, revolucionario y fiel servidor del Estado. También era una regla común instar a los presos, una vez conseguida la libertad, a escribir sus «memorias políticas».

—Comprendo —el labio me comenzó a doler por la intensidad con la que lo mordía.

—Quiero que sepa que nuestro trabajo no consiste en juzgar los hechos pasados. Pero sí queremos mostrar que sabemos reconocer nuestros errores. Que no somos la nación opaca que muchos intereses tratan de vender.

Los datos comenzaron a bailar en mi cabeza, a pesar de que intentaba a marchas forzadas asimilar toda aquella información. Recordaba las palabras del propio Jing Tao, de una vida que no había sido en realidad la suya, un espejismo donde yo era incapaz de trazar la línea entre la verdad y la ficción. ¿Sería cierto que había más cuadernillos o se trataba de otra ilusión mental? Comprendí que muchas conclusiones no iban a ver la luz a los ojos del resto del mundo. Aquello se trataba más bien de un ejercicio de reflexión nacional.

Hang Li continuó.

—En los ochenta fue liberado, dando tumbos por China, malviviendo. Su tiempo había concluido. Pertenecía a otra época y no le fue fácil integrarse de nuevo. Tampoco representaba un peligro para nadie. Así que su historia, con el paso de los años, cayó en el olvido, como un error del pasado que no conviene recordar.

—Le perdimos la pista cuando llegó a Europa —ahora era Chen Qi quien hablaba—. Creemos que estuvo en Holanda, tal vez en Italia. Hasta que llegó a Francia. Uno de nuestros contactos nos dio el aviso. Teníamos fotos suyas de los años noventa y un contacto en París lo reconoció. Pero no fue fácil dar con él. Lo demás, ya lo sabe. Luego descubrimos que trabajaba en aquella tienda. No queríamos asustarle, aunque está claro que no lo conseguimos.

—Huyó —concluí. Y Chen Qi completaría esta afirmación.

—Sí, por pánico, por temores irracionales, porque lleva toda la vida haciéndolo. De su vida, de él mismo. Es lo que aprendió con la tortura: a defenderse huyendo. Si no puede hacerlo físicamente, lo hace desde su cerebro. Es una estrategia de supervivencia. No podemos saber qué pensó en ese momento o qué miedo le obligó a marcharse de nuevo. Quizá el mismo que le ha hecho deambular por varios lugares todos estos años. Un miedo irracional que lleva cincuenta años incubando.

—Entonces… Ustedes no le persiguen…

—Solo para ayudarle, créame. Necesitamos sus declaraciones para saber qué ocurrió en China en muchas de las patrullas que se crearon al comienzo de la Revolución Cultural; quiénes eran sus cargos y cuáles sus acciones. En una palabra: discernir quiénes eran víctimas y quiénes verdugos. Nos encargamos de ello, de reconstruir nuestra historia a partir de testimonios que ya empiezan a desaparecer. Xu Yun todavía es joven y nos puede ser de mucha utilidad.

Hang Li seguía su discurso con las manos juntas en actitud de reflexión.

—En la actualidad no conocemos con exactitud el estado de su entendimiento —el oriental hizo un claro gesto de duda, abriendo las manos y volviéndolas a estrechar—. Es seguro que se ve aún como un héroe, que nunca estuvo en la cárcel, por supuesto, y al que los contrarrevolucionarios persiguen. Por ello cree descubrir enemigos en todas partes. Pero será otra nueva tarea desbrozar sus recuerdos.

—Desenmarañar su etapa antes de la prisión y la nueva vida que asimiló en ella, nos llevará un tiempo —dijo Chen Qi.

Hubo un silencio que pareció indicar que todo estaba aclarado, que no existían ya dudas sobre el ambiente.

—Entiendo que todo esto pueda sorprenderle. No es fácil de asimilar —Hang Li se mostraba comprensivo—. Lamento tener que habérselo dicho, pero era usted quien quería conocer la verdad.

—Se lo agradezco. Es ahora cuando estoy tranquila.

—¿Satisfecha su curiosidad? —Chen Qi arrugó la frente y surgieron de ellas algunas líneas de expresión que yo había tardado tanto en descubrir. Subió su ceja derecha, mientras esperaba ansioso mi respuesta.

—Sí. Aunque me gustaría saber de qué habló con él en su encuentro.

—De nada importante. Palabras de cortesía. Solo pretendía que no me tuviera miedo, que supiera que no le perseguía. Hablamos de la época de la Revolución, de sus logros, de su propia lucha. Ahí me di cuenta que su mente seguía parada.

Ambos hombres se mostraron complacidos ante las aclaraciones que me estaban ofreciendo, pero demasiadas cosas quedaban aún en el aire.

—Las fotos y los documentos que Alicia me ha mostrado nos sirven para completar su expediente. Hay un informe del Servicio de Interior del Partido que indica la impecable hoja de servicios como activista político, así como sus datos personales, lugar de nacimiento en Hunan y trayectoria. Un pasado limpio tras su salida de la cárcel. Aunque sea un pasado falso. Lo guardaba como un verdadero tesoro. Era la única realidad que conocía.

—¿Y el nombre de *Fu Choy*, Puño Cerrado? —pregunté de improviso—. ¿De dónde viene?

—Su apelativo en la cárcel. Está escrito en su ficha.

—Sí —dijo a su vez Hang Li—. Se lo asignaron por la manera en la que escondía con vergüenza sus dedos amputados...

Tragué saliva.

—Es seguro que él ha olvidado el por qué de tal nombre y piense que es un pseudónimo de sus tiempos de Guardia Rojo. Recuerde que él adapta toda la información a lo que quiere creer.

—Queda un detalle… —musité.

—Diga —me animó el oriental, que había estado paseando por el salón durante los últimos minutos.

—Su esposa, su compañera… —efectivamente, nadie la había nombrado.

Los dos hombres se miraron entre sí, pero no respondieron.

—Su esposa. Du Ling —repetí—. ¿Qué fue de ella? ¿O es que tampoco fue real? —creí haber dado en hueso. Un silencio largo y denso pobló el salón. Por un momento, temí que la bella historia de amor adolescente que Jing Tao me contó, y que tanto me había emocionado, hubiera sido también fruto de su imaginación.

—Señorita Aliorte —comenzó al fin Hang Li—. Alicia, mire esto.

Alzó la mano y me mostró un pequeño objeto entre sus dedos.

—¿Sabe qué es?

—Pues…

—Claro que sí. Es una memoria USB de ordenador —continuó, sin darme tiempo siquiera a responder—. Un dispositivo que guarda todo lo que le he explicado y los más de doscientos casos que hemos investigado o que seguimos en la actualidad. Es lo que llamamos *El Libro Prohibido*, aunque no sea uno al uso, ni esté encuadernado. Los tiempos cambian. Ahora las cosas importantes ya se guardan en memorias flash, como esta, discos duros externos y otros consumibles informáticos. Más cómodos y seguros. Y más sencillos para trasportarlo todo de un lugar a otro. Mire lo que ocupa. Menos que un pintalabios. Y válido para cualquier ordenador. Como le decía, lo llamamos *El Libro Prohibido* porque custodia muchos secretos velados durante décadas. En esta memoria hay guardadas más de tres mil páginas.

»Pero, Alicia, por lo que usted pregunta, su inquietud acerca de la esposa de Xu Yun, eso, mi querida amiga, creo que podría contestárselo, de forma más directa y detallada, el hombre que ahora mismo tiene sentado a su izquierda.

六

LA CLAVE ESTÁ EN CHELSEA

75

Tuvimos menos tiempo del deseado para ver Viena. Me hubiera gustado darme un largo paseo y admirar algunos de sus palacios, pero hube de conformarme con tomar un café en el Central, uno de los locales más antiguos y con mayor prestancia de la ciudad, que ostenta una trayectoria de punto de encuentro del mundo intelectual bien recordada, aunque ya perdida. Me acompañaba Chen Qi, quien quiso llevarme allí para invitarme a una selección de cafés y pastas típicos. Pierre nos acompañaría después. Le pedí que me dejara sola con el joven chino, consciente de que solo así podría extraerle más información.

—Lo mejor de los austríacos no es su comida; así que, al menos, saborearemos sus cafés —dijo, divertido.

Nos sentamos en una mesa del amplio y elegante interior, el mismo que un día vio llegar, entre sus altas columnas de mármol de capiteles labrados y bellas lámparas restauradas, a Freud o Leon Trotsky.

Había pasado todo el día anterior en la casa de Hang Li, el jefe de la comisión de investigación china, escuchando las explicaciones de la vida del viejo maestro. Creí que iba preparada para no sorprenderme con nada, pero confieso que todo allí me sobrepasó. No podía imaginarme nada parecido. La vuelta la hicimos Chen Qi y yo en un coche prestado por nuestro anfitrión. Ni sombra de Frank. Tampoco llamamos a ningún taxista. Chen Qi me había explicado que el hecho de emplear dos autos no había sido por motivos de seguridad, como yo pensaba, sino por simple necesidad. La zona residencial era angosta y resultaba mucho más sencillo utilizar a un empleado de la casa para llegar hasta ella. No había secretismo, una vez más. Y una vez más me fustigué por rodear de actores y misterio un hecho que era tan solo algo trivial.

Pero quedaba un cabo importante por terminar de atar. Algo que ignoraba si pertenecía o no al caso denominado 685x, pero que para mí sí era importante: ¿Qué había sido de Du Ling?

Después de que Hang Li me respondiera trasladando la pregunta a Chen Qi, no había dejado de insistir sobre el tema. Primero, en el propio chalet:

—Pero, Alicia, por lo que usted pregunta —me había dicho Hang Li—, su inquietud acerca de la esposa de Xu Yun, eso, creo que podría contestárselo, el hombre que ahora mismo tiene sentado a su izquierda.

Me había vuelto hacia el joven:

—¿Usted sabe algo de ella?

—Sí —fue su escueta y esquiva respuesta.

—¿Y no me lo va a contar? ¿Qué fue de Du Ling? Tengo tantas preguntas que no sé por dónde comenzar.

—Comience por donde quiera.

—Si me lo permiten, señores —interrumpió Hang Li—, me voy a retirar. Esto es un asunto que ya no compete al caso. Pueden quedarse en mi casa el tiempo que deseen. Si me disculpan…

—Claro… —musité.

El hombre se acercó a mí, me cogió la mano e inclinó la cabeza ante ella.

—Ha sido un placer, señorita. Espero que su visita le haya sido tan agradable como a mí, y espero verla pronto.

—Me encantaría.

—¿Será en Viena? —Me miró con una mueca cordial.

—¿Por qué no? Seguro que sí —sonreí.

—Ojalá sea cierto y nos sorprenda un día.

De esta forma había concluido mi encuentro con Hang Li. Desapareció por una de las estancias de la casa, y Chen Qi y yo nos quedamos unos minutos más, absorbidos en el tema que nos ocupaba. Después, salimos por el gran portalón tal y como habíamos entrado, sin asomo ya de la presencia del dueño.

Una vez solos, seguí insistiendo.

—Nunca me dijo nada sobre Du Ling.

—No es del todo cierto. La única vez que me preguntó, le contesté que eso suponía otro tema. Un tema sobre el que no pesa ningún misterio.

—¿Ah, no? —a mí me sonaba a misterioso todo lo relacionado con Jing Tao, y mucho más al conocer ahora su verdadera historia.

—No —sentenció tajante.

—¿Puede explicarme por qué?

—Porque Du Ling está localizada. Desde hace años —hizo una pausa—. Bueno, en realidad desde siempre.

Me quedé de piedra y con toda seguridad mi color mudó a varios tonos diferentes. Era el último gancho a la mandíbula que un boxeador soporta antes de caer K.O.

—¿Localizada? ¿Me quiere decir que no está muerta? —exclamé, casi sin una gota de saliva en la garganta.

—No, no —dijo, con toda la tranquilidad del mundo, como si le estuviera hablando de alguien cercano.

—Entonces… Me está diciendo que nunca existió. Que fue todo también producto de la mente de Jing Tao, inventado en la prisión —sentí cierta tristeza al imaginar que bien pudiera haber sido así.

—No. Solo le he dicho que no está muerta. Que nunca lo estuvo. Que escapó en los primeros días de la Revolución Cultural, cuando las cosas comenzaron a ponerse feas y su padre decidió, con buen criterio, que la joven Du Ling desapareciera del mapa. Por lo menos, del mapa chino.

—Pero, todo este tiempo…

—Todo este tiempo ha vivido donde su padre la envió, a la próspera y entonces tranquila Europa de los años sesenta. Exactamente en 1967. De quedarse en Pekín, es bien seguro que hubiera corrido la misma suerte de Xu Yun.

—¿Usted conoce su historia? —balbuceé.

—Sí.

—¿Y cómo está usted tan seguro de ello?

—Es sencillo —hizo una corta pausa—. Porque Du Ling es mi madre.

76

—Señorita Aliorte, esta no es una historia de buenos y malos. Esta es una historia de cosas que pasan.

Chen Qi me miraba al día siguiente tras sorber su café a pequeños tragos. Disfrutaba de aquel pequeño placer con fruición, con un deleite que me sorprendió después de haberlo visto beber únicamente agua templada. Pero no era solo eso lo único que me había sorprendido. Tenía razón Chen Qi Xiu: aquello no era una película de espías, nunca lo había sido. Ni siquiera de buenos y malos. Era solo una historia de cosas que pasan. De cosas que habían pasado hacía cinco décadas.

—¿Por qué me mira así?

—Usted sabía que Jing Tao y Du Ling estuvieron juntos, casi casados —la camarera me trajo un sándwich de queso y un zumo de naranja.

—No por mucho tiempo. Hasta que a él lo apresaron.

Era cierto. Jing Tao me lo había aclarado. «No es necesario estar casados para sentir a una mujer como tu esposa y ella a un hombre como su marido. ¿No le parece?». Parecía que su voz surgía de la nada para recordármelo, como un eco.

—Pero conocía mi aprecio por Jing Tao, y nunca me dijo…

—¿Qué quería que le dijera? —me interrumpió, brusco—. ¿Que era mi madre? ¿Que Du Ling, a la que Xu Yun recordaba como su verdadero amor, no había muerto y vive desde hace cuarenta y cinco años en Inglaterra? Se hubiera vuelto loca. Demasiadas cosas para saber, demasiadas verdades a medias.

Chen Qi me explicó que su madre vivía en Chelsea, un lujoso barrio del oeste de Londres. Que se había casado con un rico abogado poco después de arribar a Inglaterra. Que había sido feliz a su manera. Que siempre habló de Xu Yun, incluso a su marido y a sus dos hijos. Que no volvió a ver a su familia, ni siquiera a su padre, con el que perdió el contacto definitivamente dos años después. Supuso que habría muerto y ella nunca más barajó regresar a China. Tampoco cuando el Estado reconoció el error de aquella época y denostó los crímenes cometidos. No quiso regresar a China. No quiso nunca volver.

Había educado a sus hijos en las tradiciones de su país. Les enseñó el idioma. Les insufló el amor a China.

—Este caso era especial para mí —me confesó Chen Qi—. Desde que supe que Xu Yun vivía y podíamos encontrarlo, mi único objetivo fue dar con su paradero. Aunque tardara años en conseguirlo. Y así ha sido. Tiempo, mucho tiempo, pero no me importa. Se lo debía a mi madre. Es mi tributo por toda una vida dedicada a los suyos. Mi padre murió hace quince años, así que no deshonro su memoria al hacer esto. Y a mi madre le quedan ya pocas ilusiones.

No sé si yo tenía razones o no para enfadarme. Quizá no. Habían sido las circunstancias las que me habían velado el destino último de Du Ling. Al menos, estaba contenta por cerciorarme de que en verdad existía y no era un fruto más de la ficción. En cuanto a que Chen Qi me lo hubiera podido confesar antes... No se había dado el momento, ni apenas el nombre de la joven había salido a relucir en medio de aquella complicada intriga.

¿Qué podía hacer? Opté por no tenérselo en cuenta a Chen Qi. Después de todo, en el fondo era su madre. Una mujer que se había salvado de una cárcel segura, y de todo lo que ello implicaba, hacía casi medio siglo.

77

—Chen Qi, ¿qué vamos a hacer ahora?

Habíamos aterrizado en París, entre el calor sofocante y una persistente amenaza de lluvia. No eran aún las once de la mañana, pero el aeropuerto comenzaba a poblarse de viajeros de ida y vuelta de medio mundo. Nosotros volvíamos a casa. Por lo menos yo. Había dormido durante el trayecto, mi cara en el hombro de Pierre, como una pareja más que se dirige a la ciudad más romántica del planeta a pasear su amor. Pero no éramos una pareja y a ninguno de los dos le esperaba un amor en ninguna parte. De nuevo tenía que decir: por lo menos a mí.

Pusimos rumbo a la metrópoli en otro coche alquilado para la ocasión. Chen Qi enseñó en la oficina de alquileres su pasaporte. Nacionalidad británica, de Cardiff, Gales. No me había mentido. La foto presentaba a un hombre joven y pulcro, con el pelo cuidado y las facciones varoniles, piel muy blanca y pequeños ojos rasgados. Me pregunté si se parecería a su madre. Si mirándole a él podía adivinar la lejana juventud de Du Ling.

Echaba de menos la ciudad y mi casa, a pesar de haber permanecido fuera solo cuarenta y ocho horas. Dos días plenos de intensidad, de revelaciones. Chen Qi conducía deprisa. Paró ante un semáforo en rojo. Me miró:

—Debo volver a Gales. Tengo mucho trabajo atrasado.

—Lo entiendo —sentí cierta pena al escucharlo. Me había acostumbrado a su omnipresencia en los últimos días. Me sentía segura a su lado, igual que con Pierre.

—Pero no se preocupe, estaremos en contacto. Tengo su correo electrónico y su teléfono.

Había decidido, en vista de la vorágine de acontecimientos que empezaban a desarrollarse en torno a mí, hacerme por fin con un teléfono móvil y utilizar sin reparos el pequeño ordenador portátil que tenía mi amiga Judith en su casa. Cuestión de seguridad.

—Tiene también el teléfono de mis caseros. Por si acaso. En él podrá encontrarme sin dificultad.

—Lo celebro, porque la operación no ha terminado. Sería deseable que Xu Yun pudiera reconocer algunos de los hechos de su pasado. Solo de esa forma sería útil para nuestra investigación.

—Me parece difícil. Está muy encerrado en sí mismo.

El semáforo dio paso y el coche de Chen Qi volvió a tragarse los muelles del Sena, el vértigo de las calles y las amplias avenidas con sus luces de espectros. Permanecimos unos momentos en silencio, quizá recreando la memoria en el periscopio de recuerdos lejanos y cielos oscuros que hablaban de decisiones que cambian toda una vida. Como la del padre de Du Ling, que de un plumazo había alterado definitivamente el destino de ella y de todos los suyos.

—Es necesario continuar —su voz había sonado lógica y convincente.

Me miró. Sus ojos rasgados habían perdido su frialdad. Siguió hablando:

—Démosles tiempo.

—¿A los dos?

—Alicia. Creo que están destinados a volverse a encontrar, ¿no le parece?

Nos dejó en casa. Con un apretón de manos a Pierre y un gesto hacia mí se despidió de nosotros. Después, se marchó engullido por la nebulosa de la gran ciudad.

78

Los Lombardi me recibieron con una cena. A ella invité a Chen Qi, que declinó la propuesta cortésmente.

—Estoy cansado y mañana he de volar a Cardiff —se excusó.

Lo entendí. Tampoco para él debía haber resultado fácil el cúmulo de acontecimientos vividos en los últimos meses.

—Nos veremos pronto —prometió.

—Así lo espero.

Nos despedimos con una mirada larga y densa, como no queriendo hacerlo, en realidad. Seguí su espalda y su nuca hasta que se metió de nuevo en el coche y desapareció.

La cena estaba compuesta por cocina italiana. Pierre, sentado enfrente, me miraba intentando descubrir qué era lo que me preocupaba ahora. No me había preguntado nada de lo sucedido en la reunión de Viena, pero yo misma decidí que tendría que contárselo pronto, sobre todo porque ya le había adelantado cosas del pasado del maestro. Jing Tao, por su parte, parecía haber recuperado su salud y sus kilos. Había engordado, algo de lo que debía responsabilizar a Fina.

—¿Qué tal por España? —me preguntó Octavio mientras se servía un poco más de comida.

—Bien. Como siempre —fue mi lacónica contestación.

—¿Has arreglado tus cosas? —quiso saber Fina.

—Sí.

—La hemos echado de menos, señorita Alicia —pronunció al fin el anciano.

—¡Si solo he estado fuera dos días...! —reí.

—Me gusta que rías. Creí verte preocupada...

Miré a Pierre, a quien seguramente subestimé al principio, aquel día ya lejano en el que lo conocí, cuando le pregunté no sé qué sobre el cuidado de mis plantas de interior.

—No, es solo el cansancio del viaje —mentí.

Me hubiera sido difícil hacerles entender que, a pesar de las poco más de cuarenta y ocho horas transcurridas, ese tiempo me pesaba como años. Que nadie era para mí igual. Que era yo la que había cambiado y mis dedos se encontraban ya recorriendo los ángulos costeros de nuevos mapas.

Comí en un silencio que a nadie pasó inadvertido, aunque no dijeran nada. Ni siquiera las ocurrencias de Octavio me distrajeron. Miraba de reojo a Jing Tao. Me entristecía su historia y comprendí muchas de las actitudes de estos meses. Sin embargo, él hablaba y obraba igual que siempre, ignorando por completo que yo ya conocía su secreto.

La siguiente pregunta era qué iba a pasar ahora.

Acompañé a Jing Tao a mi piso, donde apenas parecía que viviera alguien. Todo estaba recogido y sus pertenencias perfectamente guardadas.

—Alicia, es tarde. No debería ir ya a casa de su amiga.

—Está bien, me quedaré hoy en el sofá.

—De ninguna manera —protestó—. Seré yo quien duerma ahí. No se preocupe, estoy acostumbrado.

Por primera vez me creía algo así y pensé en las ocasiones que habría tenido que dormir en el suelo, a la intemperie, o en un camastro de un campo de trabajos forzados en algún lugar olvidado. Hice una mueca y asentí.

—De acuerdo.

Sobre la mesa había unos folios escritos en chino y en inglés. Aproveché que Jing Tao corría las persianas y desaparecía por la cocina para acercarme a ver lo que eran. Unas diez o doce hojas escritas a mano, con letra pequeña y cuidada, casi caligráfica. Eché un vistazo rápido a un contenido que no me impresionó. Quizá lo hubiera hecho en otro tiempo, pero ya no. Estaba lleno de alusiones a mítines, asistencia a discursos, participación en campañas de planificación política. Había nombres difíciles de pronunciar y fechas imposibles de recordar. Nada que ya me interesara. Porque sabía que nada de aquello era verdad.

Dejé las hojas de golpe cuando lo escuché entrar. Demasiado tarde. Me había visto.

—Lo siento —me disculpé.

—No se preocupe. Lo he escrito para que la gente lo lea.

Traía dos tazas de té (los chinos suelen tomar varias a lo largo del día) y no parecía molesto. Me tendió una y se quedó de pie, mientras me miraba con sus pequeños ojos de punta de lanza.

—Dígame, ¿le han sorprendido?

Tomé aliento antes de contestar. No, no me habían sorprendido en absoluto. Lo que allí ponía podía encontrarlo en cualquier libro de texto. O en Internet. Le mentí:

—Sí, confieso que un poco.

—¿Por qué?

—Es muy triste.

En eso no mentía. El discurso destilaba tristeza.

—¿No le ha gustado, entonces?

—Sí, pero es triste.

—A veces la vida lo es.

—Quizá. No ha vuelto a hablarme de su vida.

—Me gusta poco hacerlo. Por eso la escribo.

—Entiendo.

—¿Qué quiere saber?

—Lo que ha vivido para escribir esto.

—Las palabras de un hombre son el sello de toda una existencia. Ahí está todo.

Me señaló con la vista las hojas. Después, se acercó y las cogió.

—Pero aún no están terminadas. Me queda mucho por explicar y no tengo tanto tiempo. Soy viejo y he de correr más de lo que me gustaría.

—Pues dígamelo a mí.

—¿Tendría paciencia? ¿Qué quiere saber? ¿Sobre mi país, sobre mí?

—Lo que usted quiera contarme.

Suspiró tan fuerte que exhaló un leve gruñido. Se quedó pensativo, sorbió otro pequeño trago de té y comenzó a hablar, con la vista perdida. Incluso pensé que se había olvidado de que yo estaba allí.

—¿Sobre mí?

—Sobre lo que le pasó en prisión.

—¿En qué prisión? —parecía sorprendido de verdad.

—Aquella donde le cortaron los dos dedos. ¿Por qué siempre los esconde?

Rápidamente resguardó su muñón con su otra mano.

—Los perdí en una fábrica, trabajando.

No quise hurgar más en su dolor. Si él lo había querido olvidar, ¿quién era yo para recordárselo?

—¿Y Du Ling?

—Du Ling… —repitió, un tanto acosado, a pesar de que no era esa mi intención.

—¿Qué fue de ella?

—Ya le comenté que murió.

—¿Y si no fuera así?

—Eso no es posible.

—¿Y si lo fuera?

—Pero no lo es.

Huía de la luz como de aquellos horribles focos del hospital, que le hacían recordar salas oscuras de otras épocas, flanqueadas por una única lámpara cenital. Una luz que encendía su mente y disparaba sus mecanismos de defensa:

«Me llamo Jing Tao y soy chino. Nací en la región de Hunan, hijo de campesinos...».

Lo vi acurrucarse como un pájaro y sentí una lástima infinita por su vida perdida. Me acerqué a él y lo abracé. Él se mantuvo quieto, sin mover un músculo.

Cuando me retiraba para buscar unas mantas, sin querer contemplar su sufrimiento, oí su voz a mi espalda. Era una voz intemporal, metálica, claveteada en sangre. Una voz que no pertenecía a Jing Tao, sino a Xu Yun:

—He visto el miedo en las caras de los hombres, Alicia. He visto la muerte y he visto morir; actuar con vileza a quien yo creía justo y sacudirse las conciencias de sus muertos a los culpables. He visto tantas cosas, y tantas que no hubiera querido presenciar, que ya no aspiro en realidad a ver nada.

Me volví despacio. Tenía la mirada melancólica y apagada. Encogido, sosteniendo su muñón con su mano derecha, se había sentado y ahora se balanceaba lentamente adelante y atrás como un niño. Adelante y atrás. ¿Qué podía hacer yo?

Despacio, y sin que se diera cuenta, lo arropé con una manta y me senté frente a él para velar su sueño.

79

—¿Se va a quedar a vivir en tu casa?

Judith me ayudaba a comprar fruta en un mercadillo de la Place Monge. Ambas paseábamos entre los puestos de fresas, naranjas y albaricoques, junto a las manos de los tenderos ofreciéndonos probar pedacitos de sandía. Pronto advirtieron que teníamos más intención de merodear un poco y distraernos que de buscar los mejores precios.

—Dentro de un par de semanas me voy de vacaciones y se quedará de alquiler en ella —contesté.

—¿Le pagarás el alquiler?

—Hang Li y su organización lo harán.

Por supuesto, a Judith era a la única a quien le había contado con detalle mi visita a Viena y toda la conversación mantenida en el chalet de las afueras de la ciudad. Le hablé del pasado en el campo de trabajo de Jing Tao y de las especiales circunstancias de su vida. También de mis investigaciones por Internet. Había encontrado casos de electroshock aplicados a humanos hasta convertir su razón en la de un niño, y otros sucesos que se asemejaban a lo sufrido por Jing Tao.

—Pobre hombre —se lamentó—. Siento pena por él… ¿Y qué tal con el otro chino?

—¿Con qué chino?

—El nuevo. El joven.

—Ah, Chen Qi —me hice la despistada. No me hacía mucha gracia entrar en bromas sentimentales. Simplemente, no me apetecía.

—Eso es lo que quiero que me digas, lo que pasa.

—Ha vuelto a su país.

—Oportunidad perdida, entonces.

—Judith, nunca ha habido ninguna oportunidad abierta.

—Puede ser, pero el caso de Jing Tao no parece haber terminado.

—Eso dice él.

—¿Tú no lo crees?

Me alegré de que nuestra conversación discurriera por otros derroteros.

—Piensa que Jing Tao (me era imposible llamarlo por otro nombre) puede llegar a recuperar algo de memoria y hablarles de su pasado antes de esas celdas de tortura. Yo no lo tengo tan claro.

—¿Por qué? Es posible que así sea.

—Chen Qi desea concluir sus investigaciones, pero pienso que Jing Tao aún sigue demasiado inmerso en su propia historia. Necesita más tiempo.

Cruzamos la avenida para llegar a *El Bosque Galo*, con muy poca actividad en los últimos días. El verano se notaba hasta en el escaparate, donde los expositores ofrecían huecos que no iban a ser completados, al igual que las estanterías cercanas a la puerta. No recibiríamos nuevos artículos hasta septiembre, ya que restaban apenas unas semanas para cerrar. También parecía que gran parte de la clientela había decidido darse vacaciones.

Me había acercado hasta allí para despedirme de Rose Marie hasta la vuelta. La encontré embalando unos pequeños paquetes para ser enviados a otros lugares del país. Nuestra red de comercio electrónico funcionaba a la perfección.

—Espero verte en plena forma tras el verano. Quiero que te cuides, niña —bromeó, antes de abrazarme con tanta fuerza que me clavó las cuentas de los collares en el cuello. Había dicho «niña» en español.

—Lo haré. Y lo mismo digo.

—En serio —se recompuso—. Me gustaría contar contigo en septiembre. La tienda te necesita. Yo te necesito. Si *El Bosque Galo* ha crecido tanto este año ha sido gracias a ti, Alicia.

—Tú sigues siendo el alma de todo esto, Rose Marie.

Así podríamos haber estado toda la mañana, lanzándonos piropos sin parar y sin sonrojarnos, si no fuera porque Judith entró para recordarme que llegaba tarde a *Le Parisien* y que Klaus estaba esperando. Le di dos besos a Rose Marie, me despedí, cogí un amuleto de los varios que teníamos de exposición sobre el mostrador, sin mirarlo siquiera, y salí por la puerta verde y dorada de la que se había convertido en mi otra casa durante más de un año.

Comenzamos a caminar en dirección a la hamburguesería.

Judith reparó en que yo guardaba algo encerrado en el puño.

—¿Qué es eso? —me preguntó.

—¿El qué?

Me señaló la mano. La abrí. Era el amuleto que me llevaba de la tienda. Se lo mostré.

—Es un dragón rojo, símbolo de la buena suerte en China —me sorprendí yo misma al verlo. Un precioso colgante de un alado y rojo dragón, dispuesto a escupir humo en cualquier momento.

—Sí —apostilló mi amiga con intención—. Y también el emblema nacional de Gales.

80

Judith tenía razón. El dragón rojo, símbolo chino de la buena suerte, es una especie de insignia del país desde tiempos inmemoriales y el distintivo histórico de los emperadores. Pero también lo es del País de Gales, esta vez de modo oficial, donde aparece sobre los colores verde y blanco de su bandera. No sé si esto era una señal, pero sí al menos una gran casualidad. Los dragones volvían a perseguirme, como aquel dragón de dos cabezas en que se había convertido para mí en otro tiempo un imprevisible Jing Tao.

Llegué a casa de Judith con la ansiedad de abrir cuanto antes mi correo electrónico. Mi amiga tenía en su casa un ordenador con conexión a Internet donde podía consultar mis mensajes a diario. Sobre todo porque Chen Qi se había marchado a su país prometiendo ponerme al día cada vez que tuviera alguna novedad. Y confieso que me gustaba la sensación de sentarme ante el portátil y escuchar cómo palpitaban mis latidos al mismo compás que el *pib pib* del monitor.

En mi bandeja de entrada, entre la broza de publicidad y mensajes de todo tipo, había dos que destacaban. Uno era de Álvaro; el otro, de Chen Qi. Me recliné en la silla y miré durante unos segundos aquellos dos nombres juntos. De Álvaro no había tenido noticias desde hacía meses, cuando fui yo la que le envié un *email* con una única frase, «te echo de menos», de la que no tuve ninguna contestación. ¿Qué querría ahora? Apunté con el ratón sobre su nombre y la nueva ventana se desplegó ante mis ojos. Parecía solo un intento de acercamiento. Un cariñoso y atento Álvaro decía sentir no haberme contestado antes, el trabajo, ya sabes, y corroborar que él también me echaba de menos. Me preguntaba por mi vida en París y mis intenciones de volver o no a España. Que si podríamos ser amigos, que no tenemos por qué dejar de vernos, que su familia le preguntaba por mí... Lo releí un par de veces más. Diez líneas que miraba fríamente y que no conseguían conmoverme, a pesar de sus buenas palabras. Su contenido no me impresionaba ya. Porque era el propio Álvaro el que había dejado de interesarme.

El mensaje de Chen Qi captó en mayor medida mi atención. No llevaba ningún título o etiqueta, así que hasta abrirlo no supe de qué se trataba. El ordenador me mostró unas cuantas frases del galés y una foto adjunta. Decía así:

«Hola, Alicia. Como le prometí, me pongo de nuevo en contacto con usted, esta vez para enviarle una foto significativa. Espero que Xu Yun esté bien. Saludos».

Le contesté de inmediato:

«¿Qué tal, Chen Qi? Xu Yun se está recuperando deprisa. Intento hacer que recuerde cosas, pero no me está siendo fácil. Un saludo».

Pulsé la orden de enviar. Reparé en el archivo adjunto. Me faltaba descargarlo.

Pinché en el pequeño título azul que rezaba «photo.jpg» y esperé unos segundos a que apareciera. Una pantalla gris me preguntó a continuación si deseaba guardarlo en la memoria o únicamente abrirlo. Lo incluí en una carpeta creada para la ocasión, que titulé con el nombre de «Jing Tao».

Y la vi.

Se abrió tras unos segundos y ocupó buena parte de la superficie del monitor. Parecía tratarse de la foto de estudio de un profesional. Una instantánea en blanco y negro donde un hombre y una mujer, ambos muy jóvenes, sonreían con mirada limpia y despreocupada. Vestían de manera sencilla, pero no humilde, y apenas había fondo u objetos que les acompañaran. Solo una pared blanca tras ellos y un jarrón a su derecha como única decoración.

Me emocioné. Tenía delante de mí la prueba irrefutable de que el amor de Jing Tao había existido alguna vez. No podía dejar de mirarlos. Me acerqué a la pantalla, como si quisiera que los protagonistas me hablaran ellos mismos, que salieran de su mutismo de papel y me explicaran con detalle la historia de sus últimos años.

Allí estaba, cincuenta años antes, un jovencísimo Xu Yun, radiante por poder inmortalizar y proclamar al mundo su amor por la bella Du Ling.

Cogí un CD y guardé en su memoria el archivo. Me levanté de un salto con el disco en la mano y salí corriendo de la casa. Tenía que ver a Jing Tao y la foto me ayudaría a ocuparme de dos cuestiones a la vez.

Media hora después llegaba a mi edificio y subía deprisa las escaleras. Pero esta vez no entré en mi apartamento, sino que me aposté directamente en el piso de arriba.

Hice sonar con fuerza varias veces el timbre.

—Pierre, soy yo —acerqué mi boca a la puerta, como si aquella gruesa madera pudiera dejar traspasar mi voz.

Silencio. Pero Pierre no tardó más de unos segundos en abrir.

—¡Alicia! —estaba claro que mi visita le había sorprendido—. Pasa; acabo de llegar. ¿Quieres quedarte a comer? No tardaré mucho en hacer algo para los dos.

—Gracias, Pierre. En realidad, he venido para que me hagas un favor —dije mientras pasaba.

—¡Claro! —mi petición de favores era lo que ya no le sorprendía.

Entramos al interior del apartamento. Me pareció aún más bonito que la primera vez que lo vi.

—Pues tú dirás —se cruzó de brazos, esperando mi rogativa.

Le tendí el disco.

—Necesito que me imprimas la foto que hay guardada aquí.

Él lo cogió y me miró con sorna.

—No me lo digas: has comprado algún pequeño tesoro en otro mercadillo.

—No, no. Es algo personal. Ya te explicaré —sonreí; Pierre siempre me hacía sonreír

El joven se dirigió a su ordenador, introdujo el CD en la abertura de la torre informática y fue abriendo archivos hasta que pulsó la orden de imprimir. No me hizo ninguna pregunta, a pesar de haber visto su contenido. Me encantaba la discreción de aquel hombre.

Todavía en silencio, Pierre Labrousse extrajo de la bandeja de su impresora una nítida instantánea en blanco y negro.

—Toma —Pierre me estaba tendiendo una carpetilla de plástico—. Guárdala ahí.

—Gracias, Pierre.

—Y ahora, ¿te quedas a comer?

¿Qué reacción presentaría Jing Tao al verla? Podría ser un punto de inflexión para que su mente comenzara a funcionar. No había olvidado a la Du Ling de su adolescencia, tal y como me había demostrado, por lo que descubrir la imagen de unos años después tendría que abrirle ahora las puertas del pasado.

Mientras bajaba a mi piso, observé detenidamente la foto. Los dos aparentaban más edad que la de simples adolescentes. Tendrían en torno a los veintidós años, calculé. El vestido de Du Ling era blanco, con el estampado de unas pocas flores a la altura de la cadera hasta la falda, ajustado a su delgado cuerpo como un guante. Xu Yun vestía al estilo europeo, con pantalones oscuros y americana. Solo la camisa, sin botones y de cuello corto, representaba la idiosincrasia china. Ambos mostraban su felicidad sin pudor, ajenos a cualquier contratiempo.

El viejo maestro. Ansiaba poder enseñarle aquello.

No estaba en mi casa. Había salido a caminar un poco, me dijo Fina. Tampoco Octavio lo había visto.

—Mira, quiero enseñarte algo.

El italiano me había sorprendido en el rellano y cogió mi brazo para hacerme pasar unos metros al interior.

Aguardé un instante, el tiempo justo para que Octavio Lombardi entrara en su salón y saliera con un objeto cubierto con un paño. Me lo mostró y me estremecí. Era un *erhu.*

—Mi primer violín. Jing Tao es un gran artista.

Acerqué las yemas de mis dedos para acariciar el lomo de aquel instrumento que formaba parte del secreto de vida de un anciano.

—Es precioso —acerté a decir, pero las palabras se me ahogaban en la garganta.

Me despedí de ellos tan rápidamente como pude y entré en mi apartamento. Todo estaba ordenado, la ropa recogida, los platos limpios. Si no supiera a ciencia cierta que allí vivía alguien, lo hubiera dudado.

Cogí unos folios arrinconados sobre la mesa y comencé a leerlos. Seguía escribiendo sus memorias, pero apenas pasé del tercer párrafo. Era de nuevo una historia oficial, tan carente de alma y de sensaciones que me aburría.

Esperé a Xu Yun —ya no era Jing Tao, ni siquiera Puño Cerrado; es curioso la cantidad de veces que puede un hombre cambiar de identidad en tan poco tiempo—. Me había sentado ante la mesa con dos montones de papeles diferentes a derecha e izquierda. En el primero descansaba la foto impresa; en el otro, las dos fotos y el documento que un día sacara de la caja de madera del armario y que aún no había devuelto. Yo jugueteaba con el colgante del dragón rojo, dándole vueltas entre los dedos como si fuera una ficha de póquer en manos expertas. Aquel animal mitológico, que todavía no me había puesto al cuello, me miraba desde su posición a ras de mesa, sonriente.

Cuando noté que la puerta de casa se abría, desplegué la cadena plateada y me la colgué. No sé por qué lo hice en ese momento. Pero sentí que el dragón pedía formar parte de mi vida.

Las llaves giraron dentro de la cerradura hasta conseguir ceder el pestillo. Esperé al viejo maestro, que pasó a continuación con una bolsa llena de verduras que rebosaban por encima de algunas piezas de fruta.

—Alicia… Qué alegría. ¿Cuándo ha llegado? —le cambió la cara en una expresión de felicidad al verme.

—Hola —saludé con una sonrisa.

No me moví de la mesa. Fue él quien se acercó.

—¿Lleva aquí mucho tiempo?

—Acabo de llegar.

—He comprado verduras para hacer sopa, ¿se quedará a comer?

—Sí, por qué no.

Xu Yun se dirigió hasta la cocina y fue sacando despacio todo el contenido de la bolsa. Estaba ya completamente restablecido de los últimos acontecimientos y mostraba un aspecto excelente.

—¿Está descansando bien estas noches? —me preguntó desde allí—. Porque he pensado, Alicia, que no puedo molestar más. Llevo cerca de un mes aquí y…

—Dos semanas.

—Pero es hora de que me vaya y le deje su casa.

—No se preocupe. Ya le he comentado que me iré de vacaciones en unos días.

—Alicia, yo no puedo hacerme cargo del alquiler…

—Eso tampoco es problema.

Me miró serio.

—Sí lo es para mí. He buscado un sitio, cerca del mercado, donde me pagarán algo por enseñar gimnasia china a unas clientas.

—Jing Tao… Me gustaría saber algo. ¿Se acuerda de aquel amigo mío chino, aquel que le presenté hace poco?

—Sí. Un joven muy agradable.

Intenté estudiar su gesto, pero era imposible leer en el rostro de aquel hombre.

—¿De qué hablaron aquel día?

—¿De qué pueden hablar dos hombres chinos que están fuera de su país? Solo de China.

Me levanté para intentar ayudarle a guardar las frutas y verduras en los compartimentos de la cocina, y así dar mayor naturalidad a la conversación.

—¿Y qué más?

—También me preguntó cuándo fue la última vez que había estado allí, si tenía familia…

—¿Le habló usted sobre su juventud? Sobre todas esas cosas de las que escribe, me refiero…

—Al principio, no. No sabía a quién tenía delante. Luego comentamos pequeños hechos de los últimos años.

—¿Qué hechos?

—De la guerra, que hoy los jóvenes han olvidado. De la China de ayer…

—¿En serio que se acuerda de todo aquello? Ha pasado mucho tiempo. Por ejemplo, ¿de qué murió Du Ling?

—Enfermedad —lo dijo rápido, cortante, seco.

—¿Qué enfermedad?

—Tumor.

—¿Y cuántos años tenía cuando falleció?

—Oh, Alicia, no me gusta hablar de esto —parecía molesto con el tema de conversación.

—Lo siento —me acerqué a la mesa y cogí todos los documentos. Le mostré las primeras imágenes, las que él había custodiado durante años. Las mismas que le habían permitido guardar en prisión para que nunca olvidara que un día se sintió Guardia Rojo—. Mire, esta es una foto de su juventud, con otro amigo.

El anciano la cogió entre sus dedos.

—¿De dónde la ha sacado? —no parecía enfadado.

—Me las dio aquel joven, Chen Qi —le mentí—. Uno es usted, ¿verdad?

Las observó en silencio. Levantó luego la cabeza y asintió.

—Sí. Con Hua Tuo, un amigo de la Universidad.

Lo recordé vagamente. Era uno de sus compañeros en ese grupo de jóvenes intelectuales que habían formado para seguir la política.

—También me dio esto —le mostré el documento. Al verlo, la expresión del maestro se relajó. Tocaba las puntas del impreso, amarillo por el tiempo, y señalaba los sellos que rubricaban el informe.

—Es el reconocimiento del gobierno a toda una vida al servicio de mi país.

Xu Yun no recordaba, o no quiso revelarme, que aquellos documentos los había tenido en su poder él mismo. Creo que su mente volvía a estar cerrada.

Advirtiendo que no iba a sacar demasiadas cosas en claro, que aquel papel formaba parte de una historia que no le pertenecía, opté por mostrarle, esta vez sin decirle nada, la última foto, donde aparecían él y la joven Du Ling. Le extendí el brazo y la cogió con cierto recelo, como si antes tuviera que prepararse psicológicamente para afrontar un nuevo golpe a su memoria.

La miró durante unos segundos que se me hicieron largos, muy largos. Y espesos. Allí estaba un Jing Tao anciano sosteniendo la escena de un Xu Yun joven con su amada. Llenos de vida. La vida que pudo ser en algún momento.

—Esta foto... —dijo, mientras paseaba su mano sin dos falanges por encima de ella.

—¿La reconoce? Es usted, ¿no es cierto, Xu Yun? —dije por primera vez su verdadero nombre.

—Sí. Hace mucho.

—Y Du Ling. Es Du Ling.

Alzó la mirada. Tenía una leve sombra acuosa en sus ojos.

—Es ella, ¿verdad? —insistí con fuerza.

Siguió mirándome, pero creo que no me veía.

—¿Verdad? —pregunté con tristeza, bajando mi tono.

—Sí —afirmó al fin, con un hilillo de voz.

Y concluyó:

—Es ella.

81

Chen Qi había contestado a mi mensaje. Lo vi al día siguiente, cuando quise comprobar el estado de mi bandeja de entrada. No tenía ningún correo de Álvaro. Sí uno de Chen Qi, que se había apresurado a responderme:

«Alicia, le mandaré dos pasajes de avión para que vengan usted y Xu Yun hasta Gran Bretaña. Dígame cuándo le vendría bien viajar. Vamos a ir a visitar a mi madre, en Chelsea, Londres».

Chelsea. Confieso que el pensamiento de poder ver a Du Ling, la Du Ling real, me alteraba y hacía que me inquietara un poco. La conocía por el relato de Xu Yun, por la imagen que mi propia imaginación había ido forjando a través de remiendos necesarios para hilar cada pedazo. ¿Cómo sería ahora, con setenta años? Preguntas y más preguntas sobre el libro de vida de Xu Yun, que parecía no querer cerrarse.

A última hora de la noche anterior había recibido una llamada de Pierre. Mi amigo estaba algo sobresaltado:

—Alicia.

—¿Sí?

—Alicia, soy Pierre. Ha ocurrido algo que creo que debes saber.

El corazón me dio un brinco:

—¿Qué ha pasado?

—Es el señor Jing Tao…

—¿Está bien?

—No sabría decirte… Es por la foto que le dejaste. Esa en blanco y negro en la que se ve a una pareja.

A mí me comía la impaciencia, pero noté que a Pierre también le costaba expresarse.

—Cuéntame —le animé a seguir, angustiada.

—Esta noche, cuando he ido a llevarle un trozo de pastel de Fina, he encontrado a Jing Tao sentado, mirando la imagen, sollozando. A juzgar por sus ojos, llevaba haciéndolo durante horas.

—¿Ha dicho algo?

—No. Solo lloraba.

—¿Seguro que no ha dicho nada? —repetí.

—Alicia, solo lloraba.

No sé si habría sucedido así durante horas, tal y como me había confiado Pierre, pero Xu Yun no me comentó el episodio al día siguiente, ni al siguiente. Para ser más exactos, no habló de él jamás. Mi amigo me había llamado un tanto asustado, al ver al anciano musitar en un silencio de lágrimas. Pero de nuevo el pensamiento de Jing Tao, o de Xu Yun, se volvía insondable, e intentar penetrar en él resultaba tarea absolutamente baldía.

Chelsea es un selecto y elegante barrio de la zona oeste de Londres. Lo conocía bien por las veces que había aterrizado en la ciudad durante mi pasado periplo por Inglaterra. Siempre me gustaron sus calles, que guardaban un aire mitad decadente, mitad *snob,* muy al gusto inglés. Tenía una densidad de población considerable de famosos, deportistas y escritores por metro cuadrado, cuatro o cinco *streets* de casitas de ladrillo rojo, bonitos comercios, coches caros aparcados en las aceras y transeúntes siempre vistiendo ropa de marca.

Que Du Ling viviera aquí, en un entorno con marcado signo de clase social alta, y que lo hubiera hecho gran parte de su vida, denotaba una existencia sin dificultades económicas. Se había casado al poco de arribar a Gran Bretaña con un próspero abogado galés, David Forest, con el que tuvo, además de a mi amigo Adams Chen Qi, a otro hijo: David Chiang, un economista que trabajaba para una multinacional en Nueva York y que solía viajar a Londres para verlos unas cuantas veces al año. David Forest, el acaudalado inglés de gustos exquisitos y educación británica que desposó a Du Ling, fue capaz, además, de hacerla feliz. Permitió el bautizo de sus hijos con nombres chinos y siempre respetó las tradiciones de aquel país; incluso que los niños intentaran aprender el idioma. Cuando murió, dejó a la hermosa viuda, además de cientos de recuerdos de lo que había sido un hombre enamorado y bueno, una herencia capaz de mitigar cualquier problema para el resto de su vida.

Medité sobre lo distinta que hubiera sido la biografía de aquella mujer de haber permanecido en China junto a Xu Yun. Un futuro roto que, al menos, uno de los dos tuvo la oportunidad de recomponer.

A mi lado, sentado en el avión, Xu Yun leía tranquilo un periódico británico. Me había contado que estudió un año en Inglaterra, en 1960, donde perfeccionó un idioma que le serviría para trabajar en el servicio exterior de prensa del gobierno chino. Ahora volvía de nuevo a este país, que no había visitado desde entonces.

Al principio, no supe qué argumentos utilizar para que Xu Yun no se opusiera al viaje. Pero todo se solucionó cuando Chen Qi me dijo que hablaría con él por teléfono. Cuando recogí el móvil porque la conversación había concluido entre ambos, el viejo profesor no preguntó nada: iría a Londres.

Yo no terminaba de comprender bien los extraños mecanismos de su razón: tan pronto huía porque se sentía perseguido, como no preguntaba por los motivos de un viaje inesperado. Se había pasado la vida, o por lo menos los últimos quince años, escapando. De nadie en concreto, sino de sí mismo, de los fantasmas que aún poblaban su interior. Xu Yun era un hombre huidizo. Había aprendido a serlo de manera forzosa, movido por un miedo incontenible que marcó su carácter como solo puede hacerlo el pánico que se desencadena cuando escuchas descorrerse los cerrojos de tu celda. Pero su cerebro se apagaba a menudo y entonces era un niño, capaz de entregarse a la alegría y al disfrute de las cosas más nimias. A mí me sorprendía a partes iguales cualquiera de las dos cabezas de este dragón: la temerosa y la despreocupada; la imperturbable y la entregada. Dos hombres en uno solo, un niño dentro de un adulto.

Ignoraba qué parte de él me acompañaba. A pesar de las confidencias, de las decenas de horas de conversación, de la amistad que habíamos ido forjando poco a poco, me había dado cuenta de que no conocía ni a Jing Tao ni a Xu Yun. Quizá porque la mayoría de las veces no diferenciaba si quien tenía enfrente, o a mi lado, era al extraño pero entrañable maestro de artes chinas, o al propio Xu Yun, profesor de inglés salido de la Facultad de Letras de Pekín y luego encarcelado durante treinta años.

Cuando aterrizamos, miraba la Terminal del aeropuerto con curiosidad.

—Ha cambiado mucho desde que estuve aquí —dijo.

—Ha pasado mucho tiempo.

—Sí, yo también he cambiado…

No pude dejar de estremecerme al escuchar esto, porque ni él mismo sabía cuánto. Afortunadamente, un amable y sonriente Chen Qi nos esperaba a la salida de los pasillos de embarque, lo que me permitió distraer un poco los melancólicos pensamientos que me producía pensar en la vida pasada y azarosa del profesor de *El Bosque Galo*.

—Señorita Alicia… Señor… —me tendió la mano a mí y concluyó con una reverencia frente a mi acompañante—. Espero que hayan tenido un buen viaje. Chelsea nos espera.

六

SURCANDO MIS PROPIOS MARES

82

Recuerdo la rivalidad que Manchester y Londres mantenían durante todo el año. La industrial y grisácea Manchester ante el bullicio y la agitación cosmopolita de la capital, esa urbe voraz que todo lo engullía.

—Supongo que habrá estado en Londres, señorita Aliorte —me preguntó Chen Qi, mientras conducía.

No contesté. Escuchaba su voz de fondo, pero yo miraba absorta los autobuses de dos pisos balanceándose en el aire tras un giro; ejecutivos comiendo sus emparedados en las escaleras de cualquier plaza, con el maletín a los pies y la prensa económica abierta sobre el regazo; jamaicanos cantando *reggae* en las esquinas y la ciudad en sí, curiosa Babilonia del siglo XXI, que se abría en canal para mostrarse a quien quisiera descubrirla. Como quería yo hacerlo desde el cristal de la ventanilla del coche de Chen Qi.

Enlazamos con la vía que nos conduciría directamente al barrio de Chelsea, mientras conversábamos durante el trayecto para hacer el viaje más amigable. Yo preferí limitarme a escuchar.

—Quiero que conozca a mi familia. Mi madre, sobre todo. Mi hermano está en América.

—Ah, América es ahora el destino donde quieren estar todos los jóvenes, ¿no?

Chen Qi sonrió.

—Algo así. Trabaja allí.

—¿Por qué tan lejos?

Chen Qi se encogió de hombros. No tenía una respuesta convincente. ¿Por qué tan lejos? No lo sabía. Porque las cosas se habían presentado así; porque a menudo la vida te ofrece nuevos caminos.

Es curioso, pero nunca se lo había preguntado. Después de todo, y para un británico, EEUU es solo la parada siguiente.

—Y su padre. ¿No tiene padre?

—No. Murió hace más de quince años. Mi madre entonces decidió trasladarse a Londres.

—Lo siento; debió morir joven...

—Siempre se muere demasiado joven, supongo —hizo una mueca triste.

—¿Y usted practica Whusu?

Chen Qi sonrió para sí. Había practicado varios estilos chinos de artes marciales desde los cinco años, tal como fue el gusto de su madre. Seguía en la actualidad entrenando, pero ya no todos los días. El trabajo y los viajes se lo impedían.

—Cada vez menos. Apenas dispongo de tiempo.

—El tiempo no existe.

—Creo que en algunos lugares, sí.

—No, no existe. Es una invención humana. Algo que se nos ha escapado de las manos.

El joven parecía disfrutar con el diálogo. Lo veía feliz y relajado, mientras yo me inquietaba cada vez más conforme íbamos acercándonos a nuestro destino, al que había puesto ya mil caras y escenarios distintos.

—Yo solo soy capaz de perder la noción del tiempo cuando me sumerjo en la música.

—¿Le gusta la música?

—Me entusiasma. Como a mi madre. Ella me ha enseñado a tocar varios instrumentos tradicionales de China.

La que había conseguido perder la noción del tiempo y de la realidad era yo, de tanto imaginarme la situación y el propio rostro de Du Ling. Cuando llegamos a la casa de la madre de Chen Qi, en una de las zonas más exclusivas del ya de por sí exclusivo distrito de Chelsea, me temblaban tanto las piernas que me sujeté al brazo de Xu Yun para subir los pocos escalones de la entrada. Una puerta blanca de madera, con un frontal cuadriculado de metal y grueso cristal, se abrió para darnos la bienvenida. No apareció un criado con levita y guantes blancos, ni una sirviente con cofia y vestido negro de raso. Tras la puerta, en el salón, a pocos metros del vestíbulo, la propia Du Ling nos esperaba.

Era la niña del relato de adolescencia de Jing Tao quien nos contemplaba, con las manos recogidas en su regazo. La misma muchachita que contaba estrellas con su joven enamorado o paseaba con él por los muelles de Changsha. La que escuchaba las locuras de un inventor de sueños y reía con sus extrañas ocurrencias de ingenio. Era también la mujer que aparecía en la foto que Chen Qi me había enviado a mi correo, y que posaba junto a su amado, indiferente al colérico mundo que se abría ante sus pies. Un mundo furioso que no entendería su amor ni le iba a importar lo más mínimo hacerlo añicos.

Du Ling se acercó despacio, como si flotara. Tenía la piel luminosa, bien cuidada, apenas con arrugas a pesar de la edad. Vestía un traje europeo ajustado, que me recordó al de la fotografía. El pelo, teñido de negro para disimular las canas, lo recogía en un moño que dejaba todo el protagonismo a su rostro desnudo, sin artificios ni la ayuda siempre favorecedora del cabello suelto. Me la imaginé hace cincuenta años y comprendí que Xu Yun quedara de inmediato extasiado con ella.

El profesor parecía estar reaccionando muy lentamente, como si quisiera encender de una vez por todas las luces oscurecidas de su cerebro.

Ella pronunció unas palabras en chino. Xu Yun asintió y contestó a su vez, con la voz turbada. Ninguno de los dos encontraba las fuerzas para comenzar una conversación.

Chen Qi me cogió entonces del brazo y me hizo un leve gesto.

—Dejémosles —dijo en voz muy baja—. Creo que tienen mucho de qué hablar.

Los miré, situados frente a frente, y me volví hacia la puerta. Tras de mí quedaba una emocionada Du Ling, que parecía estar a punto de llorar en cualquier momento.

Quisimos respetar el dolor de aquellas dos almas que volvían a reencontrarse y salimos a dar un paseo por la zona, un lugar pulcro y ajardinado. Terminamos entrando en un típico café inglés, lleno de banderines de equipos de fútbol y carteles de jugadores de las últimas décadas. Había una diana multicolor en una de sus paredes, enmarcada por enseñas de varios países. Y una colección de al menos treinta jarras de cerveza, con todo tipo de motivos y escudos pintados en las tripas de su loza.

Nos sentamos ante una mesita redonda de madera, en pequeños taburetes con dibujos grabados en su respaldo. Un camarero pelirrojo se acercó, amable.

—Enseguida les atiendo —nos dijo mientras desocupaba su bandeja en una mesa no muy lejana.

Chen Qi y yo cogimos la carta de consumiciones para pedir algo de comer.

—En todo este tiempo, ¿tu madre no ha sabido nada de Xu Yun? —me animé a preguntarle, tuteándole.

Por primera vez, Chen Qi pidió una cerveza. Supuse que, tras ese armazón de hierro, latía un hombre que estaba tan nervioso como emocionado.

—Nada. Pero yo sí tenía todo su testimonio. Lo he escuchado miles de veces.

—Ahora entiendo que tu labor no ha debido ser fácil por muchos motivos…

—Xu Yun es un hombre esquivo. Ha aprendido a serlo. Sigo la pista de otros compatriotas que vivieron los años sesenta en China y hoy se encuentran en Inglaterra. Pero, como usted comprenderá…

—¿Usted? —le corté, divertida.

—Como tú comprenderás —advertí que le costó perder el tratamiento— este caso era diferente y no he escatimado tiempo ni esfuerzo.

Nos quedamos en silencio, sentados allí, con la música de fondo del local a modo de banda sonora. Le pedí a Chen Qi un esfuerzo más.

—¿Cómo vivió tu madre aquellos años? ¿Qué te contó Du Ling?

—Que el destino fue caprichoso con ella. Con los dos.

—¿Siguió amándole? —aún no había terminado de formular la pregunta cuando me di cuenta de mi falta de diplomacia. Después de todo, le estaba hablando de un viejo amor cuando él ya pertenecía al capítulo donde su padre había sido el protagonista.

Quise remediarlo lo antes posible.

—Perdón, yo…

—No te preocupes. Es lógico. Le has tomado mucho cariño a ese hombre.

—Lo siento, no quería haber dicho eso.

Él se paró a pensar durante un breve lapso de tiempo.

—Mi madre siempre lo recordó, si eso te sirve de algo… Siempre.

Chen Qi y yo volvimos a la casa de Du Ling pasadas unas horas, con cierta impaciencia interior por saber lo que nos íbamos a encontrar. Pero lo que vimos estaba lejos de ser algo anormal o extraordinario. Solo eran dos ancianos hablando, sentados en un sofá, muy cerca el uno del otro, como si estuvieran confesándose secretos que solo ellos tenían derecho a conocer.

La puerta la había abierto Du Ling, con los ojos hinchados por las lágrimas y el color más pálido del que había descubierto en su cara por la mañana.

—Madre, ¿estás bien? —Chen Qi pasó y rodeó a su madre con el brazo. Parecía afligida. Tras restarle importancia, se dirigió cortésmente a mí:

—Pase, por favor, señorita —su inglés observaba un leve acento chino, que los años en Gran Bretaña no habían sido capaces de borrar del todo. Fue a sentarse frente al sillón, rodeado por algunos cuadros en caligrafía china que lucían en la pared, desde donde Xu Yun intentaba recomponerse.

—¿Podemos ayudarles en algo? —comenté, sin querer entrometerme en aquella conversación aplazada durante cinco lustros.

—No, Alicia. Estamos bien —me contestó el profesor. Después miró a Chen Qi de una manera extraña, tanto que no fui capaz de identificar el sentido de su gesto.

—Se parece mucho a ti —dijo al fin Du Ling.

En un primer instante no entendí, y creo que tampoco Chen Qi, el significado de aquellas palabras. Du Ling cogió una foto de la pareja que reposaba encima de la mesa y se la tendió al joven.

Era la que Chen Qi conocía y la misma que había enviado a mi correo. Aquella en la que se veía a un apuesto Xu Yun, y a una hermosísima Du Ling, posar ante la cámara, radiantes ambos de felicidad, en algún momento del Pekín de los inicios de la Revolución Cultural.

No habría pasado de ser una instantánea más del pequeño álbum de aquella joven pareja, si no hubiera sido por el comentario de la mujer. Un comentario lanzado al aire como una saeta.

—Dos meses.

Chen Qi y yo nos miramos. Solo Xu Yun, mi viejo profesor de Taijiquan, parecía comprender el código de su amada. Solo ellos conocían el secreto de aquella foto, donde un vientre llevaba desde hacía dos meses la simiente de un niño que nacería al otro lado del mundo, en Europa, ajeno e indiferente al curso diametralmente distinto que iban a tomar las vidas de sus padres, y la de él mismo, a partir de entonces.

83

Unas nubes henchidas de relámpagos me recibieron en París. Me había pasado el viaje soñando despierta, reviviendo el rostro púrpura de Du Ling al tener delante a su antiguo amor. Necesitarían mucho tiempo para que Jing Tao volviera a ser Xu Yun, aquel joven que se sacudía la injusticia de los ropajes y caminaba erguido entre la moral quebrada de muchos estudiantes.

Había reconocido a Du Ling. Un trueno sacudió su cerebro y había reconocido a aquella mujer, ya anciana, que de niña solía sacar de su petate libros y manzanas, plumillas y tinta con la que perfilar las sombras de los atardeceres de Changsha. También recordó aquel momento en el que ambos decidieron inmortalizar su dicha en papel. Du Ling aún no lo sabía, pero ese brillo fulgurante en el rostro respondía a su incipiente embarazo. Les habían robado el tiempo para paladear juntos la noticia.

Las turbulencias luchaban dentro de la mente de Xu Yun. Du Ling no había muerto, estaba allí, con él. Habían tenido un hijo. El hijo vivía y era ya un hombre. Un joven de semblante delgado y manos finas, de elegancia natural y mirada incierta.

Le había enseñado las dos fotos de la caja de madera a Du Ling. Eran Xu Yun y Hua Tuo, vestidos de Guardias Rojos en 1966, los que miraban desafiantes y retadores al mundo.

—Fue él —me dijo Du Ling, antes de partir hacia París y aprovechando que el profesor no nos escuchaba. Me lo había revelado al ver las imágenes.

—¿Quién?

—Hua Tuo.

—¿Qué pasó? —no tenía claro lo que la mujer trataba de decirme.

Du Ling había hecho una pausa antes de confesarme:

—Quien lo delató. Quien hizo que lo encarcelaran.

—¿A Xu Yun?

—Sí. Por envidia, por usurpar su nombre… Qué se yo —concluyó, triste.

Estudié de nuevo las instantáneas. Triste paradoja tener inmortalizado para siempre en papel al hombre que te traicionó. Sonriente, mientras pensaba en el próximo movimiento a jugar. Pero Xu Yun lo había olvidado. Guardaba la foto porque representaba un período que recordaba heroico, con sus grandes carteles llamando a una lucha sin final, su olor a pólvora fresca y el compás de tambores de guerra de un pueblo que ya anhelaba la paz.

Dejamos allí a Xu Yun y Du Ling, unidos de nuevo, con sus silencios, sus preguntas y sus dudas, en una historia que tocaba a su fin, y donde creí escuchar de fondo la melodía de un viejo violín chino.

Pedí a Judith y a Jean Paul que me vinieran a recoger al aeropuerto. Volvía sola, ya que Chen Qi se había quedado en Londres junto a su madre y a Jing Tao (el nombre de sus recuerdos y escritos, pero inexistente para Du Ling). El joven Chen Qi no sospechó nunca que Xu Yun fuera en realidad su padre, a pesar de conocer la relación de años que mantuvo con Du Ling. Decidí dejarlos cuanto antes; después de todo, yo solo era una extraña.

Me fui sigilosamente de Inglaterra. Me fui un poco vacía, con la idea de no querer aún volver a España a enfrentarme con la vida que todos esperaban que hiciera. Con treinta años todavía buscaba la señal de mi próximo puerto, un nuevo aviso en el mapa.

Aterricé ya entrada la tarde. Por el pasillo de salida divisé en la puerta a Pierre, que había venido acompañando a Judith y Jean Paul. ¿Cómo se habría enterado de cuándo volvía? No importaba. Me alegró que estuviera. Ellos tres, junto a Rose Marie, Octavio y

Fina, constituían mi pequeña familia en París. Qué guapo es Pierre, pensé. A su lado, Paul abrazaba a su novia y sonreía con cara bucólica ante cualquier comentario. Por un momento imaginé una foto de ellos a veinte años vista, sentados sobre una alfombra en el suelo con sus cinco hijos revoloteando alrededor y la familia de Judith llegada desde Bogotá al completo.

Una tarjeta de visita descansaba en algún lugar del interior de mi equipaje. Una pequeña cartulina con un nombre, una dirección y un teléfono personal. Adams Chen Qi Forest. Abogado. Cardiff, País de Gales. Habíamos quedado en llamarnos pasados unos días para contarnos las últimas novedades, y yo lo esperaría ansiosa para tener noticias de Xu Yun. Chen Qi me había regalado, al despedirnos, un inmenso mapa de Pekín. Un plano detallado de todo el trazado de calles y avenidas, tanto de la ciudad antigua como de su nueva expansión, debida, sobre todo, a la fiebre constructora de las Olimpiadas de 2008.

—Tienes que conocer *in situ* mi país —me había dicho—. Te lo enseñaré yo mismo algún día.

«Algún día» en el esquema de mi vida podría ser al día siguiente o nunca. Por el momento, el suave tacto del mapa entre mis manos ya me aportaba buenas dosis de felicidad. Intenté recomponer un bosquejo aproximado para dentro de unos meses, tras el verano, y ni tan siquiera fui capaz de hacerlo para las jornadas siguientes. Demasiado bullicio en mi interior. Demasiado cercana la historia de Xu Yun.

Traspasada la puerta de cristal, distinguí a mis tres amigos, que agitaban sus manos como si no les hubiera visto. Pierre llevaba un pequeño cartel donde se leía «Bienvenida a tu casa». Sentí una punzada de emoción y orgullo por la amistad que habíamos sido capaces de labrar en menos de dos años. Gentes dispersas sabiendo respetar los *tempos* de cada uno para componer una nueva sinfonía entre todos. Más o menos perfecta, pero nuestra siempre. «Bienvenida a tu casa». Solo había faltado setenta y dos horas, y me recibían como si hubiera estado ausente media eternidad. Sí, sabía que era bienvenida, pero mi casa no era París, como no lo había sido nunca Roma cuando viví allí seis meses o Manchester. Mi casa y mi hogar eran ellos. El lugar donde poder descansar al cerrar la puerta tras de mí lo componían sus vidas, y mi existencia era ya parte de las suyas. Mi casa no estaba en París, sino en Pierre, Judith, Jean Paul, Fina u Octavio. Como en Manchester había estado en el irlandés Peter; o en Cádiz, en Álvaro.

Judith fue la primera en recibirme. Me abrazó con fuerza. Ella, que lo sabía todo desde el principio. Su mirada cómplice no podía ser más elocuente.

—¡Alicia...! —los dos hombres se acercaron.

—Te hemos echado de menos —dijo Jean Paul cuando le llegó el turno de saludo.

—¿Otra vez? —reí, emocionada —Solo he estado tres días fuera...

—Pero nos han parecido años... —concluyó mi Pierre—. Te queremos.

—Yo también —contesté al abrazarlos, sintiendo agolparse en unos segundos todos los sentimientos y los nervios de los últimos meses—. Yo también.

Han pasado quince días desde que volví y creo haberlo contado ya todo. Como dije al principio, quizá merecía una historia emocionante en las páginas centrales del pasaporte de mi vida.

Chen Qi me explicó reuniones de su organización y decisiones tomadas con sus superiores en despachos de Gran Bretaña y Austria. De cómo siempre estuvo al tanto de todo, gracias a sus contactos. De sus viajes hasta París y sus desvelos por el caso. Me habló también de los encuentros conmigo en la calle, que él se resistía en llamar «persecuciones». Me explicó algunas cosas, pocas, de la organización para la que trabajaba.

—Cuestión de seguridad, ya sabes. No debes conocer detalles.

Y de la conversación mantenida con Jing Tao para lograr que viajara hasta Londres.

—Solo le dije: «nuestra Revolución te necesita». Fue suficiente.

Por lo demás, las cosas han seguido su curso. Mi amiga y Jean Paul llevan juntos de nuevo desde hace semanas. Son dos almas distintas que han aprendido a acoplarse por una razón sencilla: se quieren. Lo han hecho con esfuerzo y por ello lo valoran. Jean Paul le regala a mi amiga un punto de locura que resta gravedad al carácter de Judith, quien organiza con orden la desbocada bohemia del fotógrafo. Mi imagen de una familia numerosa alrededor de la chimenea no parece que esté tan desencaminada.

Octavio Lombardi sigue inventando artilugios de utilidad. Lo último ha sido un despertador en una caja de pastillas para el asma, que funciona perfectamente y suena a la hora fijada. Octavio y Fina me esperan en agosto en Calabria. Les he comentado que este año no podrá ser, y me han pedido que celebre entonces con ellos el próximo Año Nuevo. Tras la Navidad con mis padres, puede que les haga caso. Me parece una buena ciudad para llenar de entusiasmo mis nuevos objetivos. Esos que trazo todos los años y a duras penas cumplo. De momento, me han guardado unos meses mi pequeño apartamento, a la espera que lo habite cuando vuelva a París tras el verano.

Xu Yun ha decidido aceptar la invitación de Du Ling para descansar una larga temporada en Londres. Sin prisas ni fechas. Tienen mucho que contarse. Y mucho que olvidar. Eso sin duda beneficiará al proyecto que tramitan Hang Li y Chen Qi para su gobierno. Por el momento, han conseguido recobrar espacios muertos de su memoria, como algunos episodios de los interrogatorios en las cárceles. El proceso está siendo duro y lento. Muy lento. Chen Qi me mantiene al tanto de todo ello.

Pienso en mi viejo profesor, en *Fu Choy*, Puño Cerrado, que consiguió recordar su formación censurada de artes marciales entre todas las neblinas. Y pienso en todos esos acontecimientos que pasan a veces por encima de nosotros y conforman nuestro destino. La historia de Jing Tao es la de un hombre vencido por una vida donde todo era mentira, y en la cual Du Ling se sostenía como única verdad. Una luz en toda aquella ciénaga.

Comprendí entonces su obsesión por las galletas, cuyo sabor echó de menos durante tanto tiempo. Y, habiendo soportado durante más de treinta años un paisaje árido, su gusto por el embellecimiento de los jardines.

Para Chen Qi, el hallazgo de un nuevo padre no ha resultado fácil. Pero es un hombre maduro, que ha sabido aceptar la noticia sin grandes sobresaltos. Dudo mucho que lo vea alguna vez como padre, puesto que ya recibió todas las atenciones de uno, pero se abre para él una nueva experiencia que estoy segura que sabrá aprovechar.

Me ha invitado a conocer su país. Quiere que le acompañe para recuperar parte de su origen. Y, con la excusa de mostrarme China, hemos trazado un viaje de tres meses por toda la nación: Beijin, Xian, Suzhou, Guanzhou, Shanghai... Con una parada importante en la ciudad de Changsha, donde rememoraremos la juventud de sus padres. No podía negarme a una travesía de este tipo y confieso que me apetecía llevarla a cabo con él.

Mientras, Pierre aguarda en la recámara. De vez en cuando me llama, o me manda mensajes si no estoy en París. Y si lo estoy, baja a verme y damos una vuelta por el centro. El otro día nos besamos. No sé si fue él o lo hice yo, solo sé que surgió. Y me gustó que pasara. Ignoro lo que traerá en el futuro, pero me tranquiliza saber que lo tengo cerca.

Por el momento, tengo ilusión en preparar mi viaje a China. He hablado con Rose Marie para pedirle permiso y regresar más tarde al trabajo. Mi intención es volver a París, a esta ciudad que me ha atrapado. Pero, quién sabe. Donde acaban los mapas, empieza mi propia vida. Como ha sido siempre. Como lo seguirá siendo.

七

EPÍLOGO

Debía llevar pocos días en la escuela cuando lo vi.

Changsha crecía como ciudad, pero los jóvenes nos conocíamos bien y cualquier nuevo estudiante era rápidamente examinado hasta el último detalle. Me pareció un joven flacucho, alto y bien parecido, de manos largas y bellas con las que sacaba hermosas notas a su *erhu*, que pasaba tocando mucho tiempo en las bancas de la entrada al colegio, donde se arremolinaban otros chicos de su clase para pedirle que les enseñara, o simplemente para escuchar. Yo nunca me atreví a hacer ninguna de las dos cosas, pero no podía apartar mis ojos de él.

Pronto supe que había estudiado el último año en Pekín, junto a su padre, un importante líder de nuestra Revolución al que acompañó en muchas de sus campañas. Allí había forjado una conciencia crítica que no perdería jamás y allí también cosecharía grandes envidias entre algunos estudiantes, que veían una ofensa en su posición.

Yo no sabía cómo despertar su interés. A la entrada de la escuela, entre cientos de chicos y chicas, era imposible encontrar su mirada. Fui urdiendo diferentes estrategias para dar con él, como entrar temprano a mis clases o retrasarme más de lo habitual. Hice correr la voz entre mis amigos de mi hora de llegada, de cuándo salía, de las calles por las que transitaba de forma más habitual o de las veces que bajaba de casa a lo largo del día. Con este sistema llegué a encontrármelo a unos pocos metros, con mi corazón latiendo de una manera desaforada y el rubor oscureciendo mis mejillas. Me gustaban sus modales, su porte, su manera de moverse. Era educado y, aunque por entonces aún no había escuchado su voz, me la imaginaba dulce y varonil a la vez, refinada y embriagadora.

Pero había semanas en las que no lo veía, aunque lo buscara con desesperación entre los rostros de mis compañeros.

Mientras, seguí escribiendo y practicando mis lecturas en las bancas exteriores de la escuela durante largo tiempo, esperando un prodigio. Y la magia llegó. Una mañana lo vi a lo lejos, dubitativo, en una de las esquinas de la franja que daba a la calle de enfrente. Creo que esperaba a alguien, porque allí permanecía, inmóvil. Yo no me atreví a mirarlo cara a cara para no descubrir mi nerviosismo.

Pero no se fijó en mí. Me sentía muy desgraciada. Lo tenía tan cerca y tan lejos a la vez... Pensé que habría puesto ya los ojos en alguna de las muchas jóvenes de Changsha. ¿A quién esperaba cada mañana? No lo sabía, pero nunca dejé de sentarme allí. Yo hablaba con los amigos que pasaban, y como un chico de la clase de enfrente, que tenía mi misma edad y era extremadamente simpático. Me hacía reír, y siempre era atento y educado conmigo.

Al poco de ese encuentro, lo vi un día en una banca próxima, leyendo unos libros y escribiendo sobre sus tablillas. No me lo podía creer: allí estaba él. Llevaba una fina camisa blanca de lino, que se ahuecaba con facilidad con la brisa de la mañana. Iba bien vestido y estaba guapo, muy guapo. Me puse nerviosa y comencé a sacar de mi bolsa todo lo que llevaba dentro. Comencé a leer, a distraerme entre mis libros, a comer, a repasar algunas cuentas…

Pero estaba a mi lado y yo era incapaz de mirarlo.

De pronto, y cuando menos me lo esperaba, se acercó. Mi corazón comenzó a agitarse.

Estaba de pie, ante mí, con una sonrisa resuelta que le iluminaba toda la cara, hablándome:

—Hola…

Su voz era clara, bella, varonil. Tal como me la había imaginado.

Intenté no balbucear. Ante mi torpeza, él insistió:

—Disculpa, ¿puedo sentarme?

Entonces me armé de valor y lo miré. De cerca me pareció muy hermoso, con el rostro algo más moreno que los chicos de Changsha, el pelo bien cuidado y unos modales que nublaban mis sentidos.

—Me llamo Xu Yun. Creo que tú estás en la clase de enfrente —me dijo.

Xu Yun. Así que ese era su nombre... Estaba tan agitada que solo esperaba que no se diera cuenta.

—Hola —no fui capaz de decir más.

—¿Vienes de lejos?

—¿Cómo? —mi corazón palpitó.

Señaló mis libros.

—Me gustaría saber de dónde eres. Ya veo que lees textos clásicos.

—De Changsha. Nací aquí y aquí llevo toda mi vida —acerté por fin a pronunciar, forzando una sonrisa—. ¿Y tú?

—También de Changsha, pero he recorrido el país los últimos años con mi padre. ¿Cuál es tu nombre?

—Du Ling.

—Du Ling, de Changsha —repitió.

—No recuerdo haberte visto antes.

Él se encogió de hombros antes de contestar.

—Nunca había ido a la escuela hasta ahora. Lo aprendí todo de mis maestros. ¿Qué lees?

—Es una reimpresión de Sima Qian —dije, dando la vuelta al libro y mostrándoselo.

—¿Me ayudarías a aprender a leerlo?

Sorprendida por la petición, no supe qué decir. Ni en mis mejores sueños pude imaginar que tendría una excusa para estar más tiempo con él. Fueron unos segundos de vacío que creo que interpretó como una negativa.

—¿Qué me dices? ¿Me enseñarías? Te pagaré bien las clases.

Intenté no gritar de alegría. Me mostré contenida, aunque no sé si podía disimular que estaba exultante.

—Te enseñaré —pero fui incapaz de decir nada más. Muerta de vergüenza, recogí mis libros y corrí hacia clase antes de que me hablara de nuevo.

—¡Lo siento, debo marcharme! —le grité.

—¿Qué tal mañana? —dijo él, a su vez.

Claro que nos encontramos a la mañana siguiente, y a la siguiente. Ya no habría más juegos de estrategia, ni más esperas. Ahora nos habíamos cruzado para regalarnos el aliento de nuestras palabras. En el mismo sitio o en otro distinto, caminando por las calles, sentados en las plazas, tumbados en el campo o mirando al río, al infinito o al cielo de Changsha. Leíamos libros antiguos o textos que las nuevas imprentas editaban continuamente. Escribíamos sobre la arena o con tinta. Yo le enseñaba caligrafía sobre papel de seda, y él a mí música y respuestas de luz a cualquiera de mis preguntas. Teníamos dieciséis años. Teníamos ideas y sueños que cumplir. Teníamos las llaves de la felicidad en nuestros bolsillos. Lo teníamos todo. Ya no existía nada inalcanzable porque estábamos juntos.

Así pasó el tiempo, los años, tras los cuales Xu Yun volvió a la actividad política junto a su padre. Le planteé entonces al mío estudiar leyes en Shanghai o Pekín para poder hacerme cargo un día de los negocios familiares. A decir verdad, se trató de un pretexto para que Xu Yun y yo saliéramos de Changsha y comenzáramos en la gran ciudad una vida en común. A él siempre se le dio bien la literatura, escribía unos hermosos poemas y tenía una indescriptible facilidad para los idiomas, así que se decantó por estudiar Letras en la Universidad de Pekín.

En nuestro grupo de Changsha también vino su amigo Hua Tuo, que se convirtió pronto en un cabecilla del Partido. Era un hombre combativo, de gran virulencia y notables dotes de líder. Pronto se arrimó a Xu Yun porque le interesaba el apellido que arrastraba y las influencias de su padre dentro del ejército. Se afilió joven y su única obsesión era prosperar. Procedía de una familia humilde de los campos de Hunan y esperó su oportunidad para dar el gran salto. Comenzó a ostentar pequeños cargos hasta que llegó su momento con la Revolución Cultural.

Se enroló en uno de los cuadros de jóvenes y alcanzó de inmediato el mando. Con su verborrea panfletaria consiguió llevar hasta su grupo a Xu Yun. Todavía recuerdo la primera vez que lo vi vestido de uniforme, con la gorra ceñida a la frente y su brazalete de Guardia Rojo.

—Aunque no lo parezca, nos encontramos en medio de una guerra civil —me dijo, al observar mi cara de sorpresa.

Los caminos hervían de jóvenes entusiastas llamando a la lucha a quien se cruzara con ellos camino de la Universidad. Un grupo de alumnos había formado un pequeño reducto intelectual en los bajos de una fábrica ahora en desuso. Los jóvenes solían imprimir allí pequeños carteles.

—Ponedlo en la Facultad esta tarde, antes de la llegada de estudiantes —había aconsejado uno de los muchachos, un joven imberbe que cubría la cabeza con una gorra azul.

Hua Tuo tomó el mando.

—Tenemos que hacer al menos un centenar. Y colocarlos en la entrada de la ciudad, a las puertas de los talleres, en las aulas... Que todo Pekín arda en deseos de lucha contra los corruptos.

—Pronto necesitaremos más medios —aseguró Xu Yun—. Más medios y más gente.

Hua Tao se volvió hacia él, con ojos desafiantes.

—¿Cuándo vas a dejar tus clases en esa academia?

—Es mi único modo de vida. No puedo dejarlas.

—Yo te lo pido. Pero la revolución pronto te lo exigirá.

De nuevo un punto de desencuentro entre los dos jóvenes, ante lo que el resto permanecía callado.

—Y Du Ling, ¿qué piensa de esto? —le preguntó.

—¿A qué te refieres?

—¿Está con nosotros o contra nosotros?

—Sabes bien la labor propagandística que está realizando en los talleres de mujeres. Redacta panfletos y octavillas que reparte entre las obreras, habla con ellas, les explica nuestros propósitos…

—Pero no está afiliada al Partido —aseveró Hua Tuo.

—Lo está su padre. Y nadie puede poner en duda el patriotismo de Du Ling.

—Nadie lo hace —interrumpió otro de los presentes en la reunión, que secaba la tinta de los carteles recién impresos—. Solo que es necesario aunar esfuerzos e incrementar nuestras filas. La actualización de las listas con nuevas altas se hará en breve y sería conveniente que ella estuviera.

Xu Yun solía excusar las palabras de sus amigos, pero a mí no me agradaba ese hostigamiento.

Hua Tuo, Xu Yun y otros dos compañeros comenzaron a dar charlas educativas. Los jóvenes eran sus principales receptores, pero también los trabajadores modestos de la ciudad o los campesinos. A los pocos meses, y por decisión expresa del Servicio Exterior del Partido, Xu Yun, cuyo nivel de inglés le había permitido estar siempre en contacto con todo lo publicado por la prensa extranjera, fue propuesto para el cargo de ayudante en el Servicio de Propaganda del régimen. Pero desde finales de los años cincuenta veía hervir los cimientos de la Revolución Cultural Proletaria. Cuando se desencadenó, en pleno 1966, tanto él como sus compañeros depositaron toda la confianza en un movimiento que se esforzaba por luchar contra la lacra de la corrupción.

Una gélida tarde de viento y lluvia, su amigo Hua Tuo golpeaba vigoroso el cristal contiguo a la puerta de su oficina:

—¡Xu Yun! ¡Xu Yun!

Él se encontraba traduciendo los párrafos de un discurso del presidente que en pocos días sería enviado a los más importantes periódicos europeos.

Se volvió al escuchar la llamada y vio a través del vidrio al joven revolucionario.

—¡Xu Yun, te necesitamos! ¡Abre!

Él se acercó hasta la puerta y le dejó pasar. Hua Tuo venía sofocado, con el cabello empapado en sudor. Se había quitado la gorra, que llevaba en la mano, y se limpiaba la frente y la sien con los dedos.

—¿Qué ocurre?

—Xu Yun, nos mandan a Shanghai. Quieren que formemos allí una célula para extender nuestro control por la ciudad.

La lucha contra el revisionismo y contra las ideas antirrevolucionarias quedaba de pronto a merced de grupos de jóvenes estudiantes.

—¿Shanghai? ¿Y qué puedo hacer yo?

—Tienes que venir. Tienes que ayudarnos.

—Pero no puedo. Mi puesto aquí…

—No te preocupes. Dentro de poco, nada que no pase por las manos de los Guardias Rojos tendrá sentido. Solicita venirte con nosotros y no te arrepentirás.

—De verdad que no puedo…

—¡Claro que sí! Solo tienes que dar el paso y convertirte en uno de los nuestros. Recuerda, Xu Yun: en uno de los nuestros. ¡Vamos, nos iremos mañana por la mañana! ¡Ven!

Pero Xu Yun no participó en la demencia de muchos jóvenes que perdieron el sentido de la realidad y cometieron atropellos en aldeas y ciudades. Pronto se dio cuenta de ello y advirtió que había escogido el camino equivocado. Él, que era en el fondo un intelectual, se encontraba persiguiendo a los más sabios. Él, que hacía de su capacidad docente un arma de futuro, presenciaba delaciones a profesores y maestros. Vio como se destruía todo lo que significara tradición y cultura en aras de un nuevo modelo en el que había comenzado a dejar de creer.

Empezó a rechazar todo aquello y a defender a los que, en el fondo, sentía como suyos. Notificó ante las autoridades los abusos de poder de los Guardias y ello le acarreó consecuencias decisivas. Hua Tuo lo denunció por contrarrevolucionario y por atentar contra los poderes del pueblo. Eso era suficiente. En aquel momento, algo así bastaba. Sobre todo si la imputación procedía de un mando jerárquico, cuya palabra nadie ponía en duda. Xu Yun se había convertido, de la noche a la mañana, en un traidor a la patria.

Fue apresado y, tras una farsa de juicio, encarcelado junto a su padre. Antes se ocuparon de manchar sus nombres y desterrarlos de la historia. Ya no quedaba nada de aquellos héroes de la Revolución que habían luchado por las ideas de Mao por todo el país. China volvía a estar podrida por la ambición y el poder. Y había quienes se labraban el camino deshaciéndose de sus oponentes de la manera más burda. Mao también se creó su propio personaje y poco más le importó, ni siquiera sus viejos amigos. Siempre luchó para convertirse en un mito. Él mismo había sido profesor de historia y sabía bien el lugar que ocupan los héroes en las páginas de los libros.

Desde ese momento, en junio de 1967, no volví a ver más a Xu Yun.

Lo apresaron cuando se encontraba en una plaza pública, enfrentándose a los jóvenes, y lo encerraron de inmediato. No tuve ocasión siquiera de acercarme a la prisión. Las calles se habían convertido en un torbellino de turbas donde nadie se fiaba de nadie.

Mi padre, al enterarse del hecho, negoció con algunos personajes influyentes de Changsha y me consiguió un pasaje para huir a Europa. Él mismo vino hasta Pekín para hacer efectivo un viaje que yo no deseaba en modo alguno. Atrás iba a dejar a Xu Yun, a mi familia y a mi país. Yo acababa de saber que esperaba un hijo. Ni siquiera le dio tiempo a Xu Yun a conocer la noticia. Mi padre tenía que hacer frente a cualquier injerencia en su hacienda, pero al ser trabajador de la administración estatal nadie osó molestarle. Yo estaba sentenciada, y mi familia me lo intentaba hacer ver. Era la compañera de un hombre acusado de traidor al Estado, la peor denuncia que se podía soportar. Lejos habían quedado nuestros servicios al Partido. Lejos nuestra fidelidad a la causa. Ahora éramos carne de cañón, bazofia reaccionaria. Nada.

Temí por mi hijo. Mi padre me convenció para darle un futuro en paz y libertad, lejos de toda aquella locura.

—Si os quedáis, os matarán a los dos —me dijo.

Accedí. Me ingresó una fuerte suma de dinero en un banco londinense mediante distintos contactos, amigos que también me ayudaron a escapar, y volé hasta Inglaterra, sola y sin la esperanza de un pronto reencuentro con mi amado. Mi padre había intentado hacer todo lo posible para liberarlo, pero fue imposible.

En Europa, gracias a la comunidad china, al dinero que contaba y a mis propios conocimientos de Derecho, logré salir adelante sin grandes dificultades. Era 1967 y en Londres se respiraba tolerancia y libertad. Nada se sabía de mi país más que algunas noticias que hablaban de grandes logros forjados por el pueblo. Muchos mitos que el tiempo y los historiadores terminarían por borrar de un plumazo.

Mi padre me dijo que Xu Yun había sido condenado a una pena de treinta años de trabajos forzados y que no había posibilidad alguna para él. Me vine abajo. Me hundí. Me cegué en mi obsesión de volver a verle, pero todo fue inútil. Ya nada podía ser. Después conocería a David Forest, mi marido, un hombre bueno con quien me casé al poco tiempo y tomó a mi pequeño hijo como suyo. Con él tendría a mi segundo vástago y mucho tiempo para ser feliz. Nunca volví a China. Pero jamás dejé de pensar en Xu Yun. Mi vida estaba ya en Inglaterra, a miles de kilómetros de distancia de donde un día latió mi corazón con fuerza por primera vez. Aquí, entre almas que me hablaban en otra lengua y a quienes yo había aprendido a escuchar. Entre muros de ciudades de cristal y símbolos tan lejanos para mí.

Aún con todo, jamás perdí la íntima esperanza de volver a encontrarlo. Era una sensación privada, sin grietas, que preferí no compartir con nadie porque era mía y así la sentía. Existimos mientras alguien nos recuerda, dicen. No importan los análisis de la lógica, porque somos lo que hemos dejado tras nosotros. Y una parte de mí se fue construyendo a partir de los recuerdos que fui tejiendo de Xu Yun durante años.

Puede que me llamen loca, y quizá lo haya estado, pero siempre creí en los asombrosos milagros del corazón. Indelebles ante el inquebrantable látigo del paso del tiempo. Ante el azaroso viaje de toda una vida.

Sí, el tiempo es un turbio inventor de sombras, pero los milagros del corazón existen y saben de recovecos para mitigarlas.

ÍNDICE

CALLES DE CHATARRA

Una oscura noche, después de una discusión familiar, la pequeña Irina asiste impotente al asesinato de su hermana. Ya adulta, Irina Gryzina, detective del departamento de inhumanos de Semura, será la encargada de resolver el caso del homicidio de una ninfa con el que se pone en jaque la débil convivencia pacífica entre humanos e inhumanos.
Una novela de tráfico de drogas y alcohol, corrupción, amores perdidos, racismo, traiciones y asesinatos… Una historia plagada de personajes que no dudarán en bajar a los infiernos para conseguir sus objetivos.

DONDE ACABAN LOS MAPAS

Un hombre silencioso que huye, unas fotos que hablan de un pasado oscuro, un misterio de otra época y un hermoso relato de amor de hace más de cincuenta años que aún es capaz de emocionarnos.
En su periplo por el París actual, Alicia Aliorte irá conociendo todas las piezas que esconde la compleja personalidad de un anciano profesor, cuya historia llena de sorpresas deberá encajar en un extraño rompecabezas que comenzó hace medio siglo en China, en los albores de la Revolución Cultural, y que parece resolverse en la actualidad.
Una sorprendente historia que atrapará al lector hasta la última página.

GRAVITY GRAVE

La Movida *Madchester* da sus últimos coletazos de vida. *El Segundo Verano del Amor* ha pasado a la historia y los supervivientes de aquel movimiento musical tienen que apañárselas del mejor modo posible para encontrar un poco de diversión.
A través de los ojos del narrador anónimo del libro, conocemos las peripecias de un grupo de amigos durante una noche de juerga: éxtasis, alcohol, marihuana, sexo, música, *raves*; todos los ingredientes imprescindibles para que no decaiga la fiesta.

CRÓNICA DE UN ADOSADO

Gloria Tabernero es una profesora divorciada que vive junto a su hijo y su padre en una urbanización aislada a las afueras de Madrid. En «Crónica de un adosado» seremos testigos de su vida cotidiana junto a sus allegados, vecinos, alumnos y demás fauna (borregos y pavos incluidos).

FUEGOS FATUOS

En Altaria, donde la luz del sol y el fuego son tan solo una leyenda, los cuentos de un joven encierran los secretos más preciados. Cuentos de Volteritas y pelirrojos, de demonios, princesas, titiriteros y fuegos fatuos. Todos, cuentos salidos de la boca de un joven que ha perdido mucho. Su vista y sus piernas, su fe, su amor, su familia y su historia. Un joven que, pese a tantas carencias, no ha perdido lo único que podría salvar a Altaria de la Oscuridad, y así contestar las preguntas que por tanto tiempo han vagado sin respuesta.

EL HACEDOR DE AGUA

Esta es la historia de Peter, un niño normal que vivirá una historia extraordinaria.
Acompáñale por el bosque y descubre la historia de... EL HACEDOR DE AGUA

de 5 a 8 años

TRITÓN, EL NIÑO DE MAR

A veces, si deseas algo con mucha fuerza, puede hacerse realidad. Tritón sueña con ser pirata. Esqueletos danzarines, catalejos y estofados de cangrejo y calamar, cantos dulces de sirena, todo con sabor a mar. ¿Creéis que lo conseguirá?

de 5 a 8 años

HADAS QUE MUERDEN

Imagina pedir un deseo y que este se cumpla. Imagina además que tu deseo invoca a un hada, y que ese hada no es ni remotamente como imaginabas. Porque existen hadas negras, de naturaleza oscura, que habitan los bosques, que se alimentan de arañas, y que siempre, siempre, tienen hambre. Piénsalo muy bien antes de invocar a un hada. Porque puede que acuda a tu llamada y no tenga intención de marcharse jamás.